DAVID TRUEBA
QUATTRO AMICI

Traduzione di Michela Finassi Parolo

Feltrinelli

Titolo dell'opera originale
CUATRO AMIGOS
© 1999 David Trueba

Traduzione dallo spagnolo di
MICHELA FINESSI PAROLO

© Giangiacomo Feltrinelli Editore Milano
Prima edizione ne "I Canguri" aprile 2000
Prima edizione nell'"Universale Economica" aprile 2002
Decima edizione febbraio 2010

Stampa Nuovo Istituto Italiano d'Arti Grafiche - BG

ISBN 978-88-07-81697-0

www.feltrinellieditore.it
Libri in uscita, interviste, reading,
commenti e percorsi di lettura.
Aggiornamenti quotidiani

razzismobruttastoria.net

A Eduardo Terán,
per avermi accolto nella miglior compagnia

Amor mio, amor mio.
E la parola risuona nel vuoto. E si sta soli.

VICENTE ALEIXANDRE

Prima parte
VENTIMILA LEGHE SUBNORMALI

1.

Ho sempre avuto il sospetto che l'amicizia venga sopravvaluta-ta. Come gli studi universitari, la morte o avere il cazzo lungo. Noi esseri umani esaltiamo i luoghi comuni per sfuggire alla scarsa originalità della nostra vita. Ecco perché l'amicizia viene rappresenta-ta con patti di sangue, lealtà eterne, e addirittura mitizzata come una variante dell'amore, più profonda del banale affetto di coppia. Eppure non dev'essere un vincolo tanto solido, se l'elenco degli amici perduti è sempre più lungo di quelli conservati. Il padre di Blas ci ripeteva sempre che la fiducia negli altri è un segno di debolezza, ma per lui ogni barlume di umanità era roba da checche. Colonnello della riserva con simpatie naziste universalmente note, non attribuivamo grande valore alle sue opinioni. In fondo era più saggio quello che un tizio, finito lungo disteso sul pavimento di un'osteria, un giorno ci aveva gridato: "Io agli amici non racconto le mie pene; chi vuole divertirsi, vada a fottersi sua madre". L'amicizia mi è sempre parsa un cerino che è meglio spegnere prima di bruciarsi le di-ta, eppure quell'estate non avrei potuto concepire le giornate senza Blas, senza Claudio, senza Raúl. I miei amici.

Claudio lo aspettavamo da più di un'ora da El Maño, e anche se all'inizio avevamo optato per la prudenza (una Coca-Cola e due minerali), poco dopo sul tavolo si allineavano i boccali da birra vuo-ti e avevamo ingurgitato così tante ali di pollo che da un momen-to all'altro avremmo potuto spiccare il volo. Un giorno abbiamo fatto il conto e siamo arrivati alla conclusione che passavamo più tempo ad aspettare Claudio che insieme a lui. Aspettare Claudio era una parte fondamentale della relazione con Claudio. Aspettar-lo era il nostro modo abituale di stare con lui.

"Io non arrivo mai tardi, perché il tempo che le persone passano ad aspettarti lo impiegano per pensare a te, e stai tranquillo che ti scoprono qualunque difetto. E magari quando arrivi hanno preferito andarsene." Raúl, tanto insicuro quanto puntuale, era quello che s'incazzava di più per quei ritardi.

Alto, capelli bruni un po' radi sulle tempie – un difetto che occultava grazie allo studiato disordine della chioma –, occhi scuri come l'ardesia acquattati dietro gli occhiali di resina nera, inforcati più volte con gesti nervosi. Arricciò il naso dall'alto del suo quasi metro e novanta di ossa sottili e scomposte, che parevano reggersi con la solidità di una torre fatta di stuzzicadenti. Diede un calcio allo smisurato borsone da viaggio, che occupava uno spazio cinque o sei volte maggiore del mio e di quello di Blas messi insieme.

"Che cos'hai lì dentro, ti sei portato dietro la casa?" gli chiesi.

"L'indispensabile, solo l'indispensabile."

"L'indispensabile non può tenere tanto posto" rincarò Blas.

"Se almeno sapessimo dove stiamo andando," si giustificò Raúl, "avrei potuto scegliere tra i vestiti per l'inverno e quelli per l'estate, ma dato che a voi piace l'avventura…"

"Se sapessimo dove stiamo andando, il viaggio non sarebbe divertente."

"Ma se siamo in agosto! Perché cazzo ti porti dietro i vestiti dell'inverno?" lo interrogò Blas.

"In certi posti di notte fa fresco."

Io e Blas ci scambiammo un'occhiata, timorosi d'indagare sul contenuto del borsone, che stava chiuso a fatica, con la cerniera sul punto di esplodere come la bottega dei pantaloni di un attore porno. E Claudio non arrivava. Era logico pensare che fossimo tutti ansiosi di iniziare il nostro viaggio. L'avevamo pianificato così bene, noi che odiavamo tanto i progetti, non era proprio il caso di trasformarlo in un appuntamento qualunque cui ci si permette di arrivare tardi. Eppure questa era la grande virtù di Claudio. Non dare mai importanza a niente. Almeno in apparenza. Così si evita di soffrire.

Era stato Claudio il cervello della trovata, ed era stato sempre lui a scovare il furgone su "Segunda Mano", il Nissan di un rappresentante di formaggi con qualche giro del mondo sul contachilometri, ma che, stando al fiuto di Claudio per la meccanica, ci avrebbe seppelliti tutti quanti. Per provarlo lo spinse a centosettanta sulla M-30. Il proprietario mi si aggrappò alle ginocchia, confessandomi coi sudori freddi che la sua idea era di venderlo da vivo. Ritornando a casa con il felice acquisto, io e Claudio giocavamo a trovare un titolo per la nostra avventura:

Il lungo viaggio verso la fica.
Viaggio al centro delle cosce.
Il giro del culo in ottanta giorni.
Ventimila leghe subnormali.

L'idea consisteva nel non decidere un itinerario. C'era sì una data di partenza, ma non di ritorno. Nelle nostre fantasie il viaggio sarebbe terminato quando noi quattro, sconfitti dalla fatica, ci saremmo arresi al grido di: "Adesso basta, non possiamo divertirci più di così!". Sapevamo che era un miraggio; avevamo a disposizione soltanto gli ultimi quindici giorni di agosto per ridurci in quello stato, ma quindici giorni di fila, e soprattutto le relative quindici notti, ci sembravano un'eternità. Gli unici limiti erano quelli imposti dal pianeta e dalla nostra resistenza.

Quando mostrammo a Raúl e a Blas il furgone appena acquistato, entrambi reagirono secondo le previsioni. Blas si strinse nelle spalle, abituato ad accettare qualunque cosa non richiedesse da lui nessuna decisione. Il suo pacifico conformismo era la causa del fatto che avesse superato i centoventi chili quasi senza sforzo. L'improvvisa perdita di capelli non era dovuta, in alcun modo, allo stress. Bravo incassatore come un punching ball, il suo modo personale di affrontare i problemi consisteva proprio nel non affrontarli. Raúl, invece, freddo e obiettivo, si affacciò all'interno del furgone e si tappò il naso con due dita.

"Puzza di formaggio" osservò.

"Ma certo che puzza di formaggio, l'abbiamo comprato da un formaggiaio…"

"Quindi vorreste passare l'estate a puzzare di formaggio?"

"È già meglio della tua puzza abituale" lo rimbrottò Claudio.

"Se ci dimentichiamo dove l'abbiamo parcheggiato, possiamo sempre trovarlo seguendo l'odore" intervenni io.

"La verità è che puzza di merda" interruppe Blas dopo aver annusato il vano posteriore.

"Bisognerà disinfettarlo. Il formaggio mi fa vomitare" insisté Raúl. "Lo sapete che sono allergico ai latticini."

"E allora lavalo tu, che sei l'unico a non aver cacciato un soldo."

Claudio s'incazzava perché Raúl non saliva di corsa sul treno dell'avventura come lui, ma trovava sempre il lato negativo delle cose. Puzza di formaggio. Tipico. Se fosse stato il primo astronauta a mettere piede sulla luna, Raúl si sarebbe certamente limitato a dire: "Qui non c'è un cazzo di albero". Per questo Claudio l'aveva zittito con la scusa dei soldi. Raúl non aveva contribuito all'acquisto perché aveva già dovuto superare un sacco di ostacoli per poter venire. Aveva due gemelli di sette mesi e sua moglie dava per scontato che avrebbero trascorso l'estate insieme. A Elena la nostra avventura fra amici puzzava un po', e non proprio di formaggio, tanto che fino all'ultimo aveva sperato di dissuadere Raúl. La questione finì per accendere la miccia del classico litigio coniugale. Elena prese i gemelli e se ne andò al paese dei genitori. Raúl si recò laggiù in pellegrinaggio, si trasformò in zerbino umano per tre giorni, con relative notti costellate di pianti infantili e biberon, e ottenne il permesso di fare il viaggio dopo aver snocciolato gli alibi che aveva provato davanti a noi mille volte, e che si era scritti sul palmo della mano:

un po' di respiro sarebbe positivo per la coppia
il nostro rapporto ha bisogno di ossigeno
bisogna vedere la situazione sotto altri punti di vista
sentire la mancanza l'uno dell'altra è una cosa meravigliosa
la distanza fa crescere l'amore.

Dopo l'estate sarebbero ritornati insieme per cementare di nuovo una convivenza perfetta, se mai era stata perfetta. Negli ultimi mesi Raúl aveva cambiato carattere, e lui stesso lo spiegava così: "È come quando vai al cinema perché dalla pubblicità ti sembrava una figata, ma dopo un'ora che stai seduto sulla poltrona ti rendi conto che non era quello che ti aspettavi, insomma, ti sei fatto fregare come un idiota". Con quella sua mania per l'igiene, l'ordine, l'educazione, sapevamo quanto gli costasse riconoscere le proprie frustrazioni in pubblico.

Un anno prima Raúl ci aveva riuniti una sera per darci la notizia: "Elena è incinta", e aveva male interpretato il nostro assoluto silenzio perché aveva aggiunto con un sorriso: "Di me". Probabilmente avevamo fatto l'errore di assumere un'espressione da finale di tragedia. Ci mancava soltanto che Raúl, per convincerci, si mettesse a scrivere sui muri cantando a squarciagola quanto fosse felice di addentrarsi nel Meraviglioso Mondo della Paternità. Il giorno dopo, tutti e tre d'accordo, mettemmo insieme i soldi per pagare l'aborto di Elena. "Ma siete impazziti? Io voglio questo figlio."

Rifiutò i soldi e ci tolse il saluto. Da lui in seguito venimmo a sapere la data delle nozze, cui partecipammo docilmente, recitando la parte degli amici. Tre giorni dopo iniziava a lavorare per la ditta di ristorazione a domicilio del suocero, con l'appassionante sfida di informatizzare le bolle di consegna. Tre mesi dopo inaugurava l'appartamento pagato dai suoceri con una camera per il bambino piena di aggeggi che pendevano dal soffitto, e che secondo le sue spiegazioni avrebbero dovuto sviluppare l'intelligenza del piccolo. Poco dopo gli facemmo prendere una sbronza per aiutarlo a superare lo choc dell'ecografia, che lo trasformava in padre di gemelli, o per meglio dire gemelli!, come singhiozzava lui. Quando con aria afflitta ci illustrava i cambiamenti che avrebbe subìto la sua vita da scapolo, fino a quel momento deliziosamente solitaria, gli rispondevamo con quella che da allora divenne la nostra unica risposta alle sue lamentele: "Dovevi prendere i soldi".

"Lo sapevo che la mia parte di soldi per il furgone me l'avreste rinfacciata" si lamentava Raúl.

"Sei sempre tu a fare difficoltà."

"Non ho abbandonato Elena e i gemelli per passare quindici giorni a puzzare di formaggio. Mi spiace, andate voi da soli. Io non ci sto."

Blas, un autentico specialista in riconciliazioni, lo rincorse con la missione di lusingare la sua autostima: "Senza di te non andiamo da nessuna parte, non puoi abbandonarci adesso, tu sei l'anima di questo viaggio".

"Ma se sono io che ho bisogno più di tutti di queste fottute vacanze, cazzo" ci spiegava Raúl. "Mi sono rotto i coglioni dei gemelli e di Elena che è diventata un'isterica, e di suo padre e delle bolle di consegna…"

E la lista degli improperi minacciava di prolungarsi fino all'alba se qualcuno di noi non lo bloccava in tempo: "Raúl, sai cosa? Dovevi prendere i soldi".

Non rispondeva nessuno a casa di Claudio. Il nostro viaggio al centro delle cosce, il lungo viaggio verso la fica, le nostre ventimila leghe subnormali non potevano iniziare peggio. Lui doveva portare il furgone con le tende da campeggio. Se il responsabile del ritardo non fosse stato Claudio ci saremmo preoccupati; invece sapevamo che era il suo modo di mettere alla prova la nostra amicizia, di dimostrarci il valore della sua compagnia. Blas non riusciva a tenere gli occhi aperti. Quella notte non aveva dormito. Per ammazzare il tempo ci raccontava le fasi della sua ultima epopea amorosa conclusasi, come al solito, cinque minuti prima di scopare. Stavolta la vittima era stata una certa Anabel, che secondo Blas conoscevamo tutti perché faceva la cameriera in un bar dove eravamo entrati mille volte, ma né io né Raúl ricordavamo il bar o la ragazza che ci descriveva con particolari lussuriosi.

"Non esagero se dico che per un pelo non me la scopo" spiegava. E quella Anabel dipinta da Blas ci pareva una delle forniture di carni più sensuali del pianeta. Gambe lunghe, occhi enormi, per non parlare dei seni e del culo che Blas descriveva con un solo gesto, roteando le braccia come un mulino a vento, mentre sbatteva le palpebre ancora incredulo. E per concludere in bellezza ci confessò: "Ed è due spanne più alta di me".

Per uno dei soliti imprevisti che regala la notte, Blas e Anabel si erano ritrovati alle ore piccole a farsi compagnia nel bar dove lei serviva da bere. Blas aveva dispiegato la sua strategia di creatura mutante, fino a trasformarsi in un immenso orecchio accogliente, gentile, comprensivo, un grasso e silenzioso ascoltatore delle disgrazie altrui, che in quel caso andavano da un'infanzia infelice e rovinata fino al recente naufragio del suo amore per un cocainomane. Blas, come un occhiuto muro del pianto, ascoltava fregandosi le mani di fronte alla prospettiva di un ribaltone affettuoso e rapido mentre la ragazza ti piange sulla spalla. La cosiddetta "scopata di consolazione", il cui merito consiste nel depredare l'altro nel momento in cui la sua autostima è ai minimi storici.

"Una ragazza fantastica" continuava Blas. "Quando ha chiuso il bar erano quasi le sei di mattina e l'ho accompagnata a piedi fino a casa sua. Siamo arrivati al portone e io ero sicuro che mi avrebbe invitato a salire."

"E invece no" lo anticipai io. "Ti ha dato un bacio sulla fronte e ti ha detto che andava a farsi scopare dal cocainomane, che sarà pure stronzo, però è più bello e meno grasso di te."

"Mi ha invitato a salire, se proprio vuoi saperlo…"

"E sei salito? 'Sto qui è capace di dire di no." Nemmeno Raúl confidava troppo in Blas.

"Allora mi lasciate raccontare o no?" Blas incrociò le braccia sulla pancia, aspettando che parcheggiassimo la nostra impazienza. "Mi ha invitato a salire, ma quando stava per aprire la porta ha scoperto di aver dimenticato le chiavi di casa al bar."

"L'hai portata in un albergo? Te la sei scopata in mezzo alla strada? Contro una macchina?" Raúl commetteva l'errore di immaginarsi al posto di Blas. Niente di più lontano dalla realtà. Erano due persone così diverse l'una dall'altra, così radicalmente eterogenee, che non avevano potuto fare a meno di diventare amici.

"No, cazzo. Non volevo forzare la situazione. È quel genere di ragazze con cui, se ci investi un po' di tempo, dopo riesci ad avere una bella storia…"

"E quale sarebbe 'sto genere di ragazze?"

"L'ho accompagnata in taxi a casa di un'amica."

"Così ti ha detto lei. Scommetto mille pesetas che è andata dal cocainomane" lo sfidai.

"Impossibile. Ha rotto con lui e ci sta malissimo."

In genere, la vita sessuale di Blas (con i suoi chili di troppo e i baffi che non si capisce mai se si è dimenticato di rasarli o se sono un progetto per il futuro, ma che comunque aggiungono quindici o vent'anni ai suoi mal portati ventisette) destava in noi il più grande scetticismo. Non aveva più avuto una partner stabile dalla rottura con la fidanzata di sempre, e quando dico di sempre lo dico nel vero senso della parola. Usciva con lei da quando aveva tre anni. Abitavano vicini, nello stesso quartiere di militari, e quando Blas non scelse la carriera castrense come avevano fatto il padre di lei, e prima suo nonno, e prima ancora l'intera famiglia (il suo albero genealogico assomigliava a un reggimento), la delusione della ragazza fu così grande che lo lasciò. Ancora oggi, quando s'incrociano per strada – il che succede quasi ogni giorno – lei finge di non conoscerlo. Il bollettino di guerra di quel fidanzamento durato quasi vent'anni non superava il migliaio di baci senza lingua e tre seghe liquidate con marzialità e controvoglia dietro un portone. Altrettanto grande fu il dispiacere nella famiglia di Blas quando lui si decise per una grigia e imbelle laurea in Filologia germanica. A partire dall'umiliante sconfitta di quella storia d'amore nata per essere eterna, Blas si trincerò dietro l'impossibile. S'innamorava di ragazze irraggiungibili: almeno, così facendo, il fallimento era perdonabile e giustificato.

Blas aveva detto ad Anabel che il giorno dopo sarebbe partito per fare un viaggio con i suoi tre migliori amici, tutti assetati di avventura; per non sbagliarsi le aveva dipinto uno scenario a metà tra il lirico e il beat, perché – ci confidò – la ragazza gli aveva perfino sussurrato, con le lacrime agli occhi: "Che fortuna! Se solo anch'io avessi degli amici così".

"Chissà che cosa le hai raccontato."

"Ma no, niente..."

"Non l'avrai mica invitata a venire con noi? Io ti conosco..." scommise Raúl.

"No, no, figurati. Non esattamente."

"Abbiamo detto senza donne, solo noi quattro" ricordai.

"Be', le ho dato il numero del cellulare di Raúl, se per caso voleva unirsi a noi da qualche parte, ma figurati se viene..."

"Che cosa?" Raúl si sentì invadere da un'ondata di indignazione. "Vi ho detto che il cellulare lo uso solo per parlare con Elena. Vi avevo avvertito. Lo paga la ditta di mio suocero e non voglio casini. Il cellulare non è di tutti, capito bene? Niente da fare."

"Ma no che non chiama" assicurò Blas. "Ho detto così solo per essere gentile. Mi ha raccontato che aveva dei progetti, voleva riposarsi e starsene da sola."

"Non so come fai, tutte le ragazze che conosci preferiscono sempre stare da sole" gli dissi.

"E col telefono niente da fare, capito?" continuava a ripetere Raúl.

"Davvero divertente" mi affrontò Blas, senza convinzione. "Guarda che quando ci siamo salutati mi ha dato un bacio quasi sulla bocca, se non fosse stato per quel figlio di puttana di un taxista che ha messo in moto proprio in quel momento, altrimenti..."

"Quasi un bacio sulla bocca, quasi te la scopi. Sei quasi un seduttore."

"Andate tutti a farvi fottere, non so perché vi racconto queste cose."

"Perché se non le racconti a noi è come se non ti fossero successe."

Era vero. Probabilmente tutti e quattro avevamo una zona riservata, però il territorio reale delle nostre vite era quello che condividevamo. Il resto, la particella privata dove ciascuno soffre in silenzio, esisteva, certo che esisteva, ma per vederla bisognava affacciarsi di dentro, e chi ha voglia di farlo? Io nascondevo la mia in un angolino, dietro all'eccessiva importanza conferita a quel viaggio tra amici, placandola con le birre; o forse avevo già ordinato il primo whisky della giornata solo per metterla a tacere, se mi accorgevo che lottava per uscire allo scoperto. Ma non importa. Anche loro la nascondevano. Con la scrupolosa disinfestazione sentimentale che sta alla base di una sana amicizia. Cose di cui non si parla. Quasi mai. Il viaggio significava vivere, godersi la sensazione sempre più rara di respirare, di muoversi da soli, di credersi padroni del proprio destino. Il bisogno di abbandonare gli obblighi, di metterli in un angolo. Per Raúl era evadere da quell'ultimo anno che aveva buttato la sua vita a gambe all'aria. Non era rimasta traccia del disegnatore che aspirava a dipingere, ora trasformato in marito, padre e contabile. Quando sarò in pensione avrò tutto il tempo per dipingere, no? Quanto a Blas, l'unico modo per crogiolarsi nei suoi fallimenti professionali e sentimentali era quando ci consentiva di riderci su. Forse il farlo dava un senso alle sue scaramucce sessuali, ai dieci anni che ci aveva messo a fare l'università, all'ultimo esame che gli mancava per laurearsi, e che avrebbe dovuto sostenere tra un mese. Per lui, e detto con le sue parole, le ore avevano sessanta minuti solo quando noi quattro stavamo insieme. E parlava sul serio. Possedeva l'invidiabile capacità di plasmare l'evento più banale dandogli un sapore di leggenda, mitizzava le avventure fra amici, le stesse che magari un altro avrebbe considerato insulsi passatempi. Per Claudio il viaggio significava resuscitare il piacere di sapersi leader, rispettato, signore e padrone delle decisioni, una parentesi nel suo saltabeccare da un lavoro all'altro per pagarsi un appartamento che era solo una stanza con il cesso, ma che lui considerava come l'invalicabile fortezza della propria indipendenza. E io... be', io a volte mi sentivo in colpa per non lasciarmi travolgere da quell'ondata di perfezione, per stare a guardare dalla spiaggia, per inseguire quello che volevo essere a costo di disprezzare quel che ero, mi sentivo in colpa per vedere negli altri, nei miei amici soprattutto, la realtà e non la leggenda che Blas ti raccontava per l'ennesima volta, anche se ormai non faceva più ridere.

"Puzza di formaggio" annunciò Raúl, e vedemmo Claudio scendere dal furgone che aveva parcheggiato sul marciapiede. Quando spinse la porta del bar, ci assalì il calore del mezzogiorno di Madrid, che trasformava l'asfalto in sabbie mobili. Calore che non pareva riguardare lui: si avvicinava fresco come una rosa, con i capelli biondi bagnati come se fosse appena uscito dalla doccia, o forse perfino il sudore donava al suo aspetto insolentemente fascinoso. Il pacchetto di sigarette sotto la manica della maglietta, a contatto con i muscoli abbronzati. Raúl gli puntò il dito contro, ma Claudio non gli diede il tempo di lamentarsi.

"Cazzo, che stronzi. Ve ne state qui a riempirvi la pancia di birra mentre io giro come uno scemo per tutta la città."

Seguirono diversi tentativi di omicidio. Io minacciai di spaccargli un bicchiere sulla testa, ma non mi parve un'arma abbastanza efficace.

"Ho litigato con Lorena e quella figlia di puttana non ha voluto tenere Sánchez" si discolpò Claudio mentre beveva la birra di Blas. "Ho passato la mattina a cercargli una casa."

Sánchez era il cane di Claudio. Un vecchio e malconcio cane da ferma, che Claudio trovava il tempo di portare a passeggio soltanto alle ore piccole. Sánchez si sdraiava obbediente davanti alla porta delle osterie e riceveva calci e vomitate mentre il suo padrone rosicchiava il divertimento fino all'alba. Durante il giorno rimaneva a casa sopra il letto di Claudio, come un peluche spelacchiato, con lo stesso disco dei Ramones che suonava dalla prima all'ultima canzone e poi di nuovo da capo, fino a che il padrone ritornava. "L'unica cosa che lo calma è la loro musica," ci assicurava Claudio quando salivamo per le scale e si sentiva già il rumore assordante delle chitarre proveniente da casa sua. Sapevamo tutti che Sánchez era praticamente sordo, non rispondeva mai al suo nome, né ai fischi, né allo schioccare delle dita. Per Claudio questi erano segni inequivocabili della sua intelligenza. Sánchez non era il solito cane da compagnia premuroso, che si precipita a qualunque banale richiamo. Un altro segno della sua perfetta educazione era che, quando veniva il momento di soddisfare le necessità corporali, saltava da solo nella minuscola vasca di Claudio e si alleggeriva lì dentro. Grazie a questa civilissima abitudine, il suo padrone doveva soltanto lavare via la merda prima di farsi la doccia.

Sánchez era il miglior alleato dei ritardi di Claudio. Cinque minuti corrispondevano alla passeggiata d'obbligo con Sánchez; mezz'ora, il cane si era perso, un'ora, aveva ammazzato il gatto di una vicina, due ore, aveva morsicato il postino. Il ritardo nell'inizio del nostro viaggio era, ovviamente, colpa di Sánchez. Aprimmo il portellone posteriore del furgoncino e venimmo accolti dalla tosse secca di un moribondo. Era il latrato di Sánchez.

"Non penserai mica di portare in viaggio il cane?"

"Ve l'ho detto che Lorena mi ha mandato a quel paese."

"No, merda. Il cane non viene" rifiutò energicamente Raúl.

"Avevamo detto niente ragazze, il che non comprende i cani."

"Neanche a parlarne." Eravamo tutti e tre d'accordo.

Sánchez ci guardava dall'interno, sdraiato sopra le tende da campeggio e i sacchi a pelo, grattandosi un esercito di pulci sul dorso spelacchiato. Aveva gli occhi lacrimosi, non perché fosse commosso dal nostro grezzo rifiuto, ma perché da qualche mese soffriva di cataratta.

"E che cosa dovrei farne di lui? Volete che lo ammazzi?"

"Gli faresti un piacere."

"Non fate gli stronzi. Non fa neanche rumore."

"Ma no, Claudio, no. Il cane non viene." Raúl chiuse il portellone del furgoncino.

"Cazzo, parlate come se non conosceste Sánchez. È il perfetto cane da compagnia…"

"Il cane ci limita un casino" tentai di spiegare. Non ci si poteva aspettare niente di buono andando in giro noi quattro pezzenti con un cane vecchio. "Che cazzo pensi di fare, tenerlo chiuso tutto il giorno nel furgone?"

"Io non volevo mica portarmelo dietro, ma tutti gli amici che mi devono un favore sono in vacanza."

Fu Blas a sbloccare la situazione:

"Perché non lo lasciamo dai miei genitori?".

Il padre di Blas ci accolse in calzoncini corti e maglietta, di un candore costellato di macchie d'unto, suo look abituale nel mese di agosto. Era nel pieno di una lezione di ginnastica, e la moglie aveva spostato le migliaia di oggettini di ceramica che si affollavano in salotto affinché lui, facendo la bicicletta o roteando le braccia, ne rompesse il minor numero possibile. Si mostrò entusiasta della proposta di occuparsi di Sánchez.

"Dalla morte di Klaus mi manca la compagnia di un cane. Detto fra noi, faceva parte della famiglia molto più di mia moglie o di Blasín."

E puntò il dito contro i due. Blas si strinse nelle spalle. Il dobermann del padre avevano dovuto ucciderlo perché col passare degli anni gli si era compresso il cervello e aveva aggredito tre o quattro vicini di casa. Era ovvio che anche al padrone si stava comprimendo il cervello allenato a uccidere, ma lui aveva il vantaggio che a un colonnello della riserva si porta più rispetto che a un cane vecchio.

Nonostante i nostri tentativi di rifiutare l'invito della madre, fummo obbligati ad accettare un piatto di filetto con insalata. Nella sala da pranzo invasa dall'odore di frittura mi fu assegnato il posto di fronte alla bandiera spagnola precostituzionale che presidiava la stanza. Bandiera che Blas, nella sua infanzia, doveva baciare ogni volta che entrava o usciva di casa. Suo padre se lo trascinava dietro nei campi di addestramento militare durante i fine settimana, e se qualche volta lo beccava a dire bugie oppure pren-

23

deva un brutto voto a scuola, lo faceva inginocchiare di fronte a quanto di più sacro v'è al mondo, l'emblema nazionale, a chiedere perdono dal profondo del cuore.

Durante il pranzo, il padre di Blas regalava a Sánchez feroci carezze che gli strappavano ciocche di pelo. Non era contento del nome dell'animale. I nomi erano un'altra delle sue fissazioni. Il nome di battesimo di Blas era il sincero omaggio a un notaio, noto leader dell'estrema destra, e comunque era ancora accettabile pensando che sua sorella doveva accollarsi il nome di "España" per tutta la vita. Ci spiegò che i cani di razza capiscono soltanto il tedesco, lingua di cui ci diede un breve saggio recitando alcune strofe di *Deutschland über Alles*, l'inno tedesco alla modestia. Sánchez tentava di schivare il suo nuovo Führer cercando rifugio tra le gambe di Claudio. Il padre di Blas, determinato a guadagnarsi i favori dell'animale, gli lanciava per aria gli avanzi del filetto e pretendeva che Sánchez, con mossa felina, li acchiappasse al volo. Il cane si limitava a guardarli cadere sul parquet e poi li inghiottiva con una leccata, come se le grida infervorate di "salta, salta campione" non fossero rivolte a lui. Campione era una parola che certamente non sentiva da anni – se mai un giorno qualcuno gliel'aveva detta, cosa di cui dubito.

"Quello che manca a questo cane è l'addestramento" sentenziò il padre di Blas. "Quando ritorni dalle vacanze ti ritroverai una vera e propria belva."

Sul volto di Claudio vidi baluginare l'idea di prendere in braccio il suo cane e scappare via di corsa, ma si scontrò con la nostra mancanza di comprensione. Durante il commiato, Sánchez guaiva implorando con lo sguardo il suo padrone. Il padre di Blas lo teneva fermo per il collare mentre ci ammoniva con aria bellicosa:

"Ve l'ho detto che le vacanze sono per i poveri di spirito. È il lavoro che rende gli uomini liberi. Dovrebbero sopprimere il mese di agosto e i fine settimana, per legge".

Per fortuna l'ascensore arrivò subito e ci precipitammo al suo interno. La porta si chiuse lasciandoci l'ultima straziante immagine del padre di Blas che dava ordini a tutto spiano a Sánchez, sconsolato ai suoi piedi. Claudio mormorò: "Quella figlia di puttana di Lorena, non la perdonerò mai".

Lorena era la sua ragazza del momento. In realtà era fidanzata con un analista chimico con cui stava per sposarsi, ma due mesi prima Claudio aveva fatto irruzione nel suo mondo minacciando di destabilizzare quella che fino ad allora era stata una favola più o meno grigia. Lorena si crogiolava tra il senso di colpa e i drammi della sua doppia vita, Claudio ci aveva confidato che la fantasia più stimolante della loro relazione era lui che arrivava il giorno delle nozze e si scopava Lorena in abito da sposa. Queste erano le battaglie che divertivano Claudio, battaglie che, una volta vinte, non diluivano il sapore di insoddisfazione che suscitava in lui la vita in genere, come se gli andasse stretta.

L'idea del destino che attendeva Sánchez sino alla fine di agosto rannuvolava il volto di Claudio, mentre io vagavo per Madrid alla ricerca di un'uscita, una qualunque uscita dalla città. Non era azzardato immaginare che nelle mani del padre di Blas l'anziano cane avrebbe attraversato uno dei peggiori momenti della sua malmenata esistenza. Probabilmente lo avrebbe addestrato ad attaccare mendicanti, ebrei, negri, immigrati, tossici, e se gli insegnamenti fossero stati efficaci, la conseguenza più logica era che Sánchez si sarebbe lanciato contro Claudio non appena lo avesse rivisto. Blas e Raúl erano crollati sul sedile posteriore e al secondo semaforo stavano già sonnecchiando: Blas con un filo di bava che gli usciva dalla bocca, ripensando ai momenti migliori della notte precedente con quella Anabel, ricordi che puzzavano di sesso in sospeso; Raúl con la bocca aperta, rilassato, forse da mesi uno dei primi sonni senza la minaccia del pianto dei gemelli.

Claudio al mio fianco non aveva un aspetto migliore. Gli occhiali da sole calati sul naso, tra poco anche lui mi avrebbe abbandonato. Alla fine delle gallerie uscimmo all'altezza dello svincolo per Valencia. "Entriamo in orbita?" chiese Claudio. Era il suo modo di parlare, in una specie di gergo giovanile. Feci segno di sì con la testa e imboccai la strada. Madrid deserta ormai era rimasta alle spalle. "Vai a manetta. Svegliami al mare," Claudio si abbandonò contro il finestrino. Se non fosse stato per il penetrante odore di formaggio, a giudicare dall'effetto provocato su quei tre chiunque avrebbe pensato che l'ex proprietario del furgone trasportasse carichi di camomilla. Accelerai. Ed ecco che decollava il nostro viaggio senza meta, la nostra fuga camuffata da vacanze. Quel giorno era il mio compleanno. Nessuno dei miei amici se n'era ricordato. Quasi nessuno se n'era ricordato. Gli insipidi auguri di rigore di mia madre, cinque minuti di banalità al telefono dalle sue placide vacanze che mi parvero eterni finché uno dei due non trovò una scusa definitiva per riattaccare. Meglio così. Trovo crudele l'obbligo di festeggiare il tempo che fugge. Mi guardai nello specchietto retrovisore. Scrutai la mia nuova faccia di ventisettenne. Continuava a non piacermi.

"L'estate è una stagione triste, in cui non cresce nulla. Chi non preferisce il mese di dicembre, nonostante l'amarezza che provoca la felicità altrui? Perfino la rinomata crudeltà di aprile è mille volte più stimolante. La canzone dell'estate è sempre la canzone più brutta dell'anno. L'amore estivo è un sottogenere dell'amore, del grande amore che non potrà mai aver luogo d'estate. Si parla di letture estive, notti estive, viaggi estivi, bevande estive, con un implicito senso di disprezzo. Il nostro amore non è fatto per l'estate. Il nostro amore non conosce vacanze."

Da *Scritto su tovaglioli di carta*

2

I miei amici mi chiamano Solo. È stata un'idea di Raúl e da allora mi chiamano così. Qualche volta mi pare che abbiano dimenticato il mio vero nome. Mi chiamano Solo perché un giorno, anni fa, non ricordo bene per quale motivo, ero incazzato per qualcosa e gli avevo detto: "Guardate, preferisco essere solo che bene accompagnato". E in realtà non mi dispiace come soprannome. Solo. Un nome da eroe di guerre stellari.

Solo.

Credo che la solitudine mi accompagni dal giorno in cui sono nato. Se ne sta lì, rannicchiata, e aspetta che tutti spariscano per manifestarsi, per ricordarmi che lei non mi abbandona mai. I miei genitori riescono sovente a darmi la sensazione di essere solo, specialmente quando sto con loro. Mio padre fa il critico letterario e mia madre il critico d'arte. Nello stesso giornale. Si potrebbe dire che la strada del prestigio culturale di questo paese passa proprio in mezzo al nostro salotto, vicino al tavolino dove si prende il caffè. Questa professione, come immagino qualunque professione dei propri genitori, ha segnato il rapporto con me. Il loro atteggiamento nei confronti dei miei quaderni di scuola, del mio modo di vestire, del mio modo di essere, del mio modo di tagliare il pane a tavola o di lavarmi i denti è stato sempre deformato dalla loro professione. "Guarda, è meglio se lo fai così." Sono critici. Godono della loro inclinazione a correggerti in modo asettico, profilattico, ma sempre dall'alto della pace spirituale che deriva dal sapersi nel giusto. Mi hanno permesso di agire liberamente, ma mi hanno sempre ricordato qual era il modo corretto. Il risultato è che piano piano ho iniziato ad aver paura della vita, delle responsabilità. Mio padre stende sopra di me un manto di timore, la sua sola esistenza mi opprime. Con mia madre è diverso. Lei ha civettato intellettualmente con me per qualche anno, voleva che imparassi a dipingere, e ho fallito. Da allora sono diventato soltanto suo figlio, l'oggetto del suo amore e poco di più. Il lavoro le ha cimato il cervello e adesso è una persona apprezzata, rispettata e ammirata nel mondo esterno, ma in casa va in giro come un'ombra rosicchiandosi le unghie, e considera un segno di grandezza il fatto di non sapere che cosa danno la sera in televisione. Sono suo figlio, ma non Suo Figlio. Non il Superfiglio, colui che ci si poteva aspettare dall'unione tra un Superpadre e una Supermadre con Superpoteri.

Anche se gli inizi, i miei inizi, erano stati promettenti, caspita se lo erano stati. Per il piacere degli ospiti, che mi studiavano con inusuale attenzione. A dieci anni mi ero tuffato in un'opera monumentale, redigere l'*Enciclopedia infantile della storia dell'arte*. Capitolo dopo capitolo veniva letta ad alta voce dai miei genitori durante le cene con gli amici, e destava in loro un orgoglio sconfinato. "Guarda che cosa dice dell'arte preromanica... e ha proprio ragione", li sentivo commentare e qualcosa cresceva dentro di me, una strana convinzione, una sicurezza che mi veniva trasmessa dalla sicurezza che gli altri avevano riposto in me.

Ma che fine aveva fatto tutto quanto?

Prima l'abbandono dovuto alla volubilità dei bambini, poi un'apatia generica, fino a oggi, che assaporo la certezza di essere divenuto la grande speranza frustrata di papà e mamma. Al risveglio dell'adolescenza mi sentivo in colpa se giocavo ai soldatini, se venivo attratto da un pallone o dalla pista delle macchine, sapevo che tutto quello che non veniva approvato dai miei genitori dovevo evitarlo. Quando abbandonai l'*Enciclopedia* al capitolo sul Rinascimento, piantai in asso le loro aspettative, come il bambino che in cima allo scivolo piange pentito perché lo aiutino a scendere di nuovo dalla scaletta. Lo sguardo degli ospiti si annebbiò, l'orgoglio dei miei genitori svanì, decisero che ciascuno è responsabile della propria vita e che era un errore aspettarsi qualcosa da me. Avevano sognato di avere un figlio fuori dalla norma, e la normalità mi aveva inghiottito.

Normale, che orrore. Li vedo arricciare il naso disgustati.

Mio padre non si sentì offeso per la mia prima sigaretta né per il primo whisky. Praticamente me lo aveva versato lui. E nemmeno per la prima vomitata. Manifesta un'assoluta incapacità di scandalizzarsi, qualunque cosa io faccia. Adotta quel suo sorrisino permissivo accompagnato da un ammiccamento che vuol dire: "Non stai facendo niente che non abbia già fatto io alla tua età". Quindi, con il passare degli anni, ne dedussi che era meglio non richiamare mai la sua attenzione, e in effetti passano lunghi periodi in cui ci scambiamo soltanto dei monosillabi. I suoi, com'è ovvio, sempre azzeccati. La mia indifferenza nei suoi confronti, simulata naturalmente, ogni tanto finisce per irritarlo.

Lui mi trascinò nella sua scia e mi cercò un posto al giornale quando decisi di lasciare l'università, la stessa dove avevo incontrato Blas. Interviste, fatti di cronaca poco importanti, riempitivi, correzioni di bozze, la pagina degli spettacoli, la programmazione televisiva, tutti i lavori privi d'interesse che si possono fare in un giornale sono passati per le mie mani. Mio padre mi disse: "È un'occasione d'oro per spiccare il salto". Ma si dimenticò di specificare il salto per dove.

Ma ormai tutto questo è finito. Certo, avrei voluto che la mia uscita dal giornale fosse un eroico autolicenziamento, con tanto di porta sbattuta. La verità è diversa. La sera precedente al nostro viaggio vacanziero dovevo aspettare fino alla chiusura, e speravo che non andasse oltre le tre del mattino. Vidi entrare la caporedattrice, stava rileggendo il giornale ancora caldo, appena sputato dalle rotative. Cinque minuti dopo mi chiamava nel suo ufficio. La guardai. Aveva le ascelle chiazzate, la camicetta impregnata di sudore. Odiava l'aria condizionata e le vacanze di agosto. Odiava in genere tutto quello che gli altri amavano, caratteristica fondamentale per dirigere la sezione culturale di un giornale. L'aveva stupita la mia banale richiesta di ferie per quell'ultima quindicina d'agosto. Il giorno in cui gliele avevo chieste il suo sguardo era pieno di rimprovero: "Anche tu, figliolo?". Perché per Cecilia Castilla io ero come un figlio, sebbene lei per me non fosse come una madre. Mi aveva conosciuto piccolissimo, quando era arrivata dall'Argentina, in esilio, e i miei genitori le avevano ceduto un quarto della casa. La ricordo quando piangeva davanti alla televisione, quando piangeva a metà della cena, quando piangeva se qualcuno rideva. Era triste e voleva che tutti lo sapessimo. Me n'ero accorto perfino io, o l'impiegato del gas che passava di lì. Con il passare del tempo lei, che quasi non aveva accento argentino, continuò a perfezionarlo fino a trasformarsi nell'argentina più argentina di Madrid. Lei, che detestava il tango, vi si affezionò; detestava il calcio, ma era la tifosa più sfegatata dei Mondiali; si vantava di essere un'appassionata delle avanguardie, e decise che l'unica cosa saggia da fare era rileggere Cortázar. Fummo testimoni dell'argentinizzazione di Cecilia Castilla. Entrò nel giornale sotto l'abbagliante protezione di mio padre e, grazie a una furbizia scambiata per intelligenza, avanzò nella gerarchia a mano a mano che andava raffinando l'accento di Buenos Aires, perché tutti si rendessero conto che veniva di lì, e ingrassava anche, ingrassava e ingrassava fino a che nella redazione le venne affibbiato il nomignolo di "grande è Castiglia". E adesso posso dirlo: fu una mia piccola trovata.

Mi lanciò il giornale piegato. In prima pagina c'era la mia svogliata intervista a un gruppo pop britannico, in tournée per il paese. Mi strinsi nelle spalle.

"Che cosa volevi fare? Eh? Sei rimasto un bambino? A che cosa devo questo titolo?"

Mi rinfrescai la memoria dandogli una rapida occhiata: "Scemotti e noiosi: la chiave del successo dei Sunset". Sorrisi.

"Non è divertente."

I componenti del gruppo avevano sgranato davanti a me un rosario di rutti e tentativi di frasi genialoidi. Nella trascrizione dell'intervista mi ero permesso di infilarci un'immagine che trovavo molto suggestiva: io su una spiaggia, con in mano una birra bella fresca, invece di dover sopportare le chiacchiere promozionali di quegli sbarbatelli. Gruppi estivi. Musica estiva. Ero orgoglioso soprattutto del finale del pezzo: "In fin dei conti è agosto: c'è qualche cervello che lavora, lì fuori?".

"Sai perfettamente che cosa sia il giornalismo e che cosa sia invece una stupida mascalzonata."

"Erano degli stronzi, i Sunset" mi difesi.

"Non m'importa. Loro vendono dischi, tu no."

"Io canto malissimo."

"Un giornale è una cosa seria. E credo che tu lo sappia per il semplice fatto di essere cresciuto vicino ai tuoi genitori." Sbadigliai dentro di me, tanto dentro, uno sbadiglio enorme. Lei proseguì: "Dietro l'apparente innocuità di un giornale si nascondono tante cose, e non le si possono sacrificare per uno scherzetto da quattro soldi. Non credevo che ci fosse bisogno di controllarti per vedere che cosa scrivi…".

Mi lanciò uno sguardo dal fondo del mare del suo sudore, lo sguardo deluso che sono così bravo a provocare in tutti coloro che hanno depositato sulle mie spalle il futuro della razza, o poco meno.

"Hai dieci minuti per riscrivere l'articolo."

"Non intendo farlo."

"Come?"

"Voglio lasciare il giornale, voglio andarmene. Non c'è niente che m'interessi qui dentro."

"Adesso ci guardi dall'alto in basso? Siamo troppo piccoli per te?"

"Non è per questo" le spiegai. "Credevo che il giornalismo fosse un'altra cosa; credevo che non fosse andare sempre dietro a tutto, e occuparsi soltanto del lato più stupido della gente, credevo che non si limitasse a ripetere ovvietà, ma che potesse essere qualcosa di creativo, oltre al prendere appunti alle conferenze stampa e fare da altoparlante a chi ha i soldi per pagare. Mi sono reso conto che noi che facciamo i giornali pensiamo che la gente sia cretina, e abbiamo deciso di metterci allo stesso livello, al punto che siamo diventati cretini per davvero…"

"Stai scherzando, vero?"

Mi alzai in piedi e continuai a parlare con la veemenza di chi non ha niente da perdere.

"No. Sono convinto che nessuno abbia bisogno di sentire un'altra opinione. Il mondo è pieno di opinioni, tutti quanti hanno il loro cazzo di opinioni, e per di più si ostinano a fartele conoscere. Possibile che nessuno si sia accorto che le opinioni degli altri non importano un cazzo a nessuno? Anche le opinioni personali che ha ciascuno di noi. Mi pare che la mia opinione abbia un valore soltanto se me la tengo per me, o al massimo per i miei amici. Una volta, soltanto i saggi dichiaravano le loro opinioni, e adesso? Ho sentito dire un casino di volte 'ho il diritto di esprimere la mia opinione', e invece no, te la tieni per te. Mi sono rotto le palle delle opinioni e dei giornali. Adesso basta, avere un'opinione dovrebbe essere un fatto eccezionale, un qualcosa di pensato, studiato, meditato…"

"Bel discorso."

Mi trascinavo dietro un fallimento giornalistico. Sei anni prima avevo fondato una fanzine di controcultura che si chiamava "L'uomo inquieto". Avevo invischiato nel progetto Claudio con la sua abilità nel vendere, Raúl con i suoi disegni, Blas con centoventi chili di entusiasmo disponibile e le traduzioni di poesie inedite. Mi ero cavato gli occhi sulle fotocopie, nel redigere testi, nel cercare acquirenti. Nel giro di un anno avevamo pubblicato quattro numeri che, pur non saziando le mie brutali aspettative, mi avevano fatto sentire qualcuno. Gli argomenti trattati non celavano l'ansia di vendetta contro il piccolo mondo di mio padre. Perfino lui era riuscito a leggere il primo numero e si era permesso di elogiare il mio desiderio di far fuori gli altri una volta per tutte, anche se alla fine erano stati gli altri a far fuori me. Mio padre aveva trovato la conclusione perfetta quando arrivò in fondo: "Se t'interessano queste cose, posso procurarti un posto al giornale".

Accettare fu il primo passo di una storia che ora tentavo di chiudere in presenza di "grande è Castiglia", la donna che odiava l'aria condizionata e il mese d'agosto.

"In questo giornale non si accettano dimissioni" mi stava dicendo. "Prenditi le ferie e ci vediamo al tuo ritorno."

"Non tornerò in settembre." Ecco trovato un titolo perfetto per le mie vacanze d'agosto: *Non tornerò in settembre*. Suonava bene. Una sfida.

Le voltai le spalle. Sapevo di non avere il diritto di dimettermi, in realtà quel lavoro non era mai stato mio, non ero padrone della mia situazione, anche se fingevo di esserlo. Ma tutto può cambiare.

"Senti," mi apostrofò, "io mi dimentico di questa conversazione e tu divertiti. Ci vediamo fra quindici giorni."

Com'è solito dire il padre di Blas: c'è sempre una porta aperta per far uscire i codardi. Bene, io l'aprii e uscii felicissimo di farlo.

Anche la strada che avevo davanti a me era un modo di dire addio al giornale, di prendere le distanze, sentivo il bisogno di allontanarmi da tutto. Da tutto. Perché giorni addietro il destino mi aveva portato una busta bianca, molto formale. Mia madre l'aveva tirata fuori dalla cassetta della posta e me l'aveva consegnata all'ora di pranzo. Dato che lei sa quasi tutto, aveva insinuato: "Sembra una partecipazione di matrimonio".

E non si sbagliava.

A volte succede che qualcosa ti rimandi indietro di anni, obbligandoti a retrocedere fino al tempo in cui eri ancora un altro e non sospettavi che cosa ti aspettasse dopo, e osservi sopra una mappa aperta davanti ai tuoi occhi i posti in cui sei stato e quelli dove avrebbero potuto condurti i sentieri. La partecipazione mi invitava al matrimonio di Carlos Balsain e Barbara Bravo, che avrebbe avuto luogo l'ultimo sabato di agosto in un paese in provincia di Lugo chiamato Castrobaleas. Sul retro c'era uno schizzo particolareggiato che segnava la strada da Lugo fino all'eremo del paese. Nell'angolo superiore destro una minuscola annotazione scritta a mano diceva: "Sei invitato, *davvero*", firmato con una sola lettera, B.

B di Barbara.

L'invito al suo matrimonio macchiato del mio sangue poteva essere un insuperabile messaggio di suicidio. Quel suicidio che non ho mai commesso per evitare a mio padre la vergogna di giustificare lo stile della lettera d'addio, estremamente grezzo per colpa della precipitazione tipica del momento in cui sarebbe stata scritta. Suicidio che sinceramente non potevo neanche prendere in considerazione, perché era una soluzione che non mi apparteneva più. Era stato Iván, un quinto amico, a buttarsi giù dalla finestra del settimo piano dell'alloggio dei suoi genitori una sera che non aveva voluto uscire con noi. Si era autocancellato dalla mappa. Nel modo in cui faceva lui le cose, con una libertà stupefacente. I suoi occhi di cane triste smisero di accompagnarci, dando una lunga lezione sul dolore a tutti noi che eravamo rimasti. Ma questa è un'altra storia.

Barbara. Non era una sorpresa la notizia del suo matrimonio, però faceva male lo stesso.

L'ultima volta che ci eravamo incontrati era stato durante una delle sue visite alla redazione. Salutò con il suo irresistibile fascino quelli che erano stati i suoi compagni di lavoro e si fermò un po' di più con me, in fin dei conti avevamo condiviso quasi due dei nostri anni migliori. Diciannove mesi e ventitré giorni. Non potendo riconoscere che non passava giorno senza che pensassi a lei, vedendola finsi indifferenza. Risposi vagamente alle sue domande e nascosi dietro la più sublime indolenza il mio smisurato interesse per le sue novità. "Magari mi sposo," annunciò, e io, che non ho mai saputo che cosa dire per non dire quello che voglio dire, dissi: "Fantastico, spero che m'inviterai al tuo matrimonio", e intanto pensavo che al suo matrimonio non ci sarei mai andato, non perché mi fosse indifferente, ma perché odio i matrimoni in genere, e soprattutto odio quello tra la ragazza che amo e un altro tizio. Ho di queste idee bizzarre.

Barbara mantenne i patti e m'invitò al suo matrimonio. Io a quel punto credevo di aver imparato a ignorare i miei sentimenti. Riconosco che dopo aver vissuto insieme a lei per diciannove mesi e ventitré giorni, quando ritornai a casa dai miei genitori con la stessa borsa piena di vestiti con cui ero partito, caddi in preda alla malinconia più nera. Malinconia da cui tentarono di tirarmi fuori Raúl, Blas e Claudio a forza di:

alcol
altre ragazze

casino
più alcol
più casino
e overdose di quella roba che chiamano amicizia.

Alla fine ci riuscirono soltanto quando smisero di provarci, quando si abituarono alle mie parentesi malinconiche, che trovavano perfino divertenti. E allora pensai: adesso sono guarito, come una canzone allegra che finalmente si apre il passo in mezzo a tante canzoni tristi.

Eppure, il matrimonio di Barbara mi faceva indignare non tanto per il fatto che sarebbe andata a vivere con un altro tizio, ma per l'atto in sé. La Barbara con cui avevo condiviso tante cose durante i nostri diciannove mesi e ventitré giorni insieme non si sarebbe mai vestita di bianco, non si sarebbe mai sposata e tanto meno con un tizio di nome Carlos. Carlos, che razza di nome. Non era la mia Barbara, e visto che non era la mia Barbara, quella faccenda non c'entrava niente con me. La cancellai dalla mente. Riuscii a convincermi che la Barbara che conoscevo era scomparsa, e che nel peggiore dei casi era stata solo un parto della mia fantasia, del desiderio di costruire una donna che mi riempisse la vita. La mia invenzione dell'amore. In un certo qual modo, la rottura con Barbara era stata una rottura artificiale, senza tragedie né battaglie, un lento dissolversi; c'è forse un altro modo per rompere con una donna che non esiste?

Con Barbara inesistente, la partecipazione del suo matrimonio era una lettera in più nella cassetta della posta, come l'ennesimo volantino di pubblicità a buon mercato. La vita poteva continuare. Il Nissan poteva scivolare ancora lungo la strada lasciandosi alle spalle il tramonto. Barbara era uno dei miraggi creati dall'adolescenza e dalla sua maledetta visione romantica della vita.

Mentre facevo il pieno di benzina, studiavo la possibilità di mandarle un regalo di matrimonio, qualcosa di fine ma significativo. Raúl e Claudio si sgranchivano le gambe dopo essere usciti dai servizi. Blas mi accompagnò alla cassa e si concentrò sull'esame del variegato materiale pornoerotico bene in vista.

"Senti, Blas, se tu volessi fare un regalo di nozze a una ragazza con cui sei stato insieme, ma in fondo vuoi dirle che non t'importa un cazzo che si sposi, che cosa le manderesti?"

Blas si stirò mentre ruminava una risposta alla mia domanda.

"Non lo so… Un preservativo usato?"

Dondolai la testa con poca convinzione. Pagai con i soldi della cassa comune.

"Si tratta di qualcosa che stai scrivendo?" volle sapere Blas, ancora incuriosito dalla mia domanda.

"Eh?, no, no."

A fianco della cassa, vicino alle guide turistiche e a tre o quattro riviste, giaceva un grosso volume con una fascetta che recitava: "Il romanzo più prestigioso ed elogiato di fine secolo". Né la casa editrice né l'autore mi dicevano qualcosa. Chiesi al commesso:

"E questo libro?".

"T'interessa? È del proprietario della stazione di servizio. L'ha scritto e pubblicato in proprio, dice che qui si può vendere come in libreria. Costa cinquecento pesetas."

Blas lo sfogliò con disinteresse.

"Ha un bell'aspetto" mentì.

"Lo compro" gli dissi. Blas mi guardò meravigliato. Il libro era un timido esempio di opera pubblicata a proprie spese. Il risvolto di copertina, con tanto di foto dell'autore, era inequivocabile: "Candido Valdivieso Trujillos è un benzinaio di successo, toccato da sempre dalla bacchetta magica della musa Proserpina. Qui ci presenta la sua prima opera di narrativa in cui ci presenta le avventure e disavventure di svariati personaggi che ci presentano tutte le complessità del mondo e dell'esistenza delle persone che vivono tra il lusso e i successi, ma che sono prive della cosa più importante dell'universo: l'amore".

"Spero che ti piaccia" ci salutò il commesso. "Il capo sarà contento quando gli dirò che ne abbiamo venduto uno."

Le peripezie di un ricco benzinaio sfortunato in amore sarebbero state la lettura ideale per quelle giornate. Quando ti capita tra le mani un libro così, è un errore rifiutarlo. Mio padre ne riceveva tantissimi, accompagnati da lettere in cui gli autori si dichiaravano pronti a sottomettersi alle proposte dettate dalla sua eccelsa opinione. Io li tiravo fuori dal cestino della carta dove inevitabilmente andavano a finire.

Un momento dopo, leggevo interi paragrafi del romanzo ai miei amici sul furgone, e scherzavamo, ridendo a crepapelle, sull'infelicità altrui.

Quando arrivammo a Valencia scendeva la notte. Proposi di cercare un campeggio per montare le tende, ma nessuno aveva voglia di mettersi a piantare picchetti. Quindi Claudio si diresse verso il centro e chiedemmo dov'era il mare. Valencia aveva la fama di essere la città con la vita notturna più brillante di Spagna, purtroppo svilita dalla becera strada del baccalà, ma dove perdurava ancora l'allegria sessuale nota fin dagli anni del franchismo.

Parcheggiammo il furgone e ci precipitammo in spiaggia. Ci togliemmo le scarpe per camminare sulla sabbia. Raúl si cospargeva di creme e lozioni contro le zanzare ogni centimetro di pelle che non fosse coperto dal completo da esploratore. I ristoranti in prima linea servivano risotto ai frutti di mare agli avventori gamberizzati dopo una giornata di sole. Blas metteva al corrente Claudio della sua notte con Anabel. Per un pelo non me la scopo. Ricordai le mie discussioni con Barbara. Lei voleva sempre andare in spiaggia e io mi affannavo per convincerla che il mare era bello soltanto d'inverno.

"Il fatto è che tu odi qualunque posto dove ci sia gente" mi rinfacciava.

"Soprattutto se si tratta di gente in costume da bagno" specificavo io.

Guardai le ondate morte che mi avevano portato indietro i ricordi di Barbara ed elusi la tentazione di pensare ancora a lei. Ci sedemmo sulla spiaggia, vicino alle sedie a sdraio incatenate per via dei furti, a fumarci uno spinello. Claudio si era attrezzato per il viaggio portandosi dietro un barattolo da marmellata pieno di marijuana che coltivava nei vasi di casa sua. Lasciammo passare il tempo. "Bisognerà pensare alla cena" disse Claudio, ma nessuno manifestava l'intenzione di muoversi.

Dal retro di uno dei ristoranti sbucò una donna in grembiule per posare un sacco dell'immondizia vicino al bidone già strapieno. Mi alzai in piedi e corsi verso di lei. Gli altri mi osservavano, in attesa. Spiegai alla signora che stavamo facendo un viaggio di piacere e ci avevano rubato i bagagli con tutti i soldi. Soltanto il giorno dopo avremmo ricevuto il vaglia per comprarci un biglietto di ritorno. Non c'importava di passare la notte all'aperto, ma lo stomaco vuoto era tutta un'altra storia. La signora si rilassò facendo sparire la smorfia di diffidenza, e allora le chiesi se poteva portarci qualche avanzo, così quella sera avremmo potuto cenare.

"Vado a vedere" mi rispose la signora con un marcato accento di Valencia. "È pieno di tedeschi che non lasciano neanche le briciole, ma ripassate tra mezz'ora e vedremo che cosa sarò riuscita a tirar su."

Ritornai verso il gruppo e Raúl mi accolse lamentandosi, non era disposto a mangiare gli avanzi di nessuno. Gli spiegai che gli avanzi di un buon ristorante sono sempre più saporiti del piatto principale di un ristorante mediocre.

"Speriamo solo che ci lascino il *socarrat*, è il mio preferito." Blas non era altrettanto scrupoloso.

Dopo mezz'ora, la signora ricomparve sul retro e mi lanciò un grido: "*Chiquet!*". Mi alzai dalla sabbia e Claudio venne con me. Ci tese un vassoio con sopra quattro piatti stracolmi di cibi diversi.

"Quello di verdure è squisito e la *fideuà* l'ho presa adesso, per cui è ancora calda."

"Grazie signora. Iddio la ricompensi."

"I piatti e le posate lasciateli qui, vicino alla porta, così domani li riprendo."

"Mi scusi," la interruppe Claudio mentre stava già ritornando in cucina, "non ci sarebbe mica qualcosa da bere? Perché così, senza niente di liquido…"

Claudio stava dimostrando una volta di più la sua mancanza di misura. La signora sorrise e scomparve all'interno della cucina. Blas mi strappò un piatto dalle mani. Io rinfacciai a Raúl:

"Hai visto? Dove avremmo cenato così?".

"La *fideuà* è una figata. Assaggia, assaggia." Blas offriva una forchetta a Raúl.

La signora riemerse con quattro bottiglie di vino bianco mezze vuote.

"Tra tutte ve ne esce una intera, *bon profit, nois*, buon appetito, ragazzi." E ritornò in fretta e furia nel ristorante.

Andammo di nuovo a sederci sulla sabbia, ciascuno con la propria bottiglia di vino regalato. Raúl, diffidente com'era, assaggiò appena il suo, e io bevvi la sua parte. Il riso nero era un po' scotto ma Blas bloccò il mio iniziale impulso di andare a protestare cedendomi una parte della sua *fideuà*, che in effetti si sposava deliziosamente con l'*alioli*. Aveva iniziato a spirare la brezza proveniente dal mare, e l'umidità adesso si sopportava meglio. Tutti e quattro rivolti verso il mare, la bocca piena. Il vento spettinava il ciuffo biondo di Claudio: "Sei un genio" mi disse frugandosi in bocca con un dito per staccare un granello di riso che gli era finito in mezzo ai denti. Raúl tirò fuori il cellulare e fece un numero. Si alzò in piedi per allontanarsi da noi. Passeggiava sulla sabbia, teso, mentre parlava con Elena. Si era tolto gli occhiali e si sfregava gli occhi. Con un tono di voce basso, che a malapena riuscivamo a sentire, le raccontava che eravamo partiti in ritardo e che stavamo cenando in un chioschetto sulla spiaggia. Chiedeva notizie dei gemelli con le spalle curve, come se il peso della responsabilità lo schiacciasse anche fisicamente. Quando ebbe riattaccato, ritornò da noi con aria sconsolata. Crollò sulla sabbia. Mi scolai d'un fiato l'ultima bottiglia. Il vino bianco mi ha sempre fatto venire un dolce mal di testa.

"Nico ha detto la sua prima parola."

Nico, Nicolás, era il maggiore, di dodici minuti, dei gemelli di Raúl ed Elena. Il piccolo si chiamava César. Un altro nome rigido. Io non ero in grado di distinguerli, anche se riconosco di non essermi mai soffermato a guardarli a lungo. Raúl giurava di saperli distinguere perfettamente l'uno dall'altro, anche se la notte gli era capitato diverse volte di dare due biberon allo stesso bambino ed era stato sul punto di far morire di fame quello che piangeva meno forte. Elena aveva pensato di vestirli con colori diversi, così sarebbe stato più facile riconoscerli. Ma allora il problema era ricordare il colore di ciascuno di loro. Raúl proseguiva, guardando il mare, tristissimo.

"Ha detto la sua prima parola e io non c'ero."

"E che cosa ha detto?" Blas mangiava gli avanzi di un Raúl inappetente.

"Papà."

Claudio scoppiò a ridere.

"Aspetta che riesca a dire la frase completa: 'Papà, vaffanculo'."

"Certo, per voi è una stupidaggine…"

"Su, su non ti deprimere" tentai di tranquillizzare la coscienza di Raúl. "In realtà non sa ancora che cosa vuol dire, i bambini dicono così perché gli piace il suono, ma quando dicono 'papà', non è che dicano realmente 'papà'."

"E tu che cosa ne sai?"

"Ho due nipoti" mi giustificai.

"In effetti," ammise Raúl, "che cosa vuol dire papà? Niente. Un tizio qualunque che stava scopando con tua madre il giorno fatale. Insomma, non vuol dire niente di niente."

"Ma certo" gli disse Claudio.

"E invece no. Ormai ho smesso di essere Raúl, adesso sono 'papà'. Possibile che non ve ne rendiate conto? Si presume che sia io a dover spiegare ai miei figli come gira il mondo, sono io che ce li ho portati…"

"Lo imparano da soli. Come gira il mondo, dico…"

"Ma in che cosa consiste essere padre?" si chiedeva ad alta voce Raúl. Nessuno di noi poteva aiutarlo. "Nel decidere un'ora per il rientro a casa, nel dire non prendere questo, non fare quell'altro… Insomma, nell'essere l'autorità, la protezione, che cazzo significa essere padre?"

Quello di Raúl era un monologo senza fine, a meno che qualcuno di noi non avesse trovato il coraggio di interromperlo con il solito: "Dovevi prendere i soldi", ma nessuno aveva voglia di ferire Raúl in quel momento così significativo della sua esistenza. Il gemello maggiore aveva detto "papà", il che gli conferiva un incarico definitivo nella vita. Smetteva di essere figlio per diventare padre. Smetteva di essere un tizio ossuto e sgraziato dalle orecchie a sventola e con una grandissima voglia di scopare trincerata dietro gli occhiali, per essere "papà". Un balbettio quasi inintelligibile coronava l'irrimediabile fine dei giorni tranquilli di Raúl.

"Come faccio a essere un buon padre se non sono mai stato un buon figlio? Mio padre preferisce i miei fratelli, che gli danno ragione e parlano di calcio con lui… E mia madre quando è rimasta incinta di me ha cercato di abortire. Un giorno me l'ha raccontato come se niente fosse. Saliva sopra il tavolo della sala e poi saltava giù, perché le avevano detto che faceva malissimo al feto, e il feto ero io… Prendeva delle infusioni di erbe terribili, e invece niente, sono nato. Pensa un po' che razza di padre posso essere, con l'esempio che ho davanti… E poi non voglio essere padre. Io non sono papà, merda."

Io e Claudio ci voltammo verso Blas. Lui possedeva la capacità di risollevare la gente dal vortice della depressione. Regalava il suo modo limitato di vedere il mondo, il suo angolino per l'entusiasmo.

"Dai, Raúl, non fare il cacasotto" gli rinfacciò. "Sarai un padre con le palle proprio perché i tuoi genitori non lo sono stati con te. Non vorrai mica che i tuoi figli diventino come te, no?"

"Be', no di certo… Ma che cos'ho io che non va?"

"Ma no, scemo. Voglio dire come te, insomma 'un figlio non amato'…"

"Ma come faccio a voler bene ai gemelli se non li riconosco neanche? A me i bambini sono sempre piaciuti, ma quelli degli altri. Non i miei."

"Be', magari sono di un altro" intervenne Claudio, che possedeva esattamente la capacità opposta di Blas, l'intempestività. Ne era consapevole, e la metteva in pratica senza pensarci su due volte.

"Non credere che non ci abbia pensato, il brutto è che quegli stronzi sono identici a me…"

"E non ti pare un motivo sufficiente per avere compassione dei bambini?" chiesi.

"Siete dei figli di puttana."

L'ultima frase era indirizzata a noi. Raúl si alzò di nuovo in piedi e si allontanò camminando lungo la spiaggia. Faceva volare nuvole di sabbia prendendola a calci, nel suo nuovo ruolo di tormentato padre di famiglia. Era alto e sottile come un palo in mezzo alla spiaggia. L'idea di essere padre non era mai rientrata nei suoi progetti per l'immediato futuro, ma gli era crollata addosso, dandogli una bella batosta. Guardandolo, pensai che gli eventi decisivi della nostra vita di solito succedono in modo accidentale, il che dovrebbe farci meditare su quanto limitato sia il nostro potere, e invece continuiamo a prenderci troppo sul serio. Non siamo neanche delle vittime, siamo pezzi di legno in balia di un mare capriccioso.

Lanciai i piatti vuoti nel mare. Planarono sopra l'acqua e quando persero velocità affondarono in silenzio. Poi spaccai le bottiglie vuote contro il muro del ristorante chiuso. Ripagavo così il favore che mi era stato fatto. Era una di quelle piccole ribellioni distruttive che per un momento mi facevano sentire uno stronzo, ma padrone della mia stronzaggine.

Un momento dopo, l'alcol a go-go era riuscito a distaccare la lingua di Raúl dal resto del suo corpo, conferendole un'autonomia propria. La musica a un volume che spaccava i timpani non pareva intimidire la sua logorrea. Claudio intavolò una conversazione con una principessa fighetta, una di quelle che si muovono come se avessero un'aureola tutt'intorno. Mi sottrassi alle nuove argomentazioni della vecchia depressione di Raúl e mi unii a Claudio. Quando fummo presentati, venni gratificato dallo sguardo sprezzante della ragazza e da un bacio imbarazzato. Il gruppetto delle sue amiche ballava sulla pista, osservandoci con tiepida curiosità. La principessa si strinse nelle spalle come se volesse far capire che il suo destino nella vita era sopportare i mosconi attirati da tanta bellezza. Apparteneva a quel genere di belle ragazze talmente consapevoli di esserlo che alla fine perdono tutto il loro fascino. Stavo per darle della bruttina, ma avrei avuto bisogno di un altro whisky. Claudio le chiese ad alta voce:

"Senti, delle tue amiche qual è la più maiala?".

"Che cosa?" lei finse di scandalizzarsi.

"Sì, insomma, la più porca. Quella che la dà via più facilmente e si scopa chiunque…"

"Non lo so" eluse la domanda.

Parlava senza chiudere completamente le labbra, quasi volesse risparmiarsi lo sforzo di pronunciare le parole, per cui le uscivano di bocca vaghe, amorfe. Aveva le gambe un po' storte, probabilmente a causa delle esigenze del suo maestro di sci. Era il genere di ragazza che accendeva in me un miscuglio di sentimenti contrastanti. Da una parte desideravo possederla fieramente, dall'altra mi faceva venire voglia di spaccarle un bicchiere sulla testa. Claudio proseguiva:

"Ce ne sarà pure una nel gruppo che non sia come te".

"E come sarei io?"

"Meravigliosa, bellissima. Fidanzata. Felice, con una vita perfetta. Non m'interessa. Faccio a meno di te. Ti sto chiedendo della più poveraccia, la più porca…"

"Be', non proprio a questi livelli, però Marga…" concesse la principessa.

"E chi è Marga?"

Puntò pigramente il dito verso la più rotondetta del gruppo. Grandi cosce sotto la minigonna, vestita di un nero lucente forse per celare le sue reali dimensioni, il triplo di quelle delle sue amiche anoressiche. Ci guardava. Be', guardava Claudio. Lui le fece segno di avvicinarsi. Lei obbedì facendo finta di non averne voglia, ma la sua euforia era palese: finalmente qualcuno che s'interessava alla sua debordante umanità. La discoteca tremava sotto i suoi passi. Bruttina, di primo acchito antipatica, un po' risentita. Il suo "mi chiamo Marga" suonò come "sono la bruttina del gruppo, e allora?". Ignorava ancora l'ammirazione che le riservava Claudio. Questi voltò la schiena alla principessina e si concentrò su Marga, le si rovesciò addosso, avvolgendola nel manto lusinghiero della sua voglia di scopare.

Blas aveva avvicinato due sedie basse e si era messo a dormire in mezzo al rumore. Indolente. Qualunque cosa pur di non ascoltare più Raúl. Io mi sforzai di conquistare l'apatia della principessa fighetta, che corteggiai per tutta la sera. Ho sempre pensato che la bellezza sia un dono concesso per venire condiviso. Barbara elargiva a piene mani il regalo della sua presenza. Al suo fianco, osservandola, imparai a odiare quelli che sono avari con la propria bellezza e la negano agli altri, come la principessa fighetta che quella sera sarebbe stata la mia tortura.

Marga non fece la schifiltosa col retro del furgoncino quando Claudio le propose di passare all'azione prima dell'alba. Noi uscimmo dalla discoteca e aspettammo sul marciapiede, timorosi che il furgone si ribaltasse a causa della furia impetuosa di Claudio e della sua Moby Dick di una notte. La principessa era scandalizzata per l'impudenza della sua amica, anche se in realtà la offendeva il fatto che Claudio l'avesse disdegnata. In cambio aveva trovato me, sbronzo e maldestro, con i miei vani tentativi di tirar fuori qualche sentimento dal suo congelatore.

Quando mi passò la voglia di provarci, mi sedetti sul bordo del marciapiede. Blas, che aveva dormito due ore buone all'interno del locale, era sveglissimo e insisteva per andare a far colazione. Marga riemerse dal retro del furgone e il gruppetto di ragazze fuggì senza salutarci. Claudio si era addormentato in mezzo alle nostre borse, avvolto da un acuto odore di sesso affrettato. Guidai di nuovo fino alla spiaggia e nel pieno dell'alba ci buttammo sulla sabbia, come i bagnanti più mattinieri della giornata. Blas si stava scolando una bottiglia da due litri di orzata mentre canticchiava ninne nanne per addormentare amici estenuati.

"Narra una leggenda cinese di due amanti che non riescono mai a unirsi. Si chiamano Notte e Giorno. Nelle magiche ore del tramonto e dell'alba gli amanti si sfiorano e sono sul punto di incontrarsi, ma non succede mai. Dicono che se fai attenzione, puoi ascoltare i lamenti e vedere il cielo tingersi del rosso della loro rabbia. La leggenda afferma che gli dèi hanno voluto concedere loro qualche attimo di felicità; per questo hanno creato le eclissi, nel corso delle quali gli amanti riescono a unirsi e fanno l'amore. Anche io e te aspettiamo la nostra eclisse. Ora che abbiamo capito che non c'incontreremo mai più, che siamo condannati a vivere separati, che siamo la notte e il giorno."

Da *Scritto su tovaglioli di carta*

3.

Mi svegliò il pugno del sole, proprio in mezzo agli occhi. La spiaggia era stata invasa dalla gente. Blas e Raúl si coprivano la faccia con le camicie. Tirai fuori il costume da bagno dal borsone che avevo usato come cuscino, e me lo infilai in fretta e furia, coprendomi con il bordo troppo lungo della maglietta. Mi buttai in acqua nel tentativo di recuperare qualche momento di sonno. Feci il morto per così tanto tempo che alla fine credevo di esserlo realmente. L'acqua era un brodo tiepido senza onde. Vicino alla mia bocca galleggiavano, sfiorandomi, pezzi di plastica, cicche, contenitori, legnetti, bucce di banana, la flora e la fauna di qualsiasi spiaggia frequentata. Le spiagge che ti piacevano tanto, eh Barbara? Eccomi qui, in vacanza. Mi piacerebbe se mi vedessi. Mi piacerebbe se fossi qui. Se fosse possibile incontrarsi.

Cercai di non pensarci.

Claudio fu il primo a unirsi a me, arrivando direttamente dal furgone, tutto sudato e con la cerniera di un sacco a pelo stampata sulla faccia.

"Non te lo avevo detto: me ne sono andato dal giornale" gli annunciai.

"Davvero?"

"Proprio così. Mi ero rotto i coglioni."

"E che cosa fai adesso?"

"Non ne ho idea."

"Mi pare giusto."

"Non l'ho ancora detto ai miei" aggiunsi.

"Glielo dici?"

"Certo, cazzo, lavorano lì."

"Allora lo sapranno già."

"Forse sì."

"Era un lavoro di merda" mi confortò Claudio. "Non ti bastava neanche per pagarti un affitto."

"E già…"

"A casa mia c'è posto. Be', non c'è posto. Non ci sto nemmeno io. Posso trovarti un lavoro nel mio giro."

"Il tuo giro?" sospirai disgustato. Claudio faceva il rappresentante di bevande per bar e tavole fredde.

"Mi ero dimenticato che tu non puoi sporcarti le mani…"

"Non è per questo, cazzo. Non lascio un lavoro di merda per farne uno peggiore…"

"Però ti dà più soldi. Certo che tu, vivendo con mamma e papà, te lo puoi permettere…"

"Cavolo, se avessi saputo che dicevi così non ti avrei raccontato niente…"

Claudio tuffò la faccia nell'acqua e si lavò le occhiaie.

"La cosa più importante è che non ti metta nei guai" mi consigliò. "Guarda Raúl. Non si è ancora accorto che è nella merda fino al collo."

"Io non mi sposo mica…" Mi venne la tentazione di raccontargli del matrimonio di Barbara, ma non ero sicuro che Claudio comprendesse il mio stato d'animo. A lui Barbara non era mai piaciuta, però sosteneva che fossi ancora innamorato di lei. Sentimenti troppo difficili da spiegare a qualcuno che aveva deciso di non affaticarsi il cervello al di là dell'eterna questione, scopare o non scopare.

Claudio, nelle sue relazioni, puntava sulla semplicità, ma io sapevo che non era poi così vero. Si nascondeva dietro uno scudo antisentimentale, ma io conoscevo le sue paure, me le aveva confessate più di una volta: "Non vorrei arrivare al punto in cui le donne ti possono abbandonare, distruggendoti proprio quando sei innamoratissimo. Lo so che un giorno mi succederà, succede a tutti, ma cerco soltanto di ritardarlo il più possibile". E con questo sistema evitava di complicarsi la vita. Il suo successo con le donne gli consentiva di non innamorarsi. Claudio lo conoscevo da quasi dieci anni, anche se i nostri mondi si erano separati quando lui aveva perso i genitori. Aveva dovuto abbandonare gli studi, cercarsi un lavoro ed era entrato in un periodo difficile, pieno di ossessioni: la sua forza vitale era il cattivo umore. Quando la tempesta si fu calmata, i danni provocati non erano riusciti a distruggere completamente la nostra amicizia e iniziammo una lenta ricomposizione. Avevamo camminato sul filo del rasoio col rischio di non rivederci mai più, come era successo con tanti altri abbozzi di amici dall'infanzia fino a ieri, e forse ci sentivamo così vicini proprio perché avevamo saputo recuperare la nostra amicizia.

Blas e Raúl si unirono a noi. Noi quattro formavamo un salotto a mollo, con la testa fuori dall'acqua. Raúl teneva in mano il cellulare, col braccio teso in alto, "così, se chiama Elena...", mentre con l'altra mano continuava a sistemarsi gli occhiali che gli scivolavano sul naso umido. Claudio gli chiese in prestito il cellulare per parlare col padre di Blas e chiedergli notizie di Sánchez, ma Raúl si rifiutò di darglielo. Il telefono era soltanto suo, e non voleva che Elena, chiamando, trovasse la linea occupata, "è talmente paranoica".

Restammo a lungo in silenzio, guardando le ragazze che si muovevano sulla spiaggia. Opinai che le donne mi piacevano di più la notte, ma non venni capito. Intendevo dire che di giorno non suscitano in me le stesse sensazioni che di notte. Pensai che avevo avuto una bella idea a vaccinarmi prima di partire da Madrid. Avevo dovuto mentire al medico e dirgli che andavo in vacanza in Africa, ma in fondo così mi sentivo più tranquillo. Quindici giorni con i miei amici: era facile beccarsi una malattia. E di sicuro loro erano capaci di trasformare in un villaggio africano qualunque posto in cui decidessero di fermarsi un po'. A loro non avevo detto niente, hanno sempre pensato che sono ipocondriaco. Non sanno che cosa significhi essere infermo per davvero. Io ho avuto tutte le malattie possibili e immaginabili, gli ospedali mi fanno venire l'ansia, anche quando li vedo in televisione. Dopo la rottura con Barbara mi sono preoccupato sul serio. Avevo letto su "Medicina oggi", la mia lettura serale, che la delusione amorosa può far venire il cancro e ho iniziato ad avvertirne tutti i sintomi. Le centinaia di analisi cui mi sono sottoposto alla fine mi hanno tranquillizzato. Mi veniva concesso dell'altro tempo per continuare a soffrire.

"Raúl, che cazzo fai?" Claudio si voltò verso Raúl con aria sorpresa.

"Cavolo, sono arrapatissimo."

Raúl si era abbassato il costume da bagno nell'acqua e così, come se niente fosse, si sparava una sega con la mano libera. Una scenetta deliziosa.

"Non fare il porco" sbottò Claudio.

"Dici così perché tu hai scopato."

"Dai, Raúl, ci sono dei bambini" si preoccupò Blas.

"Mi lasci in pace o no?"

"Ti avverto che i bagnini hanno il binocolo."

Raúl ci voltò le spalle e si concentrò nella sua operazione. Ci allontanammo dalle piccole onde che sollevava. Se lo lavorava coscienziosamente. Nessuno di noi era stupito. Stava attraversando un periodo difficile. Ci aveva confessato che quando Elena era incinta si masturbava quattro o cinque volte al giorno, come all'apice dell'onanismo adolescenziale. Quando a volte uscivamo insieme, ci capitava sovente di vederlo sparire nei servizi di un bar, per farne ritorno con un'espressione rilassata e un mezzo sorriso. Il colpo finale alle sue manovre solitarie glielo diede il telefonino che iniziò a squillargli in mano, in cima al braccio.

"Vaffanculo."

Si schiarì la voce e rispose. Senza dissimulare la sorpresa, fece un mezzo giro chiamando Blas con un gesto.

"Viene subito. È per te" e tese l'apparecchio a Blas. "Eppure ve l'ho detto che questo telefono non deve esistere per voi. Se adesso chiama Elena sono fottuto."

Blas reggeva il telefono con la mano bagnata.

"Ah, ciao, come stai? Siamo a Valencia, sulla spiaggia, una birretta in mano all'ombra delle palme, il paradiso. Ma certo, ci mancherebbe, non dubitare. Subito. Sì, certo, è facilissimo. Veniamo a prenderti alla stazione."

Ci avvicinammo a lui, incuriositi.

"Che figata, no, no per niente. Siamo felicissimi. Ma no, per niente. Subito, adesso, non ti preoccupare. Tu richiama e dicci l'ora. Però fallo subito, eh? A presto."

Chiuse il telefono. Se avesse avuto una bocca sana, in quel momento i suoi denti sarebbero stati splendidi.

"Era Anabel. Le è andato a monte il programma e voleva sapere dov'eravamo, e se poteva unirsi a noi..."

"Che cosa? Viene qui? Neanche a parlarne." Raúl esprimeva tutta la sua indignazione mentre recuperava il telefono e verificava i collegamenti, le batterie, la casella vocale.

Io e Claudio, pur non avendo dimenticato la regola numero uno del nostro viaggio al centro delle cosce, le nostre ventimila leghe, cioè l'inderogabile patto di non volere donne in vacanza con noi, accettammo l'entusiasmo di Blas. Io gli feci una riverenza, mentre ritornavamo a riva, e mi misi in ginocchio davanti a lui.

"Ecco che ritorna l'uomo, sei un seduttore. Il Don Giovanni ciccione."

Claudio faceva spostare i bagnanti che gli tagliavano la strada.

"Fate passare la gran macchina della scopata, il mostro del sesso."

"Viene qui, e ci viene per me. Per passare le vacanze con me."

L'emozione di Blas era indifferente agli sguardi della gente intorno a lui.

"Lasciate passare l'uccello contemporaneo più brillante del nostro paese."

"Diamo lode al signore delle scopate perché ha fatto meraviglie..."

Raúl, che non condivideva le nostre grida di ammirazione, ci seguiva in mezzo a proteste via via più sterili. Blas arrivò al punto in cui avevamo lasciato i borsoni dei vestiti, li afferrò e li lanciò per aria. Gli ricadevano sopra la testa, con le magliette sparpagliate sulla sabbia. Cercò di sollevare la borsa di Raúl ma pesava troppo. Gridava a squarciagola:

"Anabel! Sono qui che ti aspetto! Ti mangerò la fica, le tette, ti metterò dentro di tutto, tranne la paura! Ti ammazzerò a forza di scopate! Anabel, ti amo!".

Una signora che ungeva con l'aceto il figlioletto lo rimproverò per la sua condotta:

"Le pare bello dire certe parole davanti a un bambino?".

"Mi pare bellissimo, signora, bellissimo. Tra poco scoperò..." E le baciò la guancia appiccicaticcia.

Quando il trambusto in spiaggia divenne rischioso per la nostra integrità fisica, ci precipitammo verso il viale dove ci attendeva il furgone. Il selciato ci arroventava i piedi scalzi. Il telefonino squillava di nuovo nella mano di Raúl. Era Anabel. Sarebbe arrivata con il treno delle sette.

Avevamo sei ore per pettinare e mettere in ghingheri Blas, per montargli la testa con gli ormai prossimi, appassionati, rapporti sessuali. Gli rovesciammo sui piedi mezzo flacone di acqua di colonia. L'obbligammo a camminare tenendo la pancia in dentro e Claudio gli prestò la sua camicia preferita, soprannominata "l'infallibile", anche se addosso a Blas faceva pensare soprattutto al momento in cui l'incredibile Hulk si strappa i vestiti per trasformarsi nella Cosa. Arrivammo in un campeggio rumoroso e sporchissimo, zeppo di famiglie in relax, con le madri che strillavano dietro ai bambini inselvatichiti e i padri in perenne stato di pennichella. Montammo la tenda da campeggio grande, che Claudio si era fatto prestare da alcuni amici, e a quattro passi da questa la civettuola tenda a cupola di Raúl, che sarebbe servita da tempio dell'amore, da gineceo portatile, da suite del sesso. Perché, sebbene Raúl si rifiutasse di prestare la sua tenda, il programma era già stato definito. Blas e Anabel avrebbero passato la notte nella tenda a cupola e poi l'amore e la mancanza di spazio avrebbero fatto il resto.

Durante l'attesa Blas fece il pavone. Perfino fisicamente sembrava occupare più spazio, forse grazie ai sei pacchetti di pistacchi che aveva ingurgitato per placare l'ansia. E grazie al precipitoso arrivo di Anabel, ci stava dimostrando che anche le sue tecniche da lupo necrofago dal volto gentile davano qualche risultato. Per esempio, la sua abitudine di fare puntualmente gli auguri di compleanno a tutte le ragazze che frequentava e ad alcuni dei loro familiari. Oppure l'elenco stilato per questo viaggio, con lo scopo di inviare a ciascuna delle sue amicizie femminili una cartolina idilliaca e appassionata. Noi gli ridevamo dietro, ma lui ci ricordava che i suoi erano investimenti da formichina del sesso: "C'è gente che mette da parte i soldi per la pensione, e io faccio lo stesso. Ci lavoro su, sono perseverante, saranno le scopate del futuro. Vedrete, quando sarò vecchio mi stuferò a forza di scopare, e voi starete tutti lì a guardarmi".

Appena entrati in stazione, forse l'unico edificio un po' bello che avremmo visto a Valencia, Blas si lanciò verso il tabellone degli orari. Il treno proveniente da Madrid arrivava sul binario tre, e noi ci piantammo lì, due passi dietro a Blas, come la sua guardia del corpo. Quando vide scendere Anabel da uno dei vagoni anteriori, camminò verso di lei a braccia spalancate – con la disinvoltura sotto di qualche punto – e gonfiando il petto, non tanto per fare un gesto atletico quanto per starci nella camicia. Restammo al nostro posto. Studiavamo Anabel. Blas non aveva detto una bugia. Era un gran bel pezzo di carne, con le gambe talmente lunghe che quando Blas si fiondò su di lei per baciarla pensammo che non le sarebbe arrivato al di sopra dell'ombelico. L'estate aveva abbigliato Anabel con il minimo indispensabile, lasciando scoperte le braccia muscolose e le gambe tornite, e sottolineando oltremodo le sue rotondità, in particolare i seni, generosi, accoglienti con Blas che l'abbracciava amichevole e poliposo. Camminarono verso la nostra posizione, obbligandoci alla fine a sollevare lo sguardo sul volto di Anabel. Da fatalona, probabilmente di cinque o sei anni maggiore di noi, troppo truccata, labbra piccole ma disegnate con ottimismo. Sprigionava un alone di volgarità attraente. La sua voce si rivelò roca, confermando che ci trovavamo davanti a una donna che di chilometri ne aveva fatti.

Come effetto immediato, tipico di una presenza desiderabile in mezzo a uomini affamati, aguzzammo il nostro ingegno fin dai saluti. Fummo gradevoli, brillanti, cordiali. Claudio la fece sedere davanti e si offrì di guidare. Raúl, che ignorava perfino che un tempo la città fosse attraversata da un fiume, si fece in quattro per mostrarle le bellezze di Valencia, le parlò delle feste e della paella. Alquanto ridicolo, soprattutto tenendo conto che era in concorrenza con l'ispirato Claudio, il quale si era autoproclamato capitano della gita, anfitrione perfetto, cicerone alato.

"Ma il bello è la vita notturna" sentenziò per frenare Raúl una volta per tutte.

Blas mi guardò con aria indignata, consapevole che entrambi stavano invadendo il suo territorio. Si chinò verso di me e mi sussurrò: "Quei due sono degli avvoltoi". Dallo specchietto retrovisore tentai di inviare a Claudio un segnale di misura, ma lui ormai era lanciatissimo, quasi felino.

"Non sentite puzza di formaggio?" chiese Anabel, incuriosita.

Ci scambiammo un'occhiata. Claudio ci tirò fuori dai guai.

"È la città. Sai, Valencia, famosa per il suo formaggio…"

In campeggio indicammo ad Anabel la tenda a cupola dove avrebbe passato la notte, e lei si lamentò che soffriva di mal di schiena. Mentre ritirava le sue cose all'interno, con Blas di guardia davanti all'ingresso, io e Raúl prendemmo da parte Claudio, rimproverandolo per come si era comportato.

"Claudio, non fare lo stronzo, la stai portando via al povero Blas."

"Ma va' là. L'ho fatto perché si sentisse a suo agio, fiduciosa. Il lavoro di squadra è fondamentale."

"Sì, lavoro di squadra," si lamentò Raúl, "ma poi chi glielo ficca dentro sei tu."

Con il nostro goffo maschilismo cavernicolo portammo Anabel in un ristorante dove favorimmo in tutti i modi Blas, il quale si occupò del conto, pagandolo con la cassa comune. Gli cedemmo il ruolo di protagonista nella conversazione. Claudio voleva dimostrarci il suo rispetto assoluto delle intenzioni di Blas. Raúl ricevette la telefonata di Elena e si chiuse in bagno a parlare con lei per quasi tre quarti d'ora. A me, devo confessarlo, Anabel non attizzava tanto.

Fu lei a parlare di più. Ci raccontò della rottura con il fidanzato degli ultimi cinque anni; lui faceva il pierre in una discoteca alla moda, ma la sua smodata dipendenza dalla coca l'aveva trasformato in un soggetto paranoico, il che non era adatto al lavoro che faceva. Nell'ultimo mese aveva litigato diciassette volte con dei tizi che, assicurava, lo guardavano storto, gli ridevano dietro o aspiravano al suo posto. Quando era stato licenziato e ricoverato in ospedale, Anabel era rimasta con lui per fedeltà e affetto, così ci disse, fino al giorno in cui aveva iniziato a picchiarla, convinto che lei volesse farlo rinchiudere in un centro per tossicodipendenti. Quella violenza le aveva riportato alla memoria le botte di suo padre alcolizzato, e fu la fine di ogni residuo d'amore. Nel corso di quella sconsolante narrazione, mi permisi di fare alcuni commenti scherzosi che vennero accolti malissimo, per cui alla fine mi stravaccai sulla sedia dedicandomi al vino. La tristezza di Anabel era verosimilmente il motivo per cui si era unita al nostro viaggio. Blas doveva sembrarle l'uomo meno problematico dell'universo, il suo esatto opposto.

Tentai di dare un altro senso al suo arrivo: "Non c'è bisogno di spiegazioni. Sappiamo tutti che Blas è irresistibile". E segnavo un punto a favore di Blas, mettendo in chiaro che cosa l'aveva attirata fin lì. Anabel stavolta rise di cuore. Una risata che avrebbe rivelato a chiunque avesse un minimo di perspicacia che Anabel aspirava soltanto a un'amicizia rilassante con Blas, a un'inoffensiva spalla su cui scaricare le proprie pene. Blas proseguiva la sua caccia, ed era chiaro che non ci avrebbe mai e poi mai rinunciato.

Entrai nella toilette dove Raúl tentava con ogni mezzo di troncare la conversazione con Elena. I gemelli non avevano imparato a dire nuove parole, per cui Raúl si sentiva un po' più animato. Gli confessai i miei dubbi sul fatto che Anabel fosse venuta da noi con l'intenzione di scoparsi Blas.

"Ma l'hai guardata bene?" Raúl fece un cenno con la testa in direzione della sala da pranzo. "Quella lì è troppo tutto per lui."

"Bisognerà dare una mano."

"A lei, perché lui non ci può fare niente…"

"Lasciamogli un po' di tempo, non si sa mai…"

"Ma va' là." Raúl era sicuro del fallimento di Blas. "Basta guardarle i denti: c'è nicotina accumulata da anni. È una tizia che ne ha fatta di strada, e uno come Blas non le interessa di certo. È grasso e calvo, uno sgorbio umano. Invece io…"

Raúl si bagnò le mani nel lavabo e si lisciò i capelli all'indietro. Scoprendosi nello specchio un po' troppo stempiato, li risistemò com'erano prima. Lo seguii fino al tavolo e, conoscendolo bene, ero certo che, una volta conclusa la conversazione con Elena, ritornava a essere un uomo con un unico obiettivo vitale: scopare.

Raúl mi ha sempre detto che la sua fissazione per il sesso è il risultato di una cultura basata sui fumetti erotici, unita al ritardo quasi patologico nella perdita della verginità, ventidue anni. Quell'atto, fino ad allora negato al proprio corpo, aveva riscosso un trionfo così grandioso nel suo cervello che durante gli anni successivi aveva fatto di tutto per recuperare il tempo perduto. Lo conoscevo fin dai tempi della scuola, quando ci vendeva in classe, dietro pagamento anticipato, disegni che rappresentavano qualunque fantasia erotica gli avessimo chiesto. Disegnava su commissione e così si guadagnava qualche soldo, visto che la sua famiglia viveva nell'anticamera della miseria. Gli chiedevi la bionda della classe a fianco con il culo per aria o la tettona della prima fila mentre ti faceva un pompino, e nel giro di un paio di giorni Raúl ti consegnava l'illustrazione perfetta dei tuoi sogni divenuti, se non realtà, almeno vignetta. Qualche anno dopo diventammo amici intimi. Ricordo esattamente l'attimo in cui avvenne. Stavamo seduti, noi due soli, nel dehors di un bar. A un tratto lo guardai e scoprii che aveva gli occhi inondati di lacrime. Gli chiesi se gli fosse successo qualcosa, ma lui negò scuotendo la testa. Lasciò passare un po' di tempo in silenzio, e finalmente si decise a spiegarmi che cosa gli stava succedendo.

"Hai visto quante ragazze ci sono in giro?"

Mi guardai intorno. Una strada frequentata, come tante altre.

"No, non in questo momento. Nel mondo. Migliaia, milioni. E mi piacciono tutte. Sto con una e penso alle altre. Incrocio per strada ragazze bellissime, donne che portano i bambini a scuola, compagne di classe, una con il fidanzato, un gruppetto di amiche, la cameriera di turno, quella che aspetta l'autobus…"

Gli s'incrinava la voce, come se mi raccontasse la perdita di una persona amata. Era quello il suo dramma.

"Piangi solo per questo?" tentai di consolarlo.

"Be', sì, è stato un flash, scusami."

Non avevo niente da perdonargli. Gli passai una mano dietro alla schiena e gli offrii qualche tovagliolo di carta perché si asciugasse i lacrimoni. Aveva conquistato il mio cuore per sempre.

"Voglio scoparmele tutte, capisci? Tutte, voglio averle tutte, possederle e farmi possedere da loro. Non ce la faccio più. Sto diventando pazzo. Perché stanno qui? Perché esistono? Perché ci sono uomini e donne? Per andare tutti a letto con tutte, no? Non ci sono altre spiegazioni. Perciò sono disperato. La vita è mal studiata. Mi piacerebbe andare in giro per strada e dire: 'Vediamo, tu, vieni a casa mia', e vorrei che loro facessero lo stesso con me, io sono pronto, cazzo, non ho mai detto di no a nessuna, mai in tutta la mia vita, mi sono sempre comportato da figo con loro. E invece no. Non è così. Per questo soffro, merda, è una tragedia."

Quel torrente di sperma dalla forma umana che è Raúl sviluppò il suo priapismo mentale durante gli anni in cui fummo amici. Se l'era sempre cavata bene con le ragazze, dovevano essere del genere rapido, deciso, era negato per il romanticismo, i flirt civilizzati. Era un seduttore da pronto soccorso. I pochi soldi che guadagnava li spendeva in pornografia, biancheria intima, peep-show, puttane. Per lui era tutto uguale. L'importante era dare via libera all'istinto. Ho sempre pensato che il sogno di Raúl fosse trovare il buco del globo terracqueo per ficcarci dentro il membro, tale era la sua generica voglia di penetrazione.

La sua smisurata passione per il sadomasochismo all'inizio ci stupiva, poi l'accettammo con naturalezza. Gli piaceva frustare le ragazze, legarle, farsi bendare gli occhi, farsi applicare dei cilici, pisciarsi e cagarsi addosso reciprocamente. Raúl ci raccontava le sue scenette di sesso estremo come chi rivela un segreto innocente. Assistevamo a bocca aperta alla sua dedizione totale. Non tutte le ragazze con cui stava si prestavano alle sue fantasie, ma gli appassionati di certe pratiche sviluppano un fiuto particolarmente sensibile per trovarsi. Una volta, Blas aveva dovuto portarlo al pronto soccorso con una lacerazione anale, ma lui non ci spiegò mai a quale oggetto fosse dovuta. Un'altra volta, Claudio aveva dovuto precipitarsi a segargli le manette che lo tenevano unito a una delle sue conquiste, e slegare entrambi dalla testata del letto prima che i genitori della ragazza ritornassero dal fine settimana.

In seguito Raúl visse un periodo monotematico che consisteva nel rasare il pelo del pube a tutte le donne con cui si metteva, disegnando laboriosamente su di loro, come un esperto giardiniere, qualche suggestiva greca. Erano i tempi d'oro in cui l'avevamo soprannominato "il barbiere di Tetuán", dal quartiere in cui viveva. Raúl passava buona parte del proprio tempo a rispondere agli annunci personali che trovava sui giornali di inserzioni gratuite, il che gli procurava incontri surreali con altri schiavi del sesso, come lui si definiva.

Con Elena l'amore era nato in modo analogo. Raúl scoprì che dietro il suo aspetto perbene si celava una belva ardente, che godeva ricevendo colpi e picchiando, orinando sul partner – ma sempre nella vasca da bagno o in un altro posto facile da pulire – e che le piaceva essere flagellata, ma senza crudeltà e senza lasciare segni, con tutta la tenerezza possibile in un vivace scambio di botte. Piano piano la loro relazione si andò consolidando, il vizio si tolse la maschera, ed era amore. Raúl ed Elena s'immersero in un rapporto di coppia che ai nostri occhi aveva dell'impossibile, soprattutto per uno come Raúl, irrimediabilmente propenso alla promiscuità. Era una resa volontaria. Io lo avvertii, tutti lo mettemmo in guardia, ma lui ci disse: "Sono cambiato, Solo. Adesso sono l'uomo di una sola donna".

Quell'uomo di una sola donna ritornò al tavolo dove stavamo cenando e non distaccò più gli occhi da Anabel. Giocherellava con gli occhiali, sbattendo le palpebre in modo spettacolare affinché lei si accorgesse delle lunghe ciglia di cui andava tanto orgoglioso. Blas, che come me conosceva fin nei minimi dettagli le fissazioni di Raúl, non la smetteva di dargli dei colpi sotto il tavolo, e arrivò perfino a piantargli una forchetta nella coscia quando lo sentì dire:

"Si vede, Anabel, che gli uomini ti hanno fatto soffrire, ma in fondo non ti dispiace".

Lei annuì perplessa, mentre Raúl tratteneva un ululato di dolore. Quindi proseguì:

"Tutto quello che ci succede è perché ce lo cerchiamo, perché lo desideriamo. La sfortuna non esiste".

"Lo credi davvero?"

"No, guarda, adesso abbiamo avuto la fortuna che tu sia venuta qui, 'sto viaggio stava diventando pallosissimo."

Blas lo interruppe con sarcasmo per colpirlo proprio là dove avrebbe provocato più danni:

"Soprattutto per colpa tua, che non la pianti di telefonare a tua moglie. Sai, Raúl è sposato e ha due gemelli appena nati".

"Davvero?" chiese Anabel, interessata.

"No, no, no, no…" Raúl ebbe il coraggio di negare. Incrociò i nostri sguardi maligni. "Be', sì, ma insomma, stanno con i miei suoceri, in vacanza…"

Poco dopo, in un locale oscuro con una musica fetente a volume insopportabile, lasciammo Blas e Anabel seduti davanti a un tavolino basso. Noi ci sistemammo vicino al banco, per dar loro il tempo di entrare in confidenza. Raúl era arrabbiato con Blas.

"Non scopa e non lascia scopare gli altri. Perché ha voluto raccontarle di Elena? Mi ha rovinato tutto, come se lui potesse ottenere qualcosa…"

"Cazzo, lascia almeno che ci provi" insistevo io.

"È venuta fin qui per lui" ricordava Claudio.

"Eh già, tu credi che una tipa del genere si innamori di Blas? Lo trova divertente, punto e basta, va bene solo per passare un po' di tempo." Raúl li guardava da lontano. "In guerra e in amore… se lui non farà nulla, lo farò io. Non ci si può lasciar sfuggire una ragazza così."

"Non fare il vigliacco."

"Qui, ogni cane si succhia il suo cazzo."

Di tanto in tanto Anabel distoglieva gli occhi da Blas per cercarci con lo sguardo. Era consapevole di quello che stava succedendo, e non le piaceva.

"Senti chi parla, neanche tu fossi un santo" rinfacciava Raúl a Claudio. "Perché invece sul furgone… E poi, che idea prestare quella camicia a Blas, gli va stretta, è ridicolo."

"Porca miseria, la tipa ha appena sbadigliato" li informai.

"Sì, quello è capace di farla addormentare."

"Cinque minuti e poi entriamo in azione" Raúl stabilì il tempo limite.

Contammo i minuti mentre lei ci inviava messaggi d'aiuto, asfissiata dall'inoffensiva conversazione di Blas. Ci lanciammo tutti insieme sulla pista a ballare, soprattutto per evitare che Blas facesse una figura ridicola da solo. Anabel mise in mostra tutto il suo mestiere. Convocò gli sguardi di chi stava intorno. Ci aveva raccontato del suo periodo da cubista, quando ballava in mutande e reggiseno sopra le casse degli altoparlanti di una discoteca di Ibiza (Blas lo aveva riassunto con un lirico: "Ha fatto la ballerina"). Sapeva muovere le braccia, i fianchi, i capelli, davanti a noi che a malapena riuscivamo a coordinare il movimento del braccio per portare il bicchiere alla bocca. Era tale la professionalità della sua danza, che iniziai a provare vergogna per gli altri. Le discoteche sono nate per far ballare la gente che non ha stile e non è portata al ritmo, e chi balla troppo bene compie una palese scorrettezza, è come chi fa troppi dribbling in una partita fra amici, o chi pronuncia i nomi propri inglesi cercando l'accento perfetto. Raúl era quello che più esagerava con la danza, la teneva per i fianchi mentre lei oscillava, dondolava, ondeggiava. Anabel chiudeva gli occhi, come se stesse per entrare in trance. Blas ce la metteva tutta per recuperare un po' di protagonismo, ma finiva sempre col rovesciare il gin-tonic.

Io e Claudio fummo i primi a rinunciare. Al banco ci scambiammo le previsioni più nere sull'immediato futuro sessuale di Blas. Ma più di tutto ci stupiva che una persona come Anabel avesse deciso di buttare le sue vacanze nella pattumiera per mettersi con quattro morti di fame come noi, lanciandosi nella scia di Blas.

"La gente è molto sola" riflettei.

"Il grasso è uno che le capisce, le ascolta, e ha l'aria di quello che non se ne approfitta alla prima occasione."

"Almeno così credono loro."

"Certe volte le donne sono davvero ingenue. Soprattutto quando credono che un tizio non se le voglia scopare."

"Allora sei dalla mia quando dico che Blas ha poco da farci con lei?" gli chiesi.

"Dire poco è troppo generoso. Niente."

Arrivati in campeggio spiegammo ad Anabel che il nostro senso della cavalleria ci obbligava a cederle la tenda a cupola, mentre noi ci saremmo stretti nell'altra. Lei accettò e la salutammo con casti baci sulla guancia. Nella tenda invitammo Blas a lanciarsi nell'avventura e ad andare a trovare la ragazza, ma lui non voleva. Era sicuro di non avere nessuna possibilità, ma nascondeva tale certezza assicurando: "No, no, è stanca, poverina. E poi ha mal di schiena. Capita sovente alle cameriere, tutto il giorno in piedi. Mal di schiena e varici. Domani, domani". Continuammo a scherzare sul sesso rimandato di Blas , poi decidemmo di prendere sonno.

Prima che fosse passato troppo tempo, Raúl si trascinò fino all'uscita della tenda. Prese la pila.

"Dove vai?"

"Se quello stronzo non ci va, ci vado io. È chiaro che lei non è venuta qui per dormire da sola."

"Sei un pezzo di merda."

E vedemmo Raúl arrivare ai piedi della tenda a cupola, aprire la cerniera e scomparire all'interno. Un minuto dopo chiuse. Blas si sfregava gli occhi.

"Ehi, avete visto quel brutto figlio di puttana?"

Ci alzammo tutti e tre e andammo fino alla tenda. Nel silenzio della notte si sentivano i mormorii di Raúl e Anabel.

"Ma che t'importa? Dai, toccami, tocca qui."

"Ma no… Raúl, davvero…" si difendeva lei.

"Per favore, per favore, sono arrapatissimo. Tocca qui, tocca, guarda che cazzone mi è venuto."

"Non fare il porco."

Blas si voltò a guardarci, scandalizzato.

"Dai, non fare la scema" insisteva Raúl dal ventre della tenda. "Te lo si legge in faccia che hai una gran voglia di cazzo…"

"Sono stanca."

"Una sega, dai, fammi una sega e sono contento."

"Fuori di qui… No… Leva la mano."

"Ti piacerà un casino, se tu sarai… Ma forse preferisci essere presa con la forza, ti piace la violenza… Adesso ti faccio vedere io…"

"Ah… lasciami andare, merda…"

Li sentimmo dibattersi all'interno della tenda. Il rifiuto di Anabel era evidente almeno quanto lo smisurato entusiasmo di Raúl. Nel giustificato timore che Raúl finisse per violentarla e dovessimo andarlo a trovare in un carcere levantino per i prossimi ventun anni e un giorno, ci precipitammo ad aprire la cerniera facendo irruzione nella tenda.

Anabel ci accolse con un sorriso e Raúl si tirò su le mutande guardandoci con odio. Si alzò in piedi con la poca dignità che gli era rimasta e uscì dalla tenda.

"Fa sempre così?" chiese Anabel.

Tutti e tre facemmo segno di sì con la testa.

"E l'hai preso in giornata buona" dissi.

"Se vuoi rimango con te per fare la guardia" si offrì Blas.

"No, davvero, sono stanchissima…"

Ritornati nella nostra tenda, Blas voleva affrontare Raúl ma quello fingeva di dormire, russava perfino, e rumorosamente. Blas, nonostante i calci e le pressanti richieste di spiegazioni, ottenne in cambio soltanto il brontolio del presunto sonno profondo e colpevole di Raúl.

"Che razza di amico" si lamentava Blas. "Avvoltoio di merda."

"Il dottore mi ha detto: 'Non hai niente di brutto al fegato, niente ai polmoni, niente alle ossa, niente al cervello, niente al cuore, niente al pancreas, niente allo stomaco, niente alla gola, non hai niente di brutto in nessun organo vitale'.

E io gli ho risposto: 'Allora sono fottuto, dottore'."

Da *Scritto su tovaglioli di carta*

4.

Immagino che qualunque donna trovi lusinghiero vedere quattro amici che si contendono i suoi favori. A tutti quanti piace provocare, sentirsi desiderati, sapere di essere i padroni della situazione. Non è altrettanto gratificante quando uno scopre di essere debole, un burattino, una specie di marionetta manipolata dal proprio pene.

Il giorno dopo, fin dal mattino, la presenza di Anabel sconvolse la nostra convivenza. Era una bomba che non ci era ancora esplosa in faccia, ma presto o tardi lo avrebbe fatto. Blas e Raúl non si rivolgevano la parola, e quest'ultimo evitava Anabel. Raúl sosteneva che fosse stata lei a provocarlo a entrare nella tenda, a forza di lanciargli occhiate insinuanti nel corso della serata, ma nel cervello di Raúl il fatto che una donna avesse occhi significava già di per sé lanciare occhiate insinuanti. Io non volevo andare in spiaggia, avrei preferito smontare le tende e spostarmi da un'altra parte, ero stufo di scarpinare per la stessa città ogni sera. Però Anabel voleva fare un tuffo in mare e prendere il sole. Nella votazione vinse lei con maggioranza assoluta, i suoi desideri iniziavano a essere ordini. E così fummo noi a unirci alle sue vacanze, sacrificando con totale indolenza la nostra idea di divertimento, il lungo viaggio verso la fica, le nostre ventimila leghe. Il nostro viaggio intorno al culo sapevamo già che era il suo.

Facemmo colazione nel posto che aveva scelto lei, aspettammo che avesse finito di raccogliere le sue cose nella tenda, di farsi la doccia e di riassettarsi nei bagni in comune, sul furgone le cedemmo il sedile anteriore, lei sintonizzò la radio sull'emittente che le piaceva di più e tutti accettammo la situazione, la nuova situazione, canticchiavamo perfino le canzoni per le quali lei dimostrava una preferenza. Con Blas ci accontentavamo di dargli delle pacche sulla schiena per incoraggiarlo ancora alla conquista; ma nutrendo forti dubbi sul suo successo, gareggiavamo tra di noi per guadagnarci la possibilità di essere un'alternativa. Indossavamo la maschera più seducente, e ci facevamo una tesa e silenziosa concorrenza.

Più spiaggia, più sale, più delle solite cose. Io avevo aperto l'appassionante libro del benzinaio, con il rispetto che secondo me si merita chiunque decida di lavare le proprie peripezie esistenziali nella scrittura. Il capitolo dell'infanzia era segnato dalla cieca ammirazione per il padre, "che mi mise in corpo il pallino della benzina", espressione letterale che apriva la porta a tutto un mondo di sodomie incestuose. La morte del padre quando l'autore aveva tre anni suscitava in lui la seguente riflessione: "Tutti i grandi uomini hanno in comune il fatto che non hanno conosciuto o hanno perduto il padre nell'infanzia" e citava Freud, Unamuno, Dostoevskij, Rimbaud, Einstein e un certo Rodolfo Perandones, di professione costruttore e suo primo socio d'affari. Mi soffermai su quell'audace affermazione. Era la presenza di mio padre che mi aveva relegato a essere a un uomo piccino?

Dovetti chiudere il libro nel momento in cui Anabel si sbarazzò della parte superiore del bikini per sdraiarsi col volto nascosto dietro gli occhiali da sole. Blas mi rivolgeva gesti osceni al di sopra di lei. Claudio si era avventurato fino al chioschetto più vicino per lavorarsi la bella finlandese che serviva lì, ma lo bloccò il marito con un tatuaggio per braccio: "È arrivata la tua ora", e "Addio, rompicoglioni". Messaggio ricevuto per Claudio. Tornò indietro per chiedere a Raúl il permesso di usare il cellulare, ma questi rifiutò. Faceva troppo caldo per discutere, e allora Blas accompagnò Claudio alla ricerca di una cabina telefonica, così che potesse telefonare a Madrid e chiedere notizie di Sánchez. Mi consolai al pensiero che se io stavo male, non era nulla in paragone alle sicure sofferenze del vecchio cane di Claudio.

Durante l'assenza degli altri due, Anabel ebbe il coraggio di chiedere il telefonino a Raúl, perché si era ricordata di avere una chiamata urgente in sospeso. Raúl esitò, era una prova, un'altra prova. Io mi finsi immerso nella lettura. Raúl allungò il braccio e tese il cellulare ad Anabel. La ragazza si spostò di qualche passo per parlare in maggiore intimità. Scambiai un'occhiata con Raúl, il quale si strinse nelle spalle. Chi è capace di non tradire i propri princìpi di fronte a un bel paio di tette scagli la prima pietra, voleva dirmi. Dopo cinque minuti Anabel fece ritorno e restituì il cellulare al legittimo proprietario.

"È una ragazza, per te. Ha chiamato subito dopo che ho riattaccato."

Raúl si mise a tremare, mentre recuperava il telefono. All'altro capo del filo lo stava aspettando Elena, con la fiamma del sospetto accesa dopo essersi sentita rispondere dalla voce vaginale e navigata di Anabel.

"Eh, no, no. Lascia che ti spieghi."

Anabel si sdraiò di nuovo, indifferente allo scisma familiare che aveva provocato. Preferii risparmiarmi la scena di Raúl che collezionava scuse su scuse.

Mi buttai in acqua. Mi allontanai a nuoto dalla riva, fino a non sentire quasi più le grida delle madri e le voci dei bambini. Le persone in spiaggia si trasformarono in minuscole macchie sulla sabbia. L'acqua in quella zona era un po' più pulita, si poteva perfino respirare senza il rischio d'inghiottire qualche immondizia vagante. Nuotavo sul posto evitando che la corrente marina mi trascinasse verso riva.

Pensavo che avrei dovuto chiamare i miei genitori, era meglio se venivano a sapere da me che avevo lasciato il giornale, prima che "grande è Castiglia" ripetesse loro, prendendomi in giro, il mio discorso integralista. Mi sarebbe piaciuto dire tante cose a mio padre, come ad esempio che non ho dimenticato la sua espressione di sufficienza quando mi aveva trovato il lavoro, con quell'altera soddisfazione nel dimostrarmi quanto avessi bisogno di lui. Credo di aver avuto bisogno di lui fin dal giorno in cui ho visto la luce, e prima ancora, a giudicare dalla quantità di volte che mi ha spiegato come avesse costruito l'universo attuale con le proprie mani, affinché io ne approfittassi insieme ai miei amici. È stato lui, con i suoi sforzi, a portare la democrazia: aveva praticamente strangolato Franco sul letto di morte. Mi ricordava, mille volte, la sua vita clandestina, i suoi sconfinamenti, il suo stupido nome di guerra: Juan García, come se la scelta di essere una persona normale gli servisse soltanto per muoversi in incognito. Un uomo speciale come lui decideva di travestirsi da García, da anonimo burino, lontano dalla sua vera, straordinaria personalità. Ricordava i brindisi con lo champagne alla morte di Franco, come se fosse un supremo atto di coraggio che coronava il suo passato di rosso. Devo riconoscere che il dittatore, che lui ingigantiva con il suo odio personale, mi è sempre parso un mediocre, una figurina grigia tutt'altro che prestante, con una voce da topo. Trovo perfino patetico che ci abbiano messo tanto tempo a liberarsi di lui, sempre che lo abbiano fatto per davvero. Eppure questa era stata l'eroica lotta di papà. La sua rivoluzione sovversiva per potermi regalare un mondo perfetto. Nel suo esteso saggio su Juan de la Cruz, lettura fondamentale per gli amanti della poesia, e nella sua conclamata antologia critica della letteratura spagnola durante il franchismo, mio padre insiste, credo inconsapevolmente, su quella che è forse la sua più sincera opinione: ai tempi di Franco eravamo dei tosti. Mio padre ha sempre aspirato ad abbagliarmi con la sua figura mitica, e con quel suo continuo ricordarmi che persona importante fosse. Un uomo cui perfino i capelli brizzolati donano, e che non poteva trattenersi dal flirtare con Barbara quando passavamo da casa, dimostrandomi che, con un minimo sforzo da parte sua, sarebbe stato capace di soffiarmi la ragazza. In seguito, di solito si riferiva alla nostra rottura con un "quando Barbara ti ha lasciato", il che chiariva perfettamente il suo pensiero riguardo all'accaduto. Quando avessi trovato il coraggio di raccontargli che avevo lasciato il giornale, si sarebbe limitato a dire: "Fa' un po' tu", così come prima aveva costellato la nostra convivenza con i suoi:

decidi tu, ma non è così
sei libero di sbagliare
te ne accorgerai da solo
così imparerai dai tuoi errori.

Lui, che sembrava avesse imparato tutto azzeccandoci al primo colpo. Mi piacerebbe mandarlo 'affanculo, lui e la sua arroganza, la sua superbia, la sua superiorità, la sua grinta, quel suo modo presuntuoso di farti capire che lui sta tanto più in alto di te che magari non ti vede neanche. Alle persone così soddisfatte di sé dovrebbero impedire di avere discendenti, per evitare loro frustrazioni, visto che non ci sono abituati. In definitiva, ero sicuro che a mio padre sarebbe stato del tutto indifferente sapere che lasciavo il lavoro, la stessa indifferenza con cui aveva sempre accolto le mie notizie, con quella sua particolare capacità di non esprimere emozioni, quel freddo modo di non sentimentalizzare. Manifestava un'allergia così grande ai sentimenti che a volte mi veniva il dubbio: forse gli si era congelato quel pezzo di cuore. Mio padre. Lo stesso che un giorno fece capolino in camera mia e sentendo la musica che stavo ascoltando mi disse: "Tanto rinnegare i miei dischi per poi riconoscere che Chet Baker è il più grande". Per mio padre tutte le vie conducono alla sua opinione, presto o tardi. Deformazione professionale, suppongo. Questo padre il cui maggior segno di umanità (oltre a mettersi il dito nel naso quando nessuno lo vede) consiste nel venirmi vicino per chiedermi in tono confidenziale: "E adesso, a voi giovani che cosa piace fare?"; e comunque sta' tranquillo che ogni risposta gli parrà inadeguata, lui che ha fatto tutto di più, e meglio e prima di te.

Rincitrullito nella mia resa dei conti, non mi accorsi dell'arrivo di Anabel, vicino a me. Mi spruzzò con l'acqua e mi voltai di malumore.

"Parli da solo?"

"Sì, sempre."

"Certe volte è meglio che parlare con qualcuno."

"Dipende con chi."

"Con me, per esempio. Se preferisci me ne vado..."

"No, no."

Si rovesciò supina sull'acqua. Stavolta fui io a spruzzarla. Fece un mezzo giro e mi si lanciò sulle spalle. Mi cacciò la testa sott'acqua. Io feci lo stesso con lei. Era scivolosa, così unta di olio abbronzante.

"Posso farti una domanda?" le dissi. Lei fece segno di sì con la testa. "Ti piace Blas?"

"Blas?" Pronunciò quel nome con un disprezzo a malapena trattenuto. "È simpaticissimo, ma se intendi dire..."

"Sì, intendo dire..."

"Be', no."

Sostenni il suo sguardo. Lei era diventata seria. Ci ignorammo per un secondo, nell'acqua. L'afferrai da dietro e le piantai le mani sui seni. Non le spostai di lì.

"Ti piacciono?" mi chiese.

"Sì."

"Trecentomila. E pensare che il medico era un amico. Vero che non si nota niente?"

"Non lo so."

Il capezzolo era piccolo. Ora che me lo aveva confessato mi parvero artificiali. Mi pareva tutta un po' artificiale, eppure me ne stavo lì, abbracciato a lei. Avvicinai il resto del corpo al suo. S'irrigidì. La baciai sul collo.

"Che cosa fai?"

Tentò di allontanarsi. Glielo impedii.

"Non fare lo stronzo" mi disse.

Le mie mani scesero lungo il suo ventre e le abbassai la parte inferiore del bikini, fino alle ginocchia.

"Adesso basta, ok?"

Si tirò su gli slip e fuggì dalle mie braccia. Nuotava con stile, come quando ballava, era di nuovo fin troppo spettacolare per il contesto. Cercai di seguirla, ma mi lasciò indietro rapidamente. È curioso, la gente è capace di cambiarsi le tette, il naso, le labbra, ma nessuno penserebbe mai di cambiarsi il cervello. Quasi tutti potrebbero migliorarlo, e invece il cervello continua a tenerci nell'inganno, facendoci credere che non possiamo averne uno migliore. È un organo sopravvalutato, senza ombra di dubbio.

Blas mi acciuffò mentre riguadagnavo la riva.

"Non credere che non ti abbia visto... Anche tu..."

Diedi la colpa al caldo, all'astinenza. Ma Blas sembrava preoccupato per altro.

"Cavolo, non so come dirlo a Claudio."

"Che cosa?"

"Mio padre non gliel'ha detto per telefono, ma Sánchez è morto ieri durante una passeggiata, figurati, l'avrà fatto correre con 'sto caldo, povera bestia..."

"Ma che cazzo dici?"

"Mi raccontava com'era andata e Claudio era vicino a me, e io dovevo far finta di niente." Blas continuava a riferirmi la telefonata. "Niente, è rimasto lì, stecchito, asfissiato. Un infarto canino, che ne so. Quella testa di cazzo l'ha buttato in una fogna."

"Ma dai, dopotutto è tuo padre..." protestai.

"No, no, è un pezzo di merda."

"Bisognerà dirlo a Claudio, e vedrai che tragedia" pronosticai.

"Il brutto è che mio padre ha comprato un altro cane per Claudio e niente, dice che quando ritorna gliel regala, addestratissimo, e tanti saluti a tutti. Dice che non si accorgerà della differenza. È tutta colpa mia, sono stato io a proporgli di tenerlo."

"Ma no, non dire così. Sánchez era già..."

"Sì, però mio padre gli ha dato il colpo di grazia. Col suo fottuto addestramento. E parla con Claudio come se Sánchez fosse vivo, gli ha detto che gli sta insegnando a fare il saluto davanti alla bandiera, e invece lo fa con l'altro, certo. Chissà quando lo vedrà..."

"Bisognerà avvisarlo prima..."

Blas si strinse nelle spalle. Restammo in silenzio perché Raúl si avvicinava. La cosa migliore era trovare il momento giusto per raccontare a Claudio l'accaduto nel modo meno traumatico per lui. Raúl si accorse della nostra perplessità. Blas, per distogliere la sua attenzione, lo mise al corrente del mio fallito tentativo con Anabel.

"Ve l'avevo detto, quella lì è solo una rizza-cazzi" sentenziò Raúl, ancora risentito. "Dimmi tu che cosa gliene frega a lei di scoparsi Blas o me…"

"Oppure tutti e quattro, già che ci siamo" suggerii.

"Magari non ne ha voglia" ragionò Blas. "Magari è venuta qui soltanto per passare qualche giorno tranquilla, per dimenticarsi dei suoi problemi e per stare con della gente simpatica."

"Allora si è sbagliata."

"Completamente."

"In pieno."

"Un'altra donna che sopravvaluta l'essere umano maschile, invece di prenderci così come siamo" si dilungava Raúl sull'argomento. "Cavolo, e pensare che gliene diamo di prove, e invece niente, continuano a non accorgersene. Continuano a convincersi che siamo delle creature meravigliose."

"E a Elena che cosa hai detto?" m'interessai.

"Non parlarmene. Un bel casino. Niente, l'ho convinta che era una tizia che mi aveva chiesto il telefonino per un'emergenza, ma non ci è cascata del tutto. Elena è furba, e pensa sempre al peggio."

La giornata in spiaggia, puntellata da un panino rancido e una birra calda, ci parve eterna come una mattina di scuola. Io insistevo che era meglio muoversi di lì per cercare un altro posto, per recuperare l'essenza del nostro viaggio interplanetario, però Blas non aveva ancora rinunciato del tutto al suo trionfo con Anabel: "Stasera cede".

Il primo sintomo che nemmeno quella notte sarebbe stata la sua grande notte lo ebbe quando si guardò nello specchio degli spogliatoi e scoprì di avere la testa rossa come un pomodoro.

"Mi sono scottato la pelata, ehi, mi sono scottato la pelata!"

Lo accompagnai in una farmacia dove comprammo una pomata per lenire il bruciore e gliela spalmai generosamente sul cranio rovente. Blas insisteva:

"Tu non te ne rendi conto, Solo. È la fine. Il giorno in cui ti scotti la pelata per la prima volta ti rendi conto che la tua vita è una merda, e che è tutto finito".

"Non prendertela così."

"Non mi era mai capitato. Presumo voglia dire che ormai sono calvo. Proprio così: sono un calvo. Ci siamo. E vaffanculo. La mia vita è finita. Sono un calvo, un calvo in più. Un vecchio. Sono finito."

Blas, visto che insieme alla desolazione doveva sopportare l'insolazione, si fermò a comprare un paio di gelati. Uno era per me, ma me lo strappò di mano dopo essersi sparato il suo in sei morsi.

"Lo sai quando mi sono reso conto di essere diventato vecchio?" gli spiegai per tirarlo su. "L'altro giorno. C'erano dei ragazzi che stavano spaccando una cabina telefonica, e invece di girare al largo ho pensato al poveraccio che avrebbe dovuto ripararla, o che magari poteva arrivare qualcuno che aveva bisogno di telefonare per un'emergenza. Ma ti rendi conto? Mi sono ritrovato a pensare a questa stronzata. Invece, che ne so, di unirmi al gruppo o di sorridere. Ho pensato che stavano facendo una cazzata. Ma ti rendi conto?"

"E perché ti è venuto in mente?" si sorprese Blas. "A te non fregava mica."

"Per questo lo dico, sono idee che vengono in mente soltanto quando uno è diventato vecchio, be', adulto, che poi è la stessa cosa."

"Io calvo… tu un borghese" rifletté Blas. "Che cosa ci sta succedendo?"

"Magari è l'età."

"Neanche per idea. L'altro giorno ho letto sul giornale che adesso l'adolescenza dura fino a ventotto anni."

"No, Blas" gli dissi. "La giovinezza finisce il giorno in cui il tuo calciatore preferito ha meno anni di te."

"E ti pare grave? Che puttanata. Aspetta di ritrovarti calvo, lì sì che ti voglio vedere."

Quella sera ci rimpinzammo di frutti di mare in un ristorante sulla spiaggia e permettemmo ad Anabel di pagare il conto, come prima rata della nostra vendetta. Quando ci alzammo da tavola, il vino bianco aveva spedito a letto la maggior parte dei nostri neuroni. Scegliemmo un bar con una musica accettabile vicino alla cattedrale e continuammo ad accumulare boccali vuoti di acqua di Valencia, una bevanda la cui caratteristica è di andare giù piacevolmente per poi colpire a tradimento. Blas non riusciva più a tenere a freno le mani e abbracciava Anabel con qualsiasi scusa, e pure senza. Anche alla nostra donna si erano sgretolate le difese e ci mostrava il suo lato più amabile.

Poco dopo stavamo ballando sulla pista affollata di una discoteca e Blas, che fino a quel momento si era limitato a ripetermi all'orecchio il suo presagio "Oggi trionfo", mi prese da parte e mi urlò all'orecchio: "Credo di essermi cagato addosso". Credevo di non aver capito bene, ma mi accorsi del suo panico.

"Mi sono cagato addosso."

"Ma che cosa dici?"

"Ho tirato una scoreggia... e sai quando ti accorgi che... Accompagnami in bagno."

Lo accompagnai fin sulla porta di un cubicolo.

"Non c'è la carta igienica, Solo. Portami della carta, puttana eva."

Senza riavermi dallo stupore, andai a cercare della carta igienica negli altri cubicoli, sguazzando nel piscio. Non ne trovai. Corsi al banco e chiesi dei tovaglioli di carta. Li feci passare sotto la porta di Blas, che snocciolava una maledizione dietro l'altra.

"Cavolo, che schifo."

"Ma come..."

"Come cazzo vuoi che sia."

Blas uscì tenendo in mano le mutande e si precipitò verso il lavandino. Le sciacquò sotto il rubinetto, strofinandole più volte. La mia risata, incontenibile, lo stava innervosendo sempre di più. Ma mentre strizzava le mutande come uno straccio bagnato sotto l'asciugamani elettrico, la mia ilarità lo contagiò.

"Dai, buttale via" gli dissi.

Se le infilò nella tasca dei jeans.

"Cazzo dici, sono quasi nuove..."

Avevano sopra i disegnini degli eroi della Warner. Con quelle mutande infilate nella tasca dei pantaloni, chiunque poteva pensare che gli si fosse infiammato un testicolo.

"Mi pare che la tua serata romantica abbia preso una brutta piega."

Blas sorrise. Invidiavo il suo carattere accomodante, il suo atteggiamento sempre positivo. Dall'ascendenza militare aveva ereditato soltanto la nobiltà nella sconfitta. Era il soldato ideale per arrendersi. Aveva pianificato una serata idilliaca e aveva finito per cagarsi addosso. Era il suo destino. Ricevere sberle quando ti aspetti baci. Se intendeva impressionare Anabel, be', a suo modo c'era riuscito. Era l'ennesimo dei suoi enormi fallimenti, sconfitte che lui sapeva incassare come nessun altro, e lo riconosceva, sarcastico, quando affermava: "Io non mi sono fatto quasi nessuna donna, no, però mi sono fatto un casino di albe da solo".

Stavamo ancora ridendo sulla soglia dei bagni appestati, quando alzando lo sguardo scoprimmo Claudio e Anabel al centro della pista da ballo, in avanzato stadio di fusione. Non stavano semplicemente baciandosi sulle labbra, sembrava addirittura che volessero trapiantarsi reciprocamente le rispettive glottidi. Raúl si voltò verso di noi, anche lui perplesso. Si avvicinò.

"Ma tu guarda quello stronzo. Ancora un po' e se la mangia…"

Blas, respingendo ogni barlume d'indignazione, inchiodò lo sguardo su di loro e sentenziò in tono sognante:

"Perché lui può".

"E tu lo lasci fare?" Raúl era più disposto a scandalizzarsi. "Sei un cagasotto."

Io e Blas non potemmo fare a meno di scambiarci una risata di fronte al suo commento. Ci rifugiammo al banco finché Claudio diede l'ordine della partenza. Anabel aveva finalmente fatto la sua scelta. Nessuno poteva incolparla di niente. Claudio aveva aspettato di essere ubriaco per diluire il senso di colpa nei nostri confronti.

Sul furgone strappai a Blas le mutande e le misi fuori dal finestrino, per fargli prendere aria. Non potei trattenere la crudeltà di raccontare agli altri l'episodio nei bagni. Sapevo che stavo umiliando Blas, ma sentivo che l'amicizia mi dava il diritto di farlo. Ridevano tutti. La figuraccia di Blas ci evitava di pensare alle nostre miserie. Le sue mutande che ondeggiavano al vento erano la bandiera del nostro microscopico paese.

Claudio e Anabel entrarono nella tenda a cupola: durante il tragitto, le loro bocche non si erano mai separate del tutto, neanche per un attimo.

Noi ci rifugiammo nella nostra tenda e ci mettemmo a letto.

"Che cos'ha lui che non abbiamo anche noi?" imprecava Raúl.

"I capelli, cazzo, i fottutissimi capelli" assicurava Blas. "Hai visto come li ha lisci e biondi? Sembra la pubblicità dell'Oréal, brutto stronzo. E i capelli fanno impazzire le ragazze."

"Dici così perché tu sei calvo."

"Va' a cagare, stronzo."

Prima che ci fossimo addormentati entrò Claudio, in mutande, con i vestiti in mano.

"Su, ragazzi, andiamo via."

"Ma che cosa dici…"

"Quella là è una stronza." Claudio indicò verso l'esterno. "Le ho detto perché non lo faceva con tutti e quattro e lei si è addirittura indignata. E allora vaffanculo."

Claudio aveva iniziato a raccogliere le sue cose e a infilarle nella borsa.

"Non vorrai mica piantarla in asso così, non fare il pirla." Blas prendeva le difese di Anabel.

"Ah no, o tutti o nessuno, non erano questi i patti?" Claudio si era inventato un nuovo comandamento per il nostro viaggio.

"Mi sembra una carognata" insisteva Blas.

"Andiamocene, sono stufo di star qui…"

Io mi associai alla sua idea. Mi alzai in piedi e mi vestii in fretta e furia.

"Qui si ferma Miss Fica Usata 1998" sentenziò Claudio.

"E la mia tenda?"

"Cazzo, Raúl, non rompere i coglioni. E poi adesso che te ne fai, con i gemelli? Ti serve una tenda familiare."

Raccogliemmo le nostre cose in un silenzio interrotto soltanto dalle proteste di Blas che riteneva una crudeltà gratuita abbandonare Anabel a quel modo. Smontammo la tenda e ammucchiammo i bagagli nel retro del furgone. La tenda a cupola svettava in mezzo alle altre tende del campeggio. Era tragicomico pensare alla faccia di Anabel quando si fosse svegliata la mattina successiva, anche se era probabile che ci avesse sentiti scappare e avesse preferito non farsi vedere. La fuga dei quattro nani libidinosi che abbandonano Biancaneve perché troppo pallosa e repressa era la nostra versione della favola infantile. Io intuivo che lei si era aggrappata a noi, sopportando le nostre meschinità, forse soltanto perché era sola, perché magari non aveva niente di meglio.

Claudio guidava velocemente per lasciarsi indietro Valencia prima dell'alba, per non farci sorprendere dalla luce del sole. Ridevamo a crepapelle. Qualunque azione imprevedibile, per quanto stupida fosse, ci faceva provare uno smisurato orgoglio.

"E così non te la sei scopata, non ci hai fatto niente…" stava chiedendo Blas a Claudio.

"Be', no. Non ti avrei mai fatto una cosa del genere…"

"No, certo. Bisogna riconoscerlo, sei un figo."

"Guarda, Blas, il tuo problema con le donne è serio." Claudio dondolava la testa con piccoli scatti, un movimento nervoso che preannunciava tempesta. "In fondo credi che siano delle cretine. Gli vuoi bene, le ammiri, ma in fondo sei convinto che le ragazze siano delle cretine. O per lo meno abbastanza cretine da voler venire a letto con te. Ma ti sei guardato allo specchio?"

Blas si strinse nelle spalle. Claudio continuò:

"Ti sei guardato allo specchio, eh? Non hai niente di scopabile. È come se ce lo avessi scritto in fronte: non sono scopabile. Dalla faccia che hai fino... fino al nome, cazzo".

"Che cos'ha il mio nome che non va?"

"Blas. Ecco che cosa non va. Blas è un nome da orgasmo molle, da eiaculatore precoce, da scemo della scuola, da sbarbatello, da grassone, da amico delle bambine, da baciapile beneducato, da uccello corto, da chierichetto, da grezzo, da calvo. Blas è un nome da segaiolo, cazzo, è un nome da cretino, da uno che non fa ridere, è un nome scemo, insomma, e ti va a pennello. 'Vaffanculo, Blas.' 'Va' a quel paese, Blas.' 'Va' a farti fottere, Blas.' Blas è un nome da Blas."

"Dai, piantala."

"Lo sai che cosa mi ha detto Anabel quando le ho chiesto perché non veniva a letto con te? Eh? Lo sai che cosa mi ha detto? Tu che la difendi tanto, che la proteggi..."

"Non voglio saperlo."

"Basta, Claudio" lo frenai.

Blas si era voltato verso il finestrino e guardava la strada con un'espressione smarrita. Claudio si concentrò sul volante. Cercò il mio sguardo nello specchietto retrovisore. Voleva farmi capire perché se l'era presa tanto con Blas. Era sbronzo, sì, ma gli dava fastidio che il suo amico accettasse di rendersi ridicolo, pensava che l'amicizia gli desse il diritto di dire la verità, alle sei di mattina, direzione: nessuna parte. Si sentiva autorizzato a dirgli tutto quello che pensava, considerava il suo atteggiamento come un gesto di nobiltà, brutale come quasi sempre è brutale la sincerità non richiesta, eppure necessario. Blas abbandonò la propria introspezione per confessare:

"D'accordo, sono grasso. Ma per *questo* c'è un rimedio".

Poco dopo Claudio venne vinto dal sonno, e dopo aver rischiato due volte di uscire fuori strada, rinunciai a schiacciare un pisolino e presi il suo posto. Imboccai una strada litoranea per contemplare l'alba. Alla mia destra, una grande sfera arancione che avvolgeva il cielo. I miei tre amici dormivano rannicchiati. Il calore del giorno faceva già sentire la sua intensità. Guidare senza una meta prefissata mi allentava l'attenzione. Infilai una cassetta nell'autoradio. Jazz. A Barbara non piaceva il jazz. Io le dicevo sempre che alle donne non piace il jazz, è risaputo, non si addice al loro carattere. Lei si sforzava di cambiare idea, e a volte la scoprivo a casa mentre lottava per ascoltare un pezzo con un po' di piacere. Alla fine prendeva sempre il sopravvento una innata passione per le canzoni kitsch, melodiche. Per farla arrabbiare, solevo dirle che le donne osservano la vita come se fosse una melodia, con una struttura classica, principio e fine, con i momenti tristi e quelli allegri, ma sempre intonata, e nella tonalità ottimista delle canzoni. Per gli uomini la vita è più rumorosa, sincopata, a volte senza senso, con assolo intensi e parti totalmente confuse. E lei s'infuriava per le mie generalizzazioni, diceva che veniva fuori il lato saccente di mio padre.

Mio padre.

Quando le parlavo di mio padre, Barbara sentenziava sempre: "Tu hai soltanto bisogno di ammazzare tuo padre". In senso figurato, ovviamente: lei odiava la violenza. Perfino quando, facendo l'amore, giocavo a sculacciarla, a prenderla con la forza, finiva sempre per diventare seria, si scocciava. "Se vuoi darmi delle botte, basta che me lo dica, punto e basta." Barbara era arrivata a conoscermi meglio di quanto mi conoscessi io, eppure insisteva nel dire che non sapeva niente di me. Un pomeriggio mi trovava silenzioso e ne approfittava per dimostrarmi che le nascondevo centinaia di segreti, e non condividevo mai niente con lei, non le dicevo quello che mi passava per la testa.

"Sono gelosa soltanto di una persona. Di te, di tutto quello che mi nascondi."

Era fortunata, io ero geloso del mondo intero. Mi irritava addirittura il fatto che esistesse da prima che ci conoscessimo, che avesse vissuto delle esperienze senza di me. Ricordai il momento della nostra relazione in cui avevo scoperto dei difetti in Barbara, debolezze, cose che non mi piacevano, come se quella scoperta fosse la rivelazione di una grande verità fino ad allora tenuta nascosta. Erano comparsi in mezzo alle crepe della convivenza, il terzo grado che ci ostiniamo ad applicare alla passione. In seguito, quelle stesse debolezze mi davano piacere, nel ricordo. Ho rotto con Barbara nell'unico modo in cui sappiamo rompere noi uomini, con le solite argomentazioni:

    rivendicare il proprio spazio
    la libertà
    raffreddare la situazione
    la paura di compromettersi
    l'odio per il volto serio della vita
    sperimentare nuove emozioni

la solita tiritera che ci si racconta, quando un giorno cui segue un altro e poi un altro ancora finisce per far saltare l'amore.

Non ho mai potuto fare a meno di vedere il lato brutto delle cose. Dei miei amici, ad esempio: posso frequentarli, averne bisogno, ma anche conoscere i loro limiti, e così pure i miei. Con Barbara succedeva lo stesso. Forse era questo che mi aveva spinto a prendere le distanze, convincendomi che non era poi così grave perderla, quando magari invece lo era. Quando magari, perché no, era stato il grande errore della mia vita. Lasciare il giornale poteva essere un altro errore irrimediabile. Non sapevo neanche cosa volevo fare. Scrivere. Avrei voluto vedere la faccia sarcastica di mio padre. Voglio scrivere. Tu? No, Barbara, non avevo ancora ammazzato mio padre.

Però potrei fare l'inventario di tutte le volte in cui ho tentato di assassinarlo. La prima volta a sei anni, quando sparpagliai i miei pennarelli colorati sul pavimento del salotto, e mio padre, scivolandoci sopra, picchiò la nuca contro il bordo del tavolino del caffè. Perse la memoria per tre giorni, durante i quali fu un uomo meraviglioso, e gli diedero sette punti di sutura.

Più tardi provai ad avvelenarlo scambiandogli le pastiglie nelle boccette dei medicinali nel suo armadietto, ma non feci altro che rovinargli lo stomaco per un paio di settimane. Un altro giorno, d'estate, mentre mi stava riparando la bicicletta in fondo alla discesa di casa nostra, andai di sopra, salii in macchina e tolsi il freno a mano, ma lui riuscì a spostarsi all'ultimo momento e l'unica cosa a finire schiacciata fu la mia bici. Tentativo criminale che scontai rimanendo appiedato per tutta l'estate. In quelle bizzarrie omicide, nemmeno io ero del tutto consapevole di quanto seria fosse la mia ossessione. Mascalzonate infantili, si pensava.

Covavo tendenze assassine quando riuscii, con il mio comportamento demenziale, a farmi espellere dalla scuola per Superfigli dove mi portavano. Il dispiacere, con mio grande stupore, non parve toccarlo, non si sentì ridicolo neppure di fronte ai suoi Superamici. A mia madre costò un bel numero di pianti, ma non era lei il mio bersaglio. Così come non gli provocò la morte immediata l'incendio doloso che ebbe luogo nello studiolo, dove andarono in fiamme la sua preziosa biblioteca e gran parte degli schedari. Devo riconoscere che quella volta aveva sospettato di me, ma nemmeno in quell'occasione mi aveva accusato di cattiveria, anzi, si era convinto che fosse successo a causa della mia stupidità o della mia goffaggine, e tutto per fumarmi una sigaretta di nascosto, il che fu ancora più umiliante.

Desideravo anche spezzare quell'accenno di virile orgoglio paterno che era sorto grazie alla mia relazione con una ragazza fantastica come Barbara, quando ruppi con lei dopo i nostri diciannove mesi e ventitré giorni. Pensai che il mio gesto avrebbe provocato in mio padre la perdita di qualche capello della sua perfetta chioma brizzolata, invece niente da fare. Il padre infallibile non si faceva venire le rughe per me. No, Barbara, non l'ho ancora ammazzato. E non sono neanche riuscito ad ammazzare te, con questa mia ansia di metter fine a tutto ciò che mi sta vicino e mi è necessario, a tutto ciò che ha l'aria di essere imprescindibile, per dimostrare a me stesso che sono padrone del mio destino.

La tristezza che mi aveva invaso quando i giorni con Barbara stavano finendo, nel momento in cui mi faceva soffrire accendeva in me una sorta di euforia. Naturalmente l'euforia di essersi fottuti la vita, ma quale condizione migliore può sognare un aspirante artista maledetto? Stilavo un elenco di canzoni che mi facessero sentire una merda, ne raccolsi trecentoventisette che incisi su nastro per poterle ascoltare una dopo l'altra, con la tacita soddisfazione di sentirmi a pezzi. Attraversavo un momento della mia esistenza, pensavo, che meritava di essere vissuto con tutta l'intensità possibile. Negativa, d'accordo, ma dopotutto sempre intensità era. Errori. Quanti errori gravi puoi commettere prima di renderti conto che ti sei fottuto tutto quello che avevi?

"Quando ti ho incontrata, ho perduto tutto. Ho sfogliato le margherite del mondo intero. Ho bisogno di te? Non ho bisogno di te?"

Da *Scritto su tovaglioli di carta*

5.

Eravamo ancora in provincia di Castellón e la fame incalzava, a detta di tutti. Trovammo un posto dove mangiare vicino alla strada. Io, Raúl e Claudio andammo a cercare un tavolo all'interno del locale, al fresco. Blas era rimasto sul furgone. Ci raggiunse qualche minuto dopo. Entrò nel ristorante con addosso una giacca a vento blu, di piumino, che aveva tirato fuori dalla valigiona di Raúl.

"Così sudo. Vedrete quanti chili perdo" annunciò.

La testa gli spuntava al di sopra del piumino quasi polare. Sulla fronte gli luccicavano le prime gocce di sudore. Solo a guardarlo ti dava l'idea di uno stufato in piena ebollizione.

"Non ti sembra di esagerare?" gli chiese Claudio.

"No. Scoprirete un uomo nuovo."

L'uomo nuovo era, per il momento, lo stesso di prima, però sudato. Con la stessa premurosa attenzione verso gli altri. Mi interrogò:

"Hai già telefonato ai tuoi?".

"Non ancora."

"E che cosa aspetti?"

"Aspetta di pentirsi e accettare di nuovo il lavoro" suggerì Claudio.

"Neanche a parlarne" negai energicamente.

"Non fare il matto, non perdere quel posto che è una figata." Raúl, con i suoi consigli, faceva le veci di una prozia conservatrice; succedeva così fin dagli inizi della nostra amicizia. Si sentiva in obbligo di fare il giudizioso, e se qualche volta glielo dicevamo fingeva di arrabbiarsi.

"Sto studiando come dirlo a mio padre, in modo da rompergli di più i coglioni" li informai.

Il menu, da ottocento pesetas, risultò carissimo per il cibo che offriva. Un uomo sulla cinquantina, con una calvizie minacciosa almeno quanto la sua giovialità, ci osservava dal banco. Alla fine decise di avvicinarsi a noi, portando con sé la tazzina di caffè.

"Vi spiace se prendo il caffè con voi?"

La nostra espressione indifferente venne interpretata come un invito. Batté le mani per attirare l'attenzione del cameriere, e anche la sua collera, e annunciò che i caffè li offriva lui. Chiese dell'anice per correggere il suo.

"Siete di Madrid, vero? L'ho capito dalle parolacce. Cazzo di qui, figlio di puttana di là, stronzo. State andando da qualche parte in particolare?"

"Vacanze."

"Avete da fare stasera? Ho aperto un locale qui vicino."

Tirò fuori dalla tasca interna della giacca alcuni volantini: reclamizzavano un locale che diceva di chiamarsi Only You. Con sopra il disegno di una signorina nuda.

"È lo spaccio della chiavata" ci spiegò. "Scopate a buon prezzo. Puttane raffinate, eh."

"Mi spiace, siamo senza soldi…"

"Soldi no, ma voglia sì, vero? Ve lo si legge in faccia."

L'uomo si voltò verso Blas.

"Ehi, ragazzo, non hai caldo con tutta quella roba addosso?"

"Voglio dimagrire."

"Ho una bella mulatta che ti leva i chili di troppo mediante il metodo suzione." E l'uomo si scatenò in una fragorosa risata.

"Sono contrario allo sfruttamento sessuale delle donne" lo interruppe Blas.

"Anch'io, ragazzo, anch'io. Non ti preoccupare che di spagnole non ce ne sono, quelle rompono le palle… Sudamerica e paesi dell'Est, sono loro che vanno di più adesso."

"Voglio dire che sono contrario alla prostituzione" insisteva Blas.

"Cazzo, un prete."

"A me piace scopare, ma non pagando."

"Gratis sarà durissima, con la faccia che ti ritrovi." L'uomo si mise di nuovo a ridere cercando la nostra complicità. "No, no, ragazzo mio, non sfrutto nessuno. Se ci sono delle ragazzine che si fanno venti chiavate in una notte, si beccano un bel pacco di soldi. Io mi definirei piuttosto un femminista."

Blas si era sempre rifiutato di andare a puttane. Quando saltava fuori l'argomento, si finiva immancabilmente per litigare. Gli altri non lo sapevano, però la sorella maggiore di Blas, incapace di sopportare la convivenza con il padre, era scappata di casa e si era prostituita per un po' di tempo. Era morta di overdose qualche anno prima, in una bisca di Granada. Blas aveva dovuto riconoscere il cadavere pieno di lividi nel maleodorante obitorio della città. Il minuto più cupo dei suoi ricordi. Era una storia di cui non si parlava mai in famiglia, un buco nero, una macchia sull'immacolato certificato di servizio del padre. Il padre di Blas, un altro che per costruirsi la propria vita in lettere maiuscole aveva lasciato qualche cadavere sulla strada. Credo che Blas si fosse sentito autorizzato ad afferrare il volantino dello spaccio della chiavata e a strapparlo in mille pezzi, che lasciò cadere per terra. L'uomo non si lasciò intimorire. Tirò fuori altri volantini e li ficcò in mano a me, a Raúl e a Claudio.

"Voi non mi sembrate uguali a 'sto baciapile. Prendeteli. Se venite stasera, vi faccio un prezzo speciale. Insomma, quasi gratis. Chissà che non si convinca anche il grassone."

E diede una pacca a Blas, sopra il piumino. Uscì dal locale lasciandosi dietro un odore di colonia da quattro soldi mista ad anice.

"Che gran figlio di puttana" lo salutò Blas.

"Senti, Blas," gli rinfacciò Raúl, "con 'sta menata delle puttane stai esagerando. Non è il caso di prendersela così."

Quel pomeriggio non parlammo più dell'argomento. Sonnecchiammo sopra un prato circondato da alberi, in mezzo a due paesi. Blas trovò in giro un water e se lo trascinò dietro a un cespuglio dove cagò, detto con le sue parole, "come in un hotel". Scorreva un ruscello con pochissima acqua, ma sufficiente a farci passare qualche ora seduti con i piedi a mollo. Intorno, il paesaggio riarso dal sole, i resti di un falò, l'immondizia accumulata dai paesani che usavano quel terreno come discarica, e sui pioppi le iscrizioni degli innamorati, incise nella corteccia. Diedi una scorsa a quelli più vicini, ripetendo ad alta voce le frasi sdolcinate, le date. La più antica risaliva a una coppia di fidanzati del 1976. Ma più di tutti mi fece pensare l'amante deluso che era ritornato alla ricerca del suo cuore trafitto dalla freccia e l'aveva cancellato a pugnalate per aggiungere: "Rettificare è da saggi: ti odio Marisa".

Raúl non si era separato dal telefonino per tutto il pomeriggio. Il cellulare gli ricordava che non era libero, come Elena gli diceva sempre, talvolta anche in nostra presenza: "Raúl, mi spiace ricordarti che non vivi più da solo". Noi avevamo sempre valorizzato la libertà, senza sapere bene in che cosa consistesse. I miei amici, quando ruppi con Barbara, mi accolsero con mille festeggiamenti, assicurandomi che avevo riconquistato l'indipendenza, neanche fossi stato prigioniero nei miei diciannove mesi e ventitré giorni di convivenza. Forse, per gli amici le coppie sono una minaccia. Claudio è convinto che le donne finiscano per intromettersi nelle amicizie. "Quando una donna se ne va, apri la porta e ce n'è già un'altra che sale le scale" diceva. L'amore è il nemico. Avere una partner significava rinunciare a loro, o come un giorno aveva detto Claudio, libero come un uccello: "Tu scegli che cosa vuoi essere: aquila o canarino?".

Claudio si era riaddormentato sopra l'erba secca con la sigaretta che gli si consumava tra le labbra, stava per bruciarsi con la cenere. Gliela tolsi e la spensi contro un sasso. Lui non aprì gli occhi ma mormorò: "Grazie, mamma". Mi alzai e attraversai la distanza che mi separava dal furgone. Accesi la radio e cercai un'emittente con della musica potabile, operazione cui rinunciai frustrato.

Cenammo in un ristorante da grigliate nel centro della città, divorando costine seduti nel dehors. Bevemmo boccali di sangria fino a non riconoscerci più tra noi. Fu Claudio ad avere l'idea, si diresse verso il furgone, mise in moto e aprì il portellone posteriore. Si fermò davanti al dehors con il motore acceso giusto il tempo di saltare all'interno e scappare via senza pagare il conto. Gridavamo da dentro, eccitati, con Claudio che accelerava per allontanarsi il più presto possibile dal luogo del delitto.

"Speriamo che non ci trovino seguendo l'odore del formaggio."

Delinquenti in fuga frenetica, studiavamo il prossimo colpo. Lo sapevo che avremmo finito per discutere quando Claudio e Raúl proposero di beneficiare della consumazione gratis nel locale delle puttane, perché una consumazione ne avrebbe tirata un'altra e poi un'altra ancora e probabilmente qualcosa di peggio. Sapevo che Blas si sarebbe rifiutato di venire, avrebbe minacciato di abbandonare il nostro viaggio interplanetario, ma alla fine ci avrebbe accompagnati. Quanto a me, m'importava poco di come avremmo passato la notte, il trucco era tutto lì, non preoccuparsi, non pensare.

Ci eravamo immaginati l'Only You con il fascino del locale da entraîneuse di prestigio, ma un bar di strada con tre lampadine rosse, un'insegna al neon di traverso e le persiane verdi chiuse ci riportò alla realtà, quella cosa che sa di carne putrida e di mosche.

Per entrare bisognava scostare una tenda di nastri colorati di plastica, ormai corrosi, e dopo un breve corridoio con alcuni quadri erotici da collezione privata di camionista si accedeva al locale: una sala dalla forma allungata con i tavoli di formica, la macchinetta delle sigarette, console di video musicali, pavimento da terrazzo e un banco in cemento e mattoni dietro cui servivano due cameriere avanti negli anni, vestite con body neri attillati e suggestivi, se soltanto avessero avuto qualcosa da suggerire. A quell'ora la clientela si limitava a un paio di uomini dallo sguardo sfuggente. Chiedemmo del padrone a una delle signore.

Comparve alle loro spalle con un'aria affabile. Vedeva confermate le proprie previsioni sulla nostra fame di sesso, anche se noi non potevamo dire altrettanto circa le sue promesse di prostituzione raffinata e donne meravigliose. Fino a quel momento l'andazzo era quello di un bar americano per maniaci depressi. Raúl resistette fino al primo sorso della consumazione offerta dalla casa prima di lasciar cadere un debole: "E dove sono le ragazze?". Il nostro anfitrione ci rivolse un sorriso pestilenziale.

"Senza fretta. Prima beviamo e poi, se avete voglia di divertirvi, vi organizzo una sfilata del bestiame…"

Sopportammo la sua conversazione sino alla fine del bicchiere, facendo di tutto perché le sue parole filtrassero via attraverso i buchi del nostro cervello-gruviera. Ci raccontò che aveva un figlio della nostra età, ancora a carico, che secondo lui seguiva il metodo parassitario perfezionato così bene dalla nostra generazione: ricattare le madri e fregare i padri.

"Eccolo lì, trentacinque anni e non c'è verso di sbatterlo fuori di casa."

Poi proseguì con le sue strategie di merceologia imprenditoriale:

"Non mi piace che le ragazze familiarizzino con i clienti. Mi piacciono i bordelli all'antica, come quando ero giovane io e viaggiavo fino a Madrid per andare a casa di Madame Teddy. È vero che ci rimetti in consumazioni, ma le ragazze sono più concentrate e sanno che devono guadagnarsi il pane con il sudore della fica".

In quel momento venimmo colti tutti e quattro da un attacco di pudore, e pensammo di scappare via a gambe levate. Ci trattenne solo il desiderio di conoscere quelle creature mostruose, sballate come il patetico imprenditore che salutava da lontano le persone che entravano nel suo locale fatiscente come se fosse al Cotton Club, e che poco dopo ci guidò attraverso una porta con su scritto "privato". Conduceva a un'altra sala più modesta, illuminata da bagliori stroboscopici. Il penetrante odore di spermicida, o di ammoniaca, ci irritava le narici, una sensazione che ci avrebbe accompagnato per tre o quattro giorni. Ci fece sedere sopra un divano che aveva perduto i colori originari per adottare un camaleontico marroncino che lo mimetizzava con la parete sporca. Appoggiammo i bicchieri su un tavolino. Il proprietario ci comunicò che, considerandoci invitati personali, avrebbe organizzato per noi una sfilata, uno show a tutti gli effetti. Ci lasciò da soli per un attimo. Vedere le ragazze non avrebbe potuto farci alcun male, convenimmo. Blas protestava, ma Claudio gli assicurò che, a meno di veder comparire una donna spettacolare, non avremmo certo sprecato i pochi soldi rimasti nella malandata cassa comune.

Il proprietario fece ritorno con un microfono da karaoke e, sebbene la distanza tra lui e noi non andasse oltre i due passi, si ostinava a parlarci dentro. Ci preparammo ad assistere a uno spettacolo atroce, nato nel terzo mondo del glamour. Da dietro una tenda rossa uscivano le donne una alla volta, per sfilare davanti a noi lanciandoci sguardi pieni di falso desiderio, con espressioni invitanti. Il proprietario del locale scandiva i loro quattro passi in sala con commenti di una poeticità forforosa. Salomè, dea del piacere, era una nanerottola cicciottella di Santo Domingo, il cui sorriso rivelò l'assenza di parecchi denti. Sonja, una giovane dell'Est minghelina e con gli occhi verdi, venne definita la regina delle penetrazioni impossibili, e finì con una spaccata sul pavimento, come una forbice rotta. Claudia, una brasiliana di quasi cinquant'anni, cellulitica e triste, venne presentata come laureata in lingue vive. Sabrina, colombiana con parrucca bionda, con una cicatrice a metà del ventre, era per il presentatore l'unica superstite di Sodoma e Gomorra. Seguirono Carla, polacca pienotta sulla soglia della terza età, che nel parossismo pubblicitario del padrone doveva essere la madre di tutti i piaceri; Yolanda, venezuelana sorridente, capelli fulvi e fisico carino, che in qualunque altro posto sarebbe passata inosservata, ma che in quel gruppetto accese la nostra euforia, e Susie, la splendida macchina del piacere, che era una tossica portoghese piatta come un'asse di legno che non riuscì a tenere gli occhi aperti né a camminare in posizione eretta per più di un secondo. Il festival si concluse con due bulgare: Ana e Marlene. La prima strisciava i seni sulla moquette grigia e la seconda era un susseguirsi di ossa coronate da un paio di folti baffi e da un unico sopracciglio che le andava da un orecchio all'altro. Il proprietario congedò tutte le ragazze che si erano allineate lungo la parete di fronte a noi, non senza aver prima chiesto loro, con l'abituale scortesia, di mostrarci il seno per lasciare un bel ricordo. Eseguito l'ordine, si precipitarono dietro alla tenda. Il proprietario posò il microfono sul tavolino e ci chiese con un sorriso:

"Impressionati?".

"Sì."

"Completamente."

"Tanto."

Blas non disse nulla. Inchiodò lo sguardo sul proprietario e ascoltò la sua offerta di settemilacinquecento pesetas per venti minuti e di diecimila per mezz'ora.

"È troppo" si lamentò Raúl, dando per scontato che accettavamo.

Blas lo affrontò.

"Libidinoso."

"E una per tutti e quattro?" propose Claudio.

"Sì, la venezuelana" aggiunse Raúl.

"Certo che quattro in una volta…" Il proprietario dondolava la testa. "Sono ragazze serie, non accettano di fare certi numeri."

"Tre, ehi, solo tre" si smarcò Blas. E si voltò verso di me con aria interrogativa: "Perché anche tu… vero?".

Io mi strinsi nelle spalle. Blas sudava sotto il piumino, l'aria era irrespirabile. Si alzò in piedi, si riempì le tasche di arachidi che aveva preso dal piattino sul tavolo e annunciò:

"Vi aspetto sul furgone. Sembrate i personaggi di uno di quei film americani pieni di stronzi mocciosi…".

Ritornò al banco passando per il corridoio, mentre il padrone ci chiedeva ad alta voce se fosse frocio.

"Venti e andate tutti e tre con la venezuelana" ci propose quando ci ritrovammo da soli.

"No, no, dieci per venti minuti" negoziò Claudio.

"Non abbiamo tanti soldi" dissi io.

"Quindici e ve la lascio per mezz'ora."

"Possiamo vederla un'altra volta?" chiese Raúl.

L'impresario-imprenditore andò a cercarla e fece ritorno con lei, tenendola per il gomito. La fece sedere in mezzo a noi. Doveva avere un po' più di trent'anni, bei lineamenti, occhi di un torbido color mandorla.

"I ragazzi, qui, hanno scelto te…"

"Non ve ne pentirete" disse lei con un profondo accento venezuelano, bello, dolce.

Artigliò con una mano la coscia di Claudio e lui sorrise. Ci chiese il nostro nome e soltanto io mentii, dissi che mi chiamavo Juan. Juan García, certo, mi trasformavo nell'uomo banale, come mio padre durante la clandestinità. Peccato che le mie guerre non fossero all'altezza delle rivoluzioni di papà. Raúl si lanciò su di lei per palparle il seno. Yolanda, Yola come ci permise di chiamarla, gli spostò le mani con gentilezza.

"Prima i soldi, poi quello che vuoi, tesoro."

"Forza ragazzi, quindici non è poi tanto" ci spronò Raúl.

"Un affarone, non l'avete mai vista voi una donna come questa" vendeva il proprietario.

Quindicimila pesetas erano una fortuna per tre morti di fame come noi, ma raschiando il fondo dei portafogli riuscimmo a metterle insieme sul tavolino basso. Il proprietario contò i biglietti stropicciati.

"Se c'è una cosa di cui vado fiero, è saper riconoscere i miei clienti. Stamattina, quando ho visto la vostra faccia, ho pensato: 'Questi qui hanno voglia di scopare'."

Gli avremmo spaccato il posacenere sulla testa, eppure le gambe di Yola che finivano in scarpe a punta con i tacchi a spillo, e la grinta con cui Raúl si era alzato in piedi tenendola per la vita ci dimostrarono quanto avesse ragione. Abbandonammo il circo in rovina accompagnati dall'applauso del maestro di cerimonia.

"Avete scelto un gioiellino."

Entrammo nell'inferno kitsch di una camera con un grande letto, moquette sporca e un funzionale lavandino dove Yola ci insaponò il membro prima di infilarci sopra un preservativo. Tre minuti dopo, tutti sul letto. Claudio tentava in ogni modo di metterglielo nel culo, mentre lei lo succhiava a Raúl, che le impastava le tette come se volesse farci una torta, e intanto continuava a sistemarsi gli occhiali. Lei con il braccio teso arrivava a farmi una sega, mentre io studiavo la sua pelle lattiginosa, piena di lentiggini. Yola ogni tanto me lo mollava per distogliere Claudio dalle sue intenzioni, rimproverandolo:

"Nel culo no, amor mio, nel culo no".

Era dai tempi in cui giocavo a pallamano nella squadra della scuola che non mi ritrovavo insieme a tanta gente nuda, e vi assicuro che là era tutto molto più ordinato. La nostra disorganizzazione era tale che in diverse occasioni Yola perse l'appoggio e cadde prona sul letto, o rischiò di soffocare quando io le misi in bocca le palle mentre Raúl la montava. Fummo un amalgama di carne entusiasta durante la mezz'ora di piacere cui ci dava diritto il prezzo pattuito. Claudio mi guardava con la risata stampata sulla faccia. Il sesso era un alibi per divertirsi.

"Questo sì che è il viaggio verso la fica."

"Io mi faccio il viaggio al centro delle cosce, ciao a tutti" e lo spostai.

Feci sedere Yola sulle mie ginocchia. Raúl si arrampicò per infilarle in bocca il membro. Stava in piedi facendo vibrare il materasso scadente. Si era tolto la cintura dai calzoni corti da esploratore e la brandiva come una frusta, desideroso di flagellare Yola. Lei si rivoltò al primo colpo:

"Ahia... Niente violenza, maschione".

"Ti piacerà un casino, dai, ti picchio piano."

"No, no, amor mio, con la cinghia mi faccio picchiare solo da mio marito."

Claudio continuava a ridere. Si avvicinò al lavandino e bevve un sorso d'acqua. Fece qualche gargarismo e sputò. Si riempì di nuovo la bocca e spruzzò l'acqua sui capelli e la schiena di Yola, che sussultò con un brivido.

"Porcata spaziale" gridò Claudio, e si mise a saltare sul materasso.

Io venni per primo e in quel momento mi aggrappai ai capelli fulvi di Yola tirandoglieli con forza.

"Amor mio, mi farai diventare calva, tutta calva" si lamentò lei.

Claudio, fissato, le dava delle pacche sul culo e alla minima disattenzione di lei tentava di penetrarla da dietro. Alla fine, quando anche Raúl venne, lei acconsentì alle pretese del "bello", come chiamava Claudio. Io e Raúl li guardavamo seduti sul materasso. Yola fingeva un piacere folle, mentre il suo volto riceveva le spinte di Claudio con assoluta indifferenza.

"Ti piace, eh?" la sfidava lui.

"Amor mio, preoccupati di soddisfare la tua fidanzata, che io..." rispondeva Yola.

Il mio cazzo si era ritirato come una chiocciola. Andai a lavarmi di nuovo in preda ai sensi di colpa di un segaiolo adolescente, mentre Claudio continuava a cavalcarla dandole pacche sulla schiena. Raúl, dopo aver rinfoderato la cintura, si era di nuovo piazzato sotto di lei per praticarle un cunnilinguo, in un impeto di generosità che a me parve fuori luogo. Dallo specchio notai qualche segnale di piacere sul volto della donna, che s'interrompeva quando gli occhiali di Raúl le si conficcavano nella carne. Alla fine aveva deciso di prendere dal corpo muscoloso di Claudio e dalla devozione di Raúl qualcosa anche per sé. Era tipico del carattere di Claudio scopare con una puttana e fare in modo che diventasse una scena di passione, dimenticando che uno dei due aveva pagato.

Quella di Raúl era una devozione emotiva al piacere. Peccato che proprio mentre le morsicava i capezzoli, il telefonino, abbandonato sul pavimento, iniziasse a squillare. Lo raggiunsi e quando glielo avvicinai all'orecchio rimase paralizzato.

"Elena? Eh, no, no, no, no." Avrebbe continuato a negare per tutta la notte, ma si trattenne quando riuscì a tirarsi fuori da sotto il corpo di Yola.

Claudio, che era appena venuto, rideva a crepapelle strabuzzando gli occhi. Yola stava per dire qualcosa, ma Raúl le tappò la bocca con la mano libera.

"Ti richiamo fra cinque minuti, adesso non posso parlare... No, no, be' sì che posso parlare. No, non sono con nessuno. Be', sono con i soliti, sì questi qui..."

Feci segno a Yola di rimanere in assoluto silenzio. Claudio iniziò a vestirsi, e io che ero già vestito guardai Yola camminare con indolenza fino al lavandino e insaponarsi il sesso con gesti bruschi. Indossò il body rosso e salutò Claudio con un bacio sulla bocca. Io mi inginocchiai per infilarle le scarpe coi tacchi a spillo, mi pareva il minimo che potessi fare per lei. Mi arruffò i capelli come a un bambino e poi mi schioccò due baci sulle guance. Il suo corpo adesso mi pareva una volgare bara di carne. Fece il solletico alle palle a Raúl, che continuava a parlare al telefono cercando di mantenere la calma, e uscì dalla camera strizzandoci l'occhio. Raúl si vestiva senza lasciare il telefono né la conversazione.

"Sì, no, no, siamo ancora qui, in spiaggia, ad annoiarci. Ci fermiamo in un campeggio."

I gomiti appoggiati sul bancone, il proprietario ci accolse con la sua mefitica aria di superiorità. Ci regalammo la piccola vittoria di rifiutare un altro bicchierino offerto dalla casa e ci precipitammo verso l'uscita, anche se non avevamo voglia di affrontare Blas con la sua faccia seria. Speravamo che si fosse addormentato. Puzzavamo, ma non era niente rispetto alla sensazione che provavamo dentro. Raúl la tradusse in parole mentre camminavamo verso il furgone. "Una sega come si deve e avremmo risparmiato un pacco di soldi." Invece a Claudio quell'esperienza era piaciuta un casino. Non appena si vide davanti la faccia da funerale di Blas, lo aggredì: "Mancavi solo tu. Chi non scopa in compagnia…", e non aggiunse altro, forse perché non trovava, o non esisteva, nessuna conseguenza per l'omissione da un tale atto in gruppo. Salimmo sul furgone e Blas partì senza neanche lasciarmi chiudere la portiera. Accelerò e ci allontanammo a gran velocità. Non scambiò una parola né uno sguardo con nessuno di noi, pigiava solo sull'acceleratore, consumandosi dentro il piumino. Mi venne il sospetto che covasse l'idea di farci schiantare su quella strada secondaria e buia.

Era una notte senza luna e i fari cercavano il sentiero d'asfalto. Raúl mi chiese con lo sguardo di intervenire per ridurre la rabbia di Blas, o almeno la velocità del furgone. Ma mentre cercavo una frase adatta, lui sterzò bruscamente a destra e frenò, inchiodando le ruote. Scese dalla sua parte e corse dietro al furgone. Aprì il portellone e sollevò il telo della tenda da campeggio, che non era ancora stata ripiegata dopo la fuga precipitosa da Anabel.

"Ora puoi uscire" ordinò Blas.

Tirai fuori la pila dal vano portaoggetti e puntai il fascio di luce verso il retro del furgoncino. Il telo si mosse. Sbucò la testa di una donna che afferrò la mano di Blas e saltò giù. Vennero dalla mia parte.

"Tu va' dietro. Falla sedere qui."

Obbedii a Blas. La ragazza si sedette davanti e lui riprese a guidare. Riconobbi Sonja, la puttana mingherlina con gli occhi verdi; indossava una maglia azzurra e calze a rete nere e non dava segni di capire la nostra lingua. Si voltò verso di noi e disse qualcosa che assomigliava ad "ahoi".

"Ma è la regina delle penetrazioni impossibili" si sorprese Raúl, ricordando le presentazioni del proprietario del bordello.

Blas si voltò verso di lui come una furia, dimenticandosi per un attimo della strada.

"Non dire stronzate, d'accordo?"

Non sapevo se Blas seguiva una strada ben definita o se si lasciava guidare dal suo senso dell'orientamento. Speravo non si trattasse del secondo caso, perché in quel campo era assolutamente inaffidabile. Confondeva perfino le porte del corridoio di casa sua. A Madrid aveva rinunciato a guidare perché si perdeva costantemente.

"Blas, si può sapere che cosa sta succedendo?" indagò Claudio.

"Niente."

"Niente? E la ragazza?"

"Si chiama Sonja, con la i lunga."

Sonja, sentendo il suo nome, pronunciò rapidamente una frase.

"È ceco" ci spiegò Blas.

"Ma da quando conosci il ceco?"

"Non conosco il ceco."

"E allora?"

Blas ci razionò le spiegazioni. Raccontò che dopo essere uscito dal bordello per rifugiarsi sul furgone aveva pensato seriamente di piantarci in asso, e di ritornare a casa. Quel piccolo dettaglio gli bastò per rinfacciarci la nostra mancanza di dignità. Dopo, seguitò a raccontare, aveva deciso di aspettarci. Sonja doveva essere scappata alla fine del giro di presentazioni ed era salita sul furgone. Secondo Blas gli aveva chiesto in un inglese rudimentale di portarla via di lì.

"'*Take me out*', mi ha detto, e si è rannicchiata sotto il sedile."

Blas puntò il dito verso il luogo ora occupato dai piedi di Sonja. Riconobbi le sue scarpe col mezzo tacco.

"Ma sei scemo?" lo interruppe Claudio. "Stai aiutando una puttana a scappare?"

"Certo."

"Ma non ti rendi conto che è una pazzia?"

"Be', se la ragazza vuole andarsene…" aggiunse Raúl.

"Ma no, cazzo. Le puttane sono in mano alla mafia" ci spiegò Claudio. "Credi che possano andarsene via così, come se niente fosse? Guarda che le puttane sono…"

"Io no puttana." Sentendo le parole di Claudio, Sonja si era voltata verso di lui.

Restammo in silenzio. Claudio respirò a fondo. Sotto la faccia truccata di Sonja, i capelli castani corti e sporchi, i denti trascurati, le labbra screpolate, si riusciva a indovinare una ragazza di non più di vent'anni, affamata, con gli occhi affondati nelle occhiaie livide.

"D'accordo, non è una puttana" concesse Claudio. "Però stava lavorando là dentro. Allora è una puttana…"

"Guardalo lì, proprio lui che non voleva andare a puttane, e poi scappa con una di quelle" scherzò Raúl.

"Non è una puttana, cazzo." Blas alzò la voce.

"Io no puttana" ripeté Sonja.

"No, è una top model" sentenziò Claudio. "Ma non me ne frega niente, neanche se fosse una suora, dico soltanto che ci siamo cacciati in un bel casino."

"Nessuna donna fa la puttana perché vuole farlo, eh, Claudio, nel caso non lo sapessi" lo rimproverò Blas.

"D'accordo. Ma nemmeno io voglio fare il rappresentante, e nemmeno quello stronzo di Raúl vuole fare il contabile."

"Senti un po' tu…" Raúl stava per dire qualcosa, ma si trattenne. "No, è vero."

Blas guidava rapidamente, sotto pressione per la fuga, i rimproveri degli amici e il calore del piumino. Era logico che alla fine sarebbe esploso.

"Benissimo. Se volete, scendo qui con lei e finisce la storia. Voi andate pure dove cazzo volete, io ho intenzione di aiutarla."

"Aiutarla come?" chiese Claudio. "Cos'è, andiamo in Cechia? Ci sarà un motivo se è venuta qui… Dai, forza, rispondi, aiutarla come?"

"E che ne so."

Affiorava il lato meraviglioso di Blas. Solitamente pusillanime e codardo, era capace di lanciarsi nel pericolo, ma sempre senza una ragione logica, più per cocciutaggine che per eroismo. In quel momento nessuno pensava che potessimo venire inseguiti da una banda di mafiosi armati di pistola, né che il magnaccia di Sonja venisse a cercarci in un bar per sfregiare la faccia a tutti quanti. E Sonja non rispondeva all'immagine della donna per cui quattro morti di fame rischiano la pelle o quindici giorni di vacanza. Era un gesto di Blas e come tale andava rispettato. Per cui ce ne restammo zitti sui nostri sedili, e lo lasciammo rallentare, imboccare una superstrada qualunque e prendere una direzione che non ci preoccupammo di conoscere. Sonja viaggiava tesa sul suo sedile, con la schiena nuda drittissima, le si potevano contare tutte le ossa e le costole. Si avventò sui pacchetti di patatine che Blas aveva comprato in un distributore di benzina e, ripreso il viaggio, si addormentò come un uccellino sul filo della luce. Era una fuggiasca che scappava da una vita da cani e aveva trovato noi, fuggiaschi che scappavamo dalla vita in generale.

Quando mi svegliai, Raúl stava raggomitolato al mio fianco. Russava. Claudio lasciava ciondolare la testa dalla parte opposta. Sonja continuava a dormire vicino a Blas, che seguiva la strada con il primo sole davanti agli occhi.

"Dove andiamo, Blas?" chiesi.

Si strinse nelle spalle.

"Ho seguito questa strada, mi pare che vada bene."

Al primo cartello scoprii che la città più importante nei paraggi era Saragozza, ma ci volevano ancora cento chilometri.

"Saragozza?"

"Non lo so" rispose Blas.

"Andiamo verso l'interno."

"Sì, sono stufo di mare." E si toccò la pelata e il naso rosso fuoco.

"Lei dove vorrebbe andare?" Indicai Sonja.

"Non lo so. Non credere che sappia parlare inglese. Conosce quattro parole in croce."

Sulle ginocchia di Blas si accumulavano pacchetti vuoti di gelatine, canditi, arachidi. Immaginai che fossero stati il suo alimento per reggere la notte intera al volante. Mi sentii lo stomaco vuoto.

"Ci fermiamo a fare colazione?"

Blas imboccò uno svincolo che indicava un bar vicino alla strada. Svegliai bruscamente Raúl e Claudio. Blas scosse dolcemente Sonja. Parcheggiammo davanti a una bisca.

Raúl continuava a sbadigliare, tentando di tenere la testa dritta. Claudio si sparava una fila di ciambelle del giorno prima. Il caffè corretto cognac mi fece bene. Sonja era rimasta sul furgone per vestirsi con la roba che le avevamo prestato. Entrò con indosso un paio di jeans, una maglietta dentro cui poteva nuotare e le sue scarpe col mezzo tacco. Quando fu davanti a noi, si avventò sul vassoio pieno di frittelle. Poi andò in bagno e fece ritorno poco dopo con i corti capelli umidi e pettinati all'indietro. Blas le fece qualche domanda in inglese, ma era logorante come capisse soltanto le parole più semplici. Venimmo a sapere che l'avevano portata in Spagna a bordo di un camion frigorifero, nascosta insieme ad altre ragazze: lei credeva di venire a fare la baby-sitter e invece si era ritrovata chiusa in un postribolo di Valencia. Due mesi quasi senza uscire, lavorando solo per recuperare i soldi che presumibilmente era costato il viaggio. Non aveva documenti e ogni due o tre settimane la spostavano di locale, fino a che ebbe il dubbio privilegio di entrare a far parte del vivaio dell'Only You.

"Dove vuoi andare?"

Si strinse nelle spalle. Quando le chiedemmo se conosceva qualcuno in Spagna fece segno di no con la testa. Allora ci sentimmo più spaventati che orgogliosi. Fare gli angeli custodi non era il nostro mestiere, e nemmeno la nostra aspirazione. Claudio se la prese con Blas.

"Avanti, genio. Decidi tu che cosa farne. La teniamo con noi e poi te la porti a casa?"

"Non lo so… Potremmo pagarle il biglietto per ritornare al suo paese " propose Blas. Tradusse la proposta alla ragazza, ma lei fece segno di no con la testa. "Non vuole ritornare."

Il telefono di Raúl gli squillò in tasca e facemmo tutti un salto. Lui si guardò intorno per accertarsi che non si trovava in una situazione indecorosa e rispose.

"Elena, come stai? Come mai sei già sveglia, così presto? Ah…" Elena non aveva apprezzato la domanda a giudicare dalla smorfia di Raúl, che sopportava gli strilli all'altro capo del filo. I gemelli stavano piangendo e a uno di loro era spuntato il primo dentino.

"Il primo dentino? Merda, e io non l'ho visto" si lamentava Raúl in tono enfatico. "No, no, no. Stiamo facendo colazione. Non lo so, aspetta che chiedo."

Raúl si avvicinò al cameriere.

"Dove siamo?"

"Eh? In Spagna…"

"Sì, lo so, ma volevo dire qual è il paese più vicino."

"Calanda, a quindici chilometri."

"Elena," Raúl riprese la conversazione, "siamo vicini a Calanda… Sì, sì, Calanda. Che cosa? Ah sì? No, no, non lo sapevo. Be', sai non so se loro…"

Raúl mi lanciò uno sguardo implorante. Stava succedendo qualcosa di brutto.

"No, non piangere. Ma certo, stupidina. Certo, sì. Te lo prometto. Aspetta, non riattaccare…"

Ma Elena aveva riattaccato. Raúl chiuse il telefonino come se chiudesse una bara. Lo posò violentemente sul tavolino e senza dire una parola afferrò Blas per il bavero del piumino. Iniziò a scrollarlo.

"Sei un figlio di puttana, sei un imbecille."

"Che cosa succede?"

Claudio dovette allontanare Raúl con la forza, perché stava per strappare il piumino a Blas e colpirlo.

"Ma perché ci hai portati qui? Perché hai preso questa direzione, stronzo?"

Raúl si accasciò sulla sedia. Sollevò gli occhi su di noi.

"Siamo a venti minuti dal paese dove Elena sta con i suoi genitori."

"Non rompermi le palle. Che ne sapevo io…" si scusò Blas.

"Devo andarci, si è messa a piangere, accidenti."

"Quel fottuto telefono" Claudio lo indicò con il dito.

Raúl recuperò l'apparecchio prima che lo sguardo carico d'ira di Claudio lo disintegrasse. Si abbandonò contro la spalliera della sedia. Volse lo sguardo verso Blas, sconsolato.

"Con tutti i fottutissimi posti che ci sono su questo pianeta, dovevi portarci a venti minuti da Elena. Vaffanculo, stronzo, vaffanculo."

Sul furgone Raúl – col muso lungo – mi indicava la strada tenendo la cartina stradale aperta sulle ginocchia. Non rientrava nei progetti per i nostri quindici giorni di vacanza di dare il biberon ai gemelli di Raúl, per cui l'idea era semplicissima: depositare Raúl all'inizio del paese dei genitori di Elena, poi proseguire per Saragozza, una città grande e piena di risorse dove ci saremmo liberati di Sonja, e l'indomani tornare a prendere Raúl, per ricominciare il viaggio. Immaginai che ci sarebbe stato qualche centro di assistenza per le donne o qualche istituto caritativo dove lasciare Sonja, sempre che in agosto non fossero tutti chiusi per ferie. Raúl aveva le idee più chiare:

"Non complicatevi la vita. La portate in un commissariato di polizia, punto e basta".

"Non fare il bastardo" lo rimproverai.

"Questo mai e poi mai, cazzo" protestò Claudio.

"E adesso che cosa fate? La parte dei salvatori? Degli eroi? Dei protettori di puttanelle?" Raúl ci prendeva in giro, risentito.

"Non chiamarla così" lo corresse di nuovo Blas.

"Tu ti sei innamorato, e ti capisco" gli rispose Raúl. "Ma 'sti qui no. A loro non gliene frega niente. Non hanno voluto scoparsela neanche quando faceva la puttana."

Fuori il paesaggio era spianato dal sole. Stavamo percorrendo strade secondarie e ogni sei o sette chilometri venivamo sorpresi da un paese sempre più piccolo del precedente. A Calamocha seguì il bellissimo villaggio di Lechago e poi un altro e un altro ancora. Se io stavo sudando come una fontana al volante, potevo immaginare come si sentisse Blas dentro al piumino, ma Claudio era riuscito a fargli venire i sensi di colpa rinfacciandogli le ventisei frittelle che si era sparate a colazione. Raúl indicò un cartello davanti ai miei occhi.

"Siamo arrivati. Aciago."

Aciago era il nome del paese, al confine con la provincia di Teruel. Vi entrai lungo strade di cemento. Nessuno aveva il coraggio di mettere piede fuori casa, sotto lo splendore violento del sole. Proseguii in linea retta fino ad arrivare in una piccola piazza, con un monumento di bronzo piantato al centro. Raffigurava una scena della guerra d'Indipendenza, quella battaglia che Raúl, quasi due secoli più tardi, era in procinto di perdere.

"Lasciatemi qui. Stesso posto domani a mezzogiorno, io avrò convinto Elena a lasciarmi proseguire il viaggio."

"Iniziare, vorrai dire" si lagnò Claudio. "Perché fino ad adesso…"

"Sì, insomma, come volete."

Raúl balzò giù e aprì il portellone posteriore. Recuperò la borsa dei vestiti con uno sforzo sovrumano. La posò per terra. Un uomo avanti negli anni gli gridò dalla strada:

"Raúl? Sei tu, Raúl? Che bella sorpresa".

L'uomo gli si avvicinò per abbracciarlo brutalmente.

"Sei venuto con i tuoi amici? Bravo."

"È il padre di Elena. Loro stanno andando via" Raúl alludeva a noi, mentre con un cenno della testa ci spronava ad andarcene.

"Neanche a parlarne. Assolutamente no. Forza, salgo con voi e venite a casa a bere qualcosa di fresco."

Il padre di Elena prese Raúl per un braccio, sollevò la borsa come se fosse una piuma e la lanciò di nuovo all'interno del furgone. Si sedette al mio fianco e mi guidò fino a casa sua. Raúl balbettava, nel misero tentativo di essere convincente. Non potevamo fermarci. Dovevamo proseguire immediatamente il viaggio, ma quell'uomo indurito dal sole non aveva l'aria di lasciarsi convincere facilmente a parole.

"No, no, no, è molto complicato, devono andarsene. A loro piacerebbe restare, ma è impossibile, impossibile" insisteva Raúl.

I genitori di Elena si erano costruiti una villetta da nuovi ricchi in mezzo a un deserto di boscaglie, vicino al minuscolo paese con le case di pietra e una chiesa gigantesca, con le campane ricoperte di ruggine. Il padre era nato lì cinquant'anni prima e con la sua casa voleva ricordare ai compaesani che la vita l'aveva trattato bene, talmente bene da potersi permettere il lusso surreale di costruirsi una casa per le vacanze in un posto dove soltanto un idiota vorrebbe passare le vacanze. La casa aveva una cancellata che terminava in lance affilate; all'interno latrava un pastore tedesco, e si slogava il collo ogni volta che la catena cui era legato gli ricordava i limiti della sua ferocia. In giardino c'era un prato perfetto, che doveva consumare tonnellate di acqua per non crepare con quel clima desertico. Arrivava fino al bordo della piscina. Sull'acqua, un salvagente e un materassino vagavano alla deriva.

Anche se eravamo entrati in compagnia del padrone, il pastore tedesco ci accolse con ruggiti omicidi. Elena aprì la porta di casa, di legno nobile e massiccio, e uscì per accoglierci sotto il porticato. Dietro di lei la madre con il passeggino dove i gemelli stavano seduti uno di fronte all'altro. Immaginai che fossero stufi di guardarsi. Claudio fu il primo a tendere la mano per salutare e ricevere lo sguardo ostile di Elena. Il suo sorriso era l'unica cosa gelida nel raggio di chilometri.

"Che bella sorpresa."

Io stavo percorrendo l'ultimo tratto del sentierino di pietra che attraversava il prato.

"Si fermano tutti a pranzo" annunciò il padre.

"Ma Raúl mi aveva detto che non potevate fermarvi" ribatté Elena.

"Niente, niente. Preparo il barbecue e non se ne parli più." Il padre era abituato a dare ordini, disponibile all'improvvisazione, sempre che fosse di suo gusto.

Non avevamo un buon odore, e lo sapevamo. La puzza del formaggio mista al profumo di una notte a puttane, al sudore di Blas e alla colonia professionale di Sonja creavano un alone indefinibile intorno a noi. Lo sguardo inquisitorio di Elena si piantò come un pugnale su Sonja quando ci presentammo a sua madre.

"È mia cugina. Sta passando l'estate con la mia famiglia" ci precedette Claudio.

"È ceca."

Elena abbracciò Raúl. Gli mormorò all'orecchio, indicando Sonja:

"È una conquista di Claudio, vero?".

Claudio sorrise. Elena lo detestava, non poteva evitare di sentire uno sprezzo difensivo nei suoi confronti. Per una ragione semplicissima. Noi l'avevamo conosciuta perché era stata una conquista di Claudio. Tempo dopo sarebbe diventata la ragazza di Raúl. E questa per lei era una macchia indelebile sul suo passato, un incidente che avrebbe dovuto metter fine all'amicizia tra Claudio e Raúl, ma visto che le cose erano andate diversamente, era a disagio quando si trovava in presenza di tutti e due. Elena si sentiva indifesa, forse immaginava che Claudio fosse capace di sfotterla, di prenderla in giro davanti a noi, cosa che non era mai successa.

Elena era bruna, alta, vistosa nei gesti. La maternità, il matrimonio, la maturità le erano crollati addosso come a Raúl, con la stessa crudezza, ma nel carattere di lei non rientrava il concetto di evasione: quindi aveva deciso di accollarsi da sola tutte le responsabilità (vivere con Raúl è come vivere da soli), il che aveva finito per trasformarla in un'altra persona. Le si era inacidito il carattere, aveva tirato fuori la figlia di papà che covava dentro e l'aveva messa in azione. Ci considerava i nemici del suo matrimonio, i nemici della sua famiglia e, per quanto ci sforzassimo di manifestare le migliori intenzioni, ogni secondo che Raúl passava con noi era per lei un tradimento. Era convinta che minassimo la sua predisposizione alla vita di coppia, già debolissima di per sé. E forse aveva ragione.

Sonja non capiva bene che cosa stesse succedendo, ma la nuova situazione le pareva promettente, quindi preferì non fare domande. Elena le prestò un costume affinché potesse fare il bagno con noi in piscina. Sonja ricomparve raggiante. Il suo aspetto era quello di un'adolescente un po' timida, soltanto le unghie dei piedi dipinte di viola tradivano il suo passato. Il costume da bagno lasciava intravedere le costole, come una scala che scendeva fino alla sua totale mancanza di curve. Sul prato del giardino fece tre salti mortali in successione e finì con una spaccata, come una ginnasta di alto livello.

"Fa sport, la ragazza?" chiese il padre di Elena.

Nessuno di noi ebbe il coraggio di rispondere. Sonja si lasciò sfuggire il primo sorriso da quando la conoscevamo, poi si limitò a indicare se stessa col dito dicendo:

"Atlanta, Olimpic Games".

Si tuffò in piscina dopo aver fatto due volteggi in aria, lasciandosi cadere con la grazia di un delfino.

"Hai visto? È un'atleta" Blas affrontò Claudio. Gridò a Sonja: "Nadia Comaneci?".

Lei fece segno di sì. Ci precipitammo in acqua per assistere da vicino alle sue piroette e per sfuggire al sole.

Raúl rimase sotto il porticato a fare la parte del padre prodigo con i gemelli, torturandone uno per fargli dire "papà", fino a che Elena confessò di avergli mentito. Il piccolo non diceva ancora niente. "Te l'ho detto per farti sentire colpevole." La storia del dente invece era vera, come si accorse Raúl dopo aver ricevuto un morso rabbioso.

La madre di Elena stava trascinando il barbecue lungo il sentiero di pietra del giardino. Era abbronzata dall'estate al sole e sprizzava gentilezza fino a divenire non più gentile ma irritante. L'avevamo conosciuta al matrimonio di Raúl dove aveva avuto uno svenimento, o almeno questa era stata la versione ufficiale di un palese coma etilico. Era una donna che eludeva la tristezza di vivere con un'euforia forzata e costanti visite al mobile bar. Suo marito, che stava sistemando le sardine sopra un vassoio prima di sacrificarle al fuoco, era un uomo robusto, temprato dai venti del paese, la barba ispida, sempre sottopelle. Se lo guardavi fisso per un po', avevi l'impressione di vederla crescere; poi ci confessò che gli capitava di doversi radere tre volte al giorno. Indossava un paio di calzoncini corti e un berretto, ma il suo look non era sportivo. Era felice di uscire dalla solita routine dell'estate, lontano dagli affari, e ci trattava tutti nel modo in cui trattava il genero Raúl, spostandoci da una parte all'altra come mobili leggeri.

Raúl era stato obbligato dal suocero a istruirci sulla fatturazione quotidiana della sua ditta. Sonja si addormentò sul prato prima che arrivasse il caffè, ma questo, più che imbarazzarli, parve divertire i genitori di Elena.

Noi la guardavamo con invidia mentre dovevamo sopportare le chiacchiere del dopopranzo, e accettavamo di perdere a carte giocando a *mus* contro il padre di Elena, che faceva coppia con Blas, propinandoci al contempo lezioni di furbizie da giocatore esperto. Soltanto quando vinsi la bella fu sul punto di cacciarci fuori di casa, gridò, si strappò i capelli sostenendo che quattro sei era una giocata peggiore che due re. Bisognava ammettere che un uomo così non era abituato a perdere, e non aveva più l'età per imparare. Anche se riuscivamo a malapena a tenere gli occhi aperti, annunciammo la nostra intenzione di riprendere il viaggio, ma ci scontrammo con la feroce resistenza dei nostri anfitrioni.

"Siamo nel pieno della festa del paese. Stasera si balla. Vi fermate qui e non se ne parla più."

Raúl passeggiava con Elena, tentando di addormentare i gemelli. Non sapeva ancora che avremmo passato la notte insieme.

"Vita di merda. Vita da schifo. Vita da cani. La vita è una valle di lacrime. La vita rompe. La vita è orribile. Vaffanculo, vita. Vita fottuta. Com'è corta la vita."

Da *Scritto su tovaglioli di carta*

6.

D'estate, perfino i paesi disabitati mettono in ghingheri le loro vie, spendono una barca di soldi nel budget per le lampadine colorate e friggono salsicce in onore della Madonna de la Paloma o del santo patrono. Di solito le sagre estive sono un miscuglio tutt'altro che raffinato di devozione cattolica e inclinazione alcolica, traboccanti di spirito festaiolo, folclore della terra, processioni mariane e furori taurini. Claudio ci aveva raccontato mille volte di quell'estate che aveva passato a girare di sagra in sagra per i paesi, dormendo di giorno e bevendo di notte a spese dei festeggiamenti del comune.

I genitori di Elena vollero trascinarci a tutti i costi ad ascoltare la *Salve Regina* e la messa nella chiesa che minacciava di cadere a pezzi: dal soffitto si staccava una pioggerella fine di polvere bianca e di sassolini che ogni tanto cascavano sulla testa di qualche fedele sonnacchioso. Le donne nella parte anteriore della chiesa, gli uomini in fondo. Capimmo l'ostinazione dei genitori di Elena quando il parroco, un uomo rozzo e sgradevole con una palese demenza senile (aveva dimenticato l'ordine della liturgia e aveva distribuito la comunione subito dopo il *Credo*), sottolineò il nome del benefattore che aveva donato i soldi per restaurare il campanile. Il padre di Elena accolse l'applauso dei compaesani con un'espressione di falsa modestia. La funzione culminò con l'infervorata *Salve Regina* in onore della Madonna del Perpetuo martirio.

Alla fine della messa un gruppo di giovani si accinse a dare inizio alla processione. Con uno spintone il padre di Elena obbligò Raúl a unirsi al gruppetto sparuto dei portatori. Con un colpo di reni la squadra di forzuti si issò sulle spalle una pedana di legno, sollevando verso il cielo la pia scena che vi veniva rappresentata. Una ragazza vestita da Madonna del Perpetuo martirio stava inginocchiata vicino al corpo giacente di un Cristo, cui dava vita, come venni a sapere in seguito, l'unico povero del paese. Al martire, un uomo sulla cinquantina, avevano messo la sua brava corona di spine, avevano imbrattato di sangue le parti scoperte del corpo – per conferire maggior verismo alla scena – e avevano appiccicato i capelli e la barba del Cristo con la colla da falegname. Al termine della processione, nel togliergli i posticci gli rovinarono la faccia, che rimase con la carne viva per diversi giorni.

La ragazza che interpretava la Madonna accarezzava il corpo del Cristo con una spugna inumidita e gli baciava le false piaghe, mentre la processione percorreva i quattro angoli della piazzetta di fronte alla chiesa, in mezzo agli applausi emozionati dei fedeli. Il parroco, con la croce astile sollevata in alto, precedeva la scena segnando il ritmo con il suo passo lento e tardo. Al suo fianco due chierichetti obbedienti si beccavano gli scherzi e le battutacce dei compagni di giochi. Tutt'a un tratto, in preda a un'eccitazione incontrollabile dovuta ai baci e alle carezze della verginella, il Cristo si arrapò come uno stallone, e il membro gli si rizzò sotto il cencio che lo ricopriva provocando il caos fra i presenti. La Madonna interruppe le sue abluzioni per vedere se così facendo avrebbe risolto il problema. Le risate e i commenti si propagarono con la velocità del fulmine, fino a che il prete, incuriosito, si voltò indietro e scoprì il sacrilegio. Senza dire una parola, iniziò a menare colpi di croce astile contro i genitali eretti del Cristo che, per evitare le botte, si riparava con le mani girandosi da tutte le parti, rovinando così la qualità pittorica della scena. Il prete ordinò ai portatori di accelerare il passo e di ritornare con la sacra scena all'interno della chiesa. Piano piano le risate si calmarono e il paese ritornò alla normalità.

Erano stati riaperti i granai abbandonati, i magazzini, i pagliai affinché i ragazzi vi allestissero circoli ricreativi: degli scapoli, degli ammogliati, delle donne o dei giovani suddivisi a seconda dei gusti musicali o calcistici. Davanti al padre di Elena si spalancavano le porte di tutti i circoli, così fummo obbligati ad accettare le offerte di bicchieri di vino, boccali di birra, sangria, tramezzini al formaggio, frittatine, salsicce, salami, pesciolini fritti. Raúl spingeva il passeggino dietro di noi. Ogni tanto si portava una mano alle reni e alle spalle indolenzite. Con la schiena curva sopportava la gente, quasi tutti parenti, prossimi o lontani, di Elena, che si chinavano sui gemelli tentando di scoprire le somiglianze, con la schiacciante maggioranza di chi sosteneva che erano proprio identici al nonno materno.

Nel momento in cui il sindaco salì sul palcoscenico fatto di assi per snocciolare il suo discorso, le leggi dell'ospitalità degli abitanti di Aciago ci facevano già vedere doppio. Ti toglievano di mano il bicchiere di vino vuoto per metà per rifilarti un boccale di birra e una fetta di salame. Il sindaco, con tanto di bastone e camicia della domenica, faceva ripetere in coro slogan micronazionalisti, che alludevano all'orgoglio di essere di Aciago e al suo vitale significato. Reclamava l'unione di tutti gli abitanti per evitare la minaccia che il paese venisse attraversato dall'ampliamento dell'autostrada, minaccia che incombeva su di loro dal '57, ma a quanto pareva stavolta facevano sul serio. Non possiamo tollerare che calpestino il nostro passato, si spolmonava il sindaco, ma i ragazzi lo interrompevano per intonare l'inno del paese, un canto virile e stonato facile da memorizzare in quanto era composto soltanto da tre versi e mezzo:

> Amor mio, via da Aciago non andar,
> te lo dico,
> ché per quanto cercherai, mai non troverai
> più bel paese in Spagna.

Il segreto della rima, peraltro inesistente, stava tutto nell'intonazione jotesca* che aggiungeva un accento sulla sillaba finale di ogni verso, insomma, una sorta di poesia a martellate. Quando arrivò il commovente finale del discorso, in cui venne acclamata ancora una volta la Madonna del Perpetuo martirio, avevamo già imparato l'inno e tra quelli che lo intonavano con maggiore entusiasmo c'eravamo io, Blas e Claudio. Sonja ci guardava con aria divertita.

Ci invitarono a cena al circolo dei fumatori di sigaro, che era quello cui apparteneva il padre di Elena, e lì, grazie alle piacevolissime nuvole di fumo e alle polpette di carne, riuscimmo ad assestare lo stomaco. La gente, di una cordialità che sconfinava nell'isteria, rendeva impossibile qualsiasi tentativo di moderazione. Era tale l'euforia con cui adottavano i forestieri, che quando raccon-

---

* *Jota*: danza popolare di origine aragonese molto diffusa in Spagna. Accompagnata da strumenti caratteristici (chitarre, nacchere, tamburi) e canto, è molto vivace e briosa, e si balla in coppia senza toccarsi. [*N.d.T.*]

tammo le origini di Sonja qualcuno ebbe il coraggio di gridare: "Viva la Cecoslovacchia!", e tutti quanti facemmo un brindisi, nonostante la ragazza cercasse di spiegare che ora si trattava di due paesi distinti. In seguito, le donne più anziane fecero un excursus delle canzoni della loro infanzia. Canti della mietitura, della campagna. Io le ascoltavo emozionato, mentre Blas mi faceva notare che le canzoni della nostra infanzia non sarebbero mai andate al di là di qualche pagliaccio televisivo o di qualche patetico programma per bambini. Ogni tanto portavamo qualcosa da mangiare a Raúl sulla porta del circolo, dove aspettava con i gemelli nel passeggino, al riparo dal fumo e dal baccano. Anche Sonja cantò una canzone della sua terra dove, ci spiegò più tardi, si raccontava la storia di un uomo che parlava con le piante; alla sua morte si era trasformato in un cipresso che si erge ancora, centenario, al centro del paese.

I genitori di Elena, quando si ritirarono per andare a dormire, portarono a casa i gemelli, ed Elena ci accompagnò in un circolo di gente più giovane, le sue amiche d'infanzia, ora unite dal denominatore comune di lavorare come commesse al Corte Inglés*di Saragozza. In un granaio arredato per l'occasione, ci fecero sedere vicino ad alcuni barili di birra cui tenemmo compagnia. Claudio si offrì di spillare la birra, operazione che portava a termine con disinvoltura. Raúl tentò di raggiungere il nostro livello di divertimento pur senza mollare mai, in nessun momento, la vita di Elena. Era una riunione civilissima, con le ragazze che ricordavano i tempi della loro gioventù e Blas non poté trattenere uno sbadiglio. Decidemmo di muoverci ed Elena dovette spingere Raúl a venire con noi. Uscimmo nella via buia e ci lasciammo guidare dalle grida della gente. Tutte le strade portavano a qualche osteria.

"Avete avuto una bella faccia di culo a fermarvi" protestava Raúl, e poi, indicando Sonja, aggiunse: "E con quella lì".

"Come facevamo a perderci una festa così?" argomentò Claudio.

"E tu credi che si siano bevuti la storia che è tua cugina? Elena continua a farmi domande su di lei."

"Pensaci bene" gli consigliai. "Ora stiamo qui, così domani potremo partire insieme."

"Come facevamo a separarci da te?" chiese Blas. "Sei tu l'anima di questo viaggio…"

* *El Corte Inglés*: catena di grandi magazzini molto diffusa in Spagna. [*N.d.T.*]

Un tizio sbucò da un'altra stradina e s'incamminò verso di noi. Aveva occhiali bianchi di tartaruga, baffi sottili, e il modo di parlare più gentile che abbia mai sentito in vita mia.

"Tu sei il marito di Elena, vero? E allora devi venire al nostro circolo dei neoammogliati."

"Grazie, ma sono con alcuni amici di Madrid."

"Fa niente, fa niente, venite tutti quanti, le donne hanno fatto le salsicce in crosta."

Il circolo consisteva di una fila di donne dall'aria seria sedute dietro una lunga asse di legno, con di fronte una disordinata serie di uomini brilli. In tutto saranno state quindici coppie, alcune formatesi proprio in paese dall'infanzia, kamikaze della felicità che ci avevano sbattuto contro e non si erano ancora leccati le ferite.

Sbronzarsi in gruppo è una lenta e concertata perdita di coscienza, che si basa su di un principio fondamentale dell'amicizia: c'è sempre qualcuno che ti porta a casa. In fondo è una sorta di sentimentalismo, pensare che non sarai abbandonato nel pantano del tuo vomito. Nei gruppi di amici di solito la sbornia procede con un ordine rigoroso. Nel nostro caso il primo era in genere Blas, che si lasciava andare con totale fiducia. L'ultimo Raúl, forse nella segreta speranza che non lo vedessimo in quello stato. Ma quando cedeva, lo faceva alla grande.

I primi segnali del progetto di prenderci una sbornia colossale li avevamo avuti vedendo le bandierine che sventolavano per le strade, ma nel circolo dei neoammogliati, in mezzo alle chiacchiere sul calcio, alle barzellette sporche dei neomariti e allo sguardo plumbeo delle donne neodeluse circa gli ideali della vita, l'alcol s'impadronì di noi. A Sonja si spensero gli occhi e quando non beveva non faceva altro che sbadigliare. Blas diventò abbracciatore, baci di qui, tesoro di là, affettuosità non richieste, sempre inoffensivo, insomma, la si poteva considerare la classica sbronza buona. Io ero entrato nella fase di scollegamento cerebrale, che consiste nel chiacchierare con la persona più vicina.

Blas era salito sopra l'asse per mostrare a una delle donne, che aveva baciato con innocenza qualche secondo prima, il proprio testicolo destro. Riuscì a calarsi i pantaloni e rimase in mutande come un lottatore di sumo, e fu allora che le donne scandalizzate obbligarono il marito più virile a buttarlo per terra con uno spintone. Blas venne espulso dal circolo in mezzo all'indignazione delle donne macchiate nell'onore, e noi ci sentimmo in obbligo di annunciare che se andava via lui, ce ne saremmo andati anche noi.

Raúl, mentre percorreva il tragitto fino alla porta, si prodigava in mille scuse che per lui non sarebbero mai bastate. Noi ci precipitammo all'esterno a testa alta. Sonja continuava a non capire che cosa stesse succedendo.

"Ma insomma, quella gente non ha mai visto una palla in vita sua?" ripeteva Blas offeso per la misera accoglienza.

Chiedemmo ad alcuni ragazzini che passavano di lì se esisteva un circolo di adoratori del testicolo destro, ma riuscimmo soltanto a piluccare qualche cicciolo in un club di giovani con cui Claudio condivise uno spinello.

Ci piazzammo davanti al bancone del bar, vicino al palcoscenico dove i musicisti di una pseudo orchestra stavano per iniziare lo spettacolo. Claudio s'ingegnò per dividere con il batterista una pista di coca dietro un camion a rimorchio. Blas tentava di comunicare con Sonja, che di tanto in tanto sbadigliava. La gente lo guardava, insaccato nel piumino, senza trovare il coraggio di chiedergli la ragione del suo abbigliamento in una notte così calda. Posai l'occhio su di una biondina minuta, con un volto bellissimo e il golfino annodato in vita per coprirsi un posteriore che le creava complessi e che io immaginai meraviglioso. La maglietta di marca e il suo nasino all'insù mi avvertirono del fallimento incombente, eppure, dopo aver scambiato un paio di occhiate con lei, iniziai a gironzolarle intorno.

Si chiamava Beatriz e aveva diciannove anni, anche se ne dimostrava tre di meno. Era piccolina, abitava a Madrid ed era venuta lì insieme a un'amica. Le offrii una birra e lei la bevve lentamente; due ore dopo aveva ancora la bottiglia in mano, succhiandone con le labbra sottili l'imboccatura. Quando iniziò la musica, prese a muoversi sul posto, lasciando vagare lo sguardo intorno a sé. Le chiesi altre quattro o cinque cosette su di lei, e le raccontai due o tre menzogne su di me. Raúl passò in mezzo a noi per andarsi a prendere da bere, giusto il tempo per buttare lì:

"Non fidarti di lui".

"Perché?" chiese lei.

"È sposato e ha due gemelli."

Dal bancone mi lanciò un sorriso innocente, mentre io negavo ogni accusa davanti a Beatriz. In seguito Raúl si sarebbe giustificato con un semplice: "Chi rompe il cazzo...". Quando mi ritrovai solo con Beatriz, le diedi la mia versione:

"In realtà stavo per sposarmi, però la mia fidanzata si è pentita. Abbiamo lasciato perdere".

Immaginai che fosse un buon argomento per decollare. Il classico metodo piagnucoloso, scopami per compassione, un metodo sbagliato con Beatriz che, tanto per cominciare, non era venuta in paese per cercare la chiavata veloce in un qualsiasi pagliaio al buio. Lei cercava l'amore tenero, quell'amore che puzza di fidanzamento. Era una di quelle che ti domano a forza di farsi aspettare all'uscita di scuola, cento volte prima di darti un bacio decente, di quelle che ti fanno la prima sega solo dopo avere l'anello di fidanzamento al dito. Il segnale è sempre un sorriso dolce fino al diabete, privo di qualsiasi promessa sessuale. Mi intrattenevo con Beatriz, la mia bella piccolina, perché mi piace sprecare le energie per sbattere la testa contro il muro, l'inutilità mi è sempre parsa stimolante. O almeno così diceva mio padre: "Sei il più grande specialista di inutilità che io conosca", meravigliandosi da solo della propria raffinatezza nell'insultare la gente, della propria eleganza nel deprimere chi gli stava intorno. Mio padre – forse adesso era il momento buono per telefonargli, per raccontargli che avevo lasciato il giornale, per dirgli che mi ritrovavo sbronzo in un paese sperduto a muovere un altro passo del mio perpetuo martirio, e che avevo voglia di seguire il consiglio di Barbara e di ammazzarlo. Dovevo solo trovare il modo di farlo. Barbara, chissà che cosa faceva adesso? Rivedere l'elenco degli invitati al matrimonio e non sentire la mia mancanza, scegliere il menu del banchetto e non sentire la mia mancanza, dormire, scopare con il suo promesso sposo e non sentire la mia mancanza, provarsi il vestito, un breve corso prematrimoniale e, in definitiva, non sentire la mia mancanza. M'immaginai l'attività frenetica dei giorni prima del matrimonio e io, invece, senza niente di meglio da fare che cavarmi il dente della sua assenza dedicandomi a qualunque donna fosse irraggiungibile. Una caratteristica che comunque mi avrebbe ricordato Barbara: infatti, anche quando avevo conosciuto lei, avevo pensato di avere davanti agli occhi una donna irraggiungibile, un amore impossibile. E in un certo senso ci avevo azzeccato. Farei meglio a festeggiare il tempo consumato con lei, i miei diciannove mesi e ventitré giorni, invece di lamentarmi e di aspirare anche a un solo secondo di più insieme a lei.

L'orchestra suonava malamente i temi appiccicosi dell'estate, di quell'estate e delle precedenti – canzoni uguali l'una all'altra –, soddisfacendo così la voglia di ballare della gente che affollava la piazza. Erano le cosiddette canzoni di sempre, che a mio parere sono soltanto le canzoni di mai. Chi suonava era un gruppetto rock svogliato che prostituiva le proprie chitarre in una festa campagnola. La maggior parte della gente che ballava erano persone di una certa età, il che richiedeva a ogni pausa un paso doble. Chiesi a Beatriz se voleva ballare. Mi rispose: "Non ancora", rispondendo così anche al resto delle domande che non avevo trovato il coraggio di farle.

Elena era venuta a sapere del comportamento di Blas al circolo dei neoammogliati, e mi si avvicinò per avvertirmi:

"Solo, spero che terrai d'occhio i tuoi amici. La storia di Blas che si è spogliato al circolo…".

"No, voleva solo far vedere una palla."

La mia precisazione non la divertì.

"E Claudio ancora peggio, lì a drogarsi davanti a tutti… Siamo in un paese, cazzo."

Mi diede molto fastidio sentire da lei quell'espressione. Mi venne in mente che una volta avevo rotto una relazione promettente perché la ragazza si ostinava a dire "minchia". E ancora oggi mi pare una motivazione sufficientemente seria.

A mano a mano che la festa procedeva, continuavano ad arrivare giovani con fazzoletti colorati e tanta voglia di piantar casino. Da lontano mi accorsi che Claudio – senza smettere di farsi uno spinello – litigava con uno di loro per una spinta durante il ballo.

"Tornatene a Madrid, cittadino, zozzone" gli gridò l'indigeno.

"Buzzurro, burino, campagnolo" gli rispose Claudio mostrandogli il dito medio sollevato. "Siediti qui."

Non mi presi neanche la briga di placare lo scontro, preferii lasciarlo nelle mani del gruppetto di ammiratrici di Claudio. Stavo sempre vicino a Beatriz, cercando in ogni angolo argomenti di conversazione. Blas era impegnato a dare la caccia ad alcune ragazze che gli passavano vicino, mentre Sonja si era rifugiata contro lo stipite di un portone e, con la testa appoggiata sulla pietra, pareva dormire profondamente.

Elena non poté evitare di immischiarsi nella mia conversazione con Beatriz, per scoprire chi fosse quella ragazza che non conosceva. Si lanciarono in una conversazione animatissima, mentre io e Raúl ci facevamo compagnia. Le possibilità di scopare quella sera erano molto ridotte, convenimmo. Tutto dipendeva dal trovare una ragazza che si sbronzasse; così, tra il depresso e l'incosciente, si sarebbe gettata nelle nostre braccia e saremmo finiti in un pagliaio per una scopata rapida e agrodolce prima di fare colazione con qualche salsiccia. Ma le donne in quelle condizioni probabilmente erano già prese di mira dai ragazzotti del paese, che aspettavano il cedimento per fregare loro un po' di sesso. Con Beatriz, mi comunicò Raúl, non c'era niente da fare. "È uno zainetto, una di quelle che ti si appendono alle spalle e poi non c'è verso di scrollartele di dosso." Puntò il dito verso Sonja, addormentata. "Puoi sempre scoparti la puttana." "Non farti sentire da Blas" gli risposi.

Tutt'a un tratto qualcosa ci fece ammutolire. Era la voce di Claudio, amplificata dai microfoni. Ci voltammo e lo vedemmo sul palcoscenico, mentre strappava la chitarra elettrica dalle mani di uno dei musicisti, il quale lo lasciava fare ma restava vigile, dietro di lui. Il resto della banda non lo accompagnò quando si mise a strimpellare la chitarra scatenando un effetto larsen potentissimo. Poi riuscì a stabilizzare il suono e poté dimostrare le sue doti musicali. Per un paio d'anni era riuscito a sostenere un gruppo rock che comprendeva lui e un altro paio di dementi. Mi avevano chiesto di scrivergli dei testi, mettendomi come unica condizione che non parlassero d'amore, perché il gruppo si distingueva proprio per il fatto di non includere nel repertorio nessuna canzone d'amore. Dovevano essere tutte canzoni di odio. Odio questo, odio quello. Il mio apporto fu una ballata punk intitolata *Crepa, vecchiaccio*, una riflessione sulle problematiche dei pensionati. Il gruppo si sciolse quando Claudio, ancora una volta, venne vinto dalla noia.

Saltellando sopra le assi, ululava il ritornello della fantastica *Sex Machine* di James Brown. Si afferrava il pacco con entrambe le mani, spostando indietro la chitarra che teneva a tracolla. Claudio batteva le mani, sollecitando gentilmente la partecipazione del folto pubblico:

"Forza, tutti insieme, campagnoli, battete le mani, buzzurri, battete le mani".

I giovani fischiavano e soltanto alcuni battevano le mani divertiti. Claudio continuava a ululare senza mai prendere fiato che era una macchina del sesso. A me e a Raúl si congelò il sorriso sulle labbra. Un clamore unanime scaturiva dalle gole dei presenti: "Fon-ta-na, fon-ta-na, fon-ta-na". E come se non fosse abbastanza chiaro, ripetevano: "Fontana, fontana, fontana".

"Sì, sì," rispondeva Claudio, "il sindaco nella fontana."

Il sindaco, che stava ballando con la moglie, posò lo sguardo su Claudio e la sua faccia da armadio si scompose. L'idea di scaraventare nella fontana l'imprevisto cantante stava prendendo forza, ormai la voce di Claudio si sentiva appena, in mezzo alle urla dei paesani. Raúl ebbe il coraggio e i riflessi di saltare sul palcoscenico, strappare il microfono dalle mani di Claudio e intonare con voce spezzata l'inno del paese. La gente, toccata nelle corde più intime, lo accompagnò nel canto, e Raúl ne approfittò per obbligare Claudio a scendere dal palcoscenico. Il gruppo ricominciò con il suo repertorio infame.

Ai piedi del palco Raúl rimproverava Claudio, anche se gli occhi di quest'ultimo vagavano nel vuoto. Beatriz mi offrì di ballare e la seguii fino allo spiazzo di cemento. Lei imponeva una certa distanza, ma io mi aggrappavo alla sua vita e ogni tanto appoggiavo la testa sui suoi capelli fini cercandole il collo, allungandomi goffamente come un papero. Era il pacco che stimolava i miei movimenti, il cervello stava per smettere di funzionare. Blas veniva portato in giro dentro a un carretto da un gruppo di bambini teppisti e da un paio di mongoloidi cresciuti, che lo spingevano in mezzo alla gente. Blas era il ritratto della felicità, un boccale grande di birra in una mano e salutando con l'altra come se fosse il papa in piumino blu.

Claudio era rientrato nel suo gruppetto di ballo, un crocchio di ragazze in preda all'isteria giovanile. Ho sempre pensato che Claudio fosse nato per essere una stella del rock, circondato da coriste, successo, soldi, eccessi, ma il bello di Claudio era che, pur non essendo nulla di tutto ciò, si comportava sempre come se lo fosse. Il che dimostra che uno è quello che è, comunque, e anche che nella realtà non vedrà mai realizzati i propri desideri. L'elenco dei mestieri svolti da Claudio fa pensare all'autobiografia inventata da romanzieri alle prime armi, i quali tentano di giustificare la propria pessima scrittura con un'esistenza appassionante. La vita per lui è un panino troppo piccolo.

Non so bene come fosse successo tutto quanto, perché in quel momento cercavo di avvicinare le labbra all'orecchio di Beatriz per sussurrarle le mie migliori intenzioni, ma credo che Claudio si fosse conquistato senza fatica l'inimicizia dei ragazzi più sbronzi e aggressivi. La provocazione definitiva arrivò per mano di una piccola belva eccitante che un momento prima Claudio mi aveva indicato con un commento lapidario: "È una di quelle ragazze che desiderano divorarsi il mondo, e a cui non spiacerebbe iniziare dal mio cazzo". Quando lo beccarono a strusciarsi con lei, il fratello, un ragazzone alto, li separò d'autorità, minacciando Claudio con il pugno. Prima che potesse portare a termine l'aggressione, Claudio si alzò in punta di piedi, prese lo slancio e scaricò tutta la sua forza sulle nocche delle mani, che finirono dritte contro la mascella del ragazzo. Lui cadde riverso all'indietro con la bocca piena di sangue. Fra tutti riuscirono a separarli, in mezzo al subbuglio, alle grida. Due vecchiette portarono via dalla piazza Claudio, con la mano grondante di sangue. Io e Raúl ci precipitammo verso di lui.

L'orchestra non aveva smesso di suonare e le due donne ci condussero a casa loro, dove tenevano un fornitissimo armadietto del pronto soccorso. Nell'ingresso, alla luce della lampada, curavano il dito lacerato di Claudio.

"Che cosa è successo? Che cosa è successo?" ripeteva Raúl.

"Quel figlio di puttana, se non lo menavo io mi spaccava la testa" spiegava Claudio.

"Mi ha morsicato, quello stronzo."

"Alle feste si beve, e si sa come va a finire" lo giustificava una delle vecchiette.

"Ehi vecchia, piantala di dire cazzate e disinfettami il dito," la interruppe Claudio, "quel figlio di puttana mi avrà attaccato la rabbia."

Quella che lasciava cadere goccioline di acqua ossigenata sul cotone si fermò.

"Ma no, Pacote non è un cattivo ragazzo. Ha un cuore d'oro."

"Non rompermi le palle, vecchia, non rompere. Quel burino è una testa di cazzo."

Claudio le strappò di mano il flacone e tolse il tappino con i denti, per rovesciarsi un fiume di acqua ossigenata sul dito. Svuotò il flacone da un litro in pochi secondi. L'atrio era allagato e la donna tentava di recuperare l'acqua ossigenata.

"Da' qui, da' qui, ormai sei disinfettato."

"Ficcati un cazzo in bocca!" le gridava Claudio.

"Ahi, ahi che linguaggio."

"Comunque i denti glieli ho spaccati tutti quanti, a quel burino di merda."

"Sì, sì, lascia che ti bendi…"

"Ehi, vecchiaccia, guarda che non sto scherzando, quel figlio di puttana ha certamente la rabbia, si vede dalla faccia."

Io e Raúl assistevamo alle cure prestate a Claudio, perplessi per il modo in cui trattava le due affabili vecchiette. L'immagine di Pacote veniva ingigantita dalle allusioni tutt'altro che innocue al suo cuore d'oro, alla sua giovialità, alla brutalità priva di malizia. In quel momento vedevo la mia testa rotolare sul selciato, mozzata dai ragazzi del paese a colpi di zappa, per vendicarsi dei forestieri. Raúl ringraziava le signore per il loro aiuto sperticandosi in gentilezze, mentre Claudio continuava ad aggiornare il loro repertorio lessicale. Le signore non si scandalizzavano, erano certamente abituate al fatto che a ogni sagra del paese almeno tre o quattro persone finissero con la testa spaccata.

"Non mi lascio minacciare da nessuno" rispose Claudio quando Raúl lo rimproverò per essersi fatto coinvolgere in una rissa.

"Ma te le sei cercate tu le botte, con quella stupida idea di salire sul palcoscenico."

"Eh già, ha parlato il re delle bolle di consegna. Lasciami in pace, ok?"

"Su, su, sono cose che capitano" tentava di mediare una delle infermiere.

"E Pacote si è fatto male?" chiesi io.

"Uh, non credo proprio, è fatto di roccia lui. L'anno scorso le ha suonate a tre ragazzoni del paese qui vicino, li ha perfino buttati giù nel burrone, macchina compresa."

Lo sguardo mio e quello di Raúl s'incontrarono, rivelando lo stesso pensiero: la nostra prossima morte per mano di un Sansone rurale che in quel momento stava affilando l'ascia. Mi parve di udire un rullo di tamburi proveniente dall'esterno, ma era solo un gruppo di persone che bussava alla porta. Capitanati da Elena, sei o sette giovani del paese erano venuti lì non per cavarci gli occhi ma per scusarsi della loro mancanza di ospitalità.

"Con Pacote succede così ogni anno. Ce l'ha con quelli di fuori."

"Be', pensa a Prudencio, era del paese e gli ha spaccato tre vertebre."

"È fatto così, punto e basta."

"Un bestione."

"Hanno già trovato i suoi denti?" scherzò Claudio, in tono arrogante.

"Certo che tu," lo affrontò Elena, "potevi piantarla subito. Te le stavi cercando dall'inizio della serata."

"Non farmi la predica. Che colpa ne ho io se un buzzurro si mette a fare il galletto con me?"

"Ha ragione Elena, è colpa tua" si allineò Raúl.

"Dov'è Blas?" chiesi.

Blas, con il suo dono di non vedere le cose brutte, continuava a giocare con i ragazzi del paese. Quando scoprì la mano bendata di Claudio chiese se fosse grave e poi ritornò al suo divertimento. Elena insisteva nel dire che era meglio ritornare a casa. Correva voce che Pacote stesse cercando Claudio per continuare la lotta. Cercai Beatriz con lo sguardo e la recuperai, annoiata, appoggiata contro un muro. Adesso con me si teneva a una distanza diversa, neanche appartenessi a una banda criminale organizzata. Uno dei giovani che si prodigava in scuse per Claudio ci invitò a rifugiarci nel suo circolo pacifista. Beatriz esitò quando le proposi di venire con noi, ma alla fine si unì al nostro gruppo. Cantai vittoria. Rallentai il passo finché restammo qualche metro indietro agli altri. Blas teneva Sonja per il braccio, si era appena svegliata.

Il circolo era un seminterrato buio, una ex cantina dove un gruppo di ragazzi arrostiva sanguinacci sul fuoco di legna. Cercai un angolino appartato dove portare Beatriz. Lo trovai in fondo alla stanza, sulle scale che portavano a un piano superiore inutilizzato. Ci sedemmo nella penombra dei primi gradini.

"È vero che la tua fidanzata ti ha lasciato prima delle nozze?"

"No, in realtà sono stato io a lasciarla."

"Anch'io ho rotto con il mio ragazzo, un mese e mezzo fa."

"Stavate insieme da tanto?" chiesi, felice per l'intimità raggiunta.

"Un anno. E tu quanto tempo sei stato con lei?"

"Quasi due anni."

"Come si chiamava?"

"Barbara." Pronunciare il suo nome mi diede una strana sensazione, come se profanassi un segreto, con la vergogna di sfruttare il suo ricordo per ottenere quattro carezze che non avrebbero mai colmato la sua assenza.

"Perché avete lasciato perdere?"

"In realtà non lo so. Forse stavamo facendo troppo sul serio, e io mi sono spaventato. Sai quando hai la sensazione di avere trovato la donna perfetta, ma di averla trovata troppo presto nella tua vita? Da una parte vorresti vivere, e dall'altra non ti va di perderla. Non avrei voluto incontrarla così presto."

"Quindi sei pentito" sintetizzò Beatriz.

"Non ne sono sicuro." Stavo iniziando a parlare sul serio, e non mi piaceva per niente. "Sono contento di non stare con nessuno, credo di esserne contento, ma nello stesso tempo, non lo so, sento la sua mancanza."

"Succede lo stesso anche a me."

"La cosa più importante è che le occasioni ti passano davanti soltanto una volta, prendere o lasciare."

Era il momento di dare inizio al piano operativo nei confronti di Beatriz, le avrei offerto l'ultima opportunità.

"Per esempio," dissi, "io sono qui con te. Ci siamo conosciuti per caso e forse non ci rivedremo mai più. Ma tu sei carina, mi piaci. Abbiamo due possibilità: dirci addio e pensare per tutta la vita che non abbiamo avuto il coraggio di fare quello che volevamo, di dire all'altro quello che pensavamo, in una parola, rimpiangere il passato, oppure..."

"Lo so..."

"Esatto. Correre il rischio, approfittarne, scommettere. Qualunque decisione prenderemo, la vita continua..."

"Be', non è detto che debba finire qui, potremmo rivederci..."

"Questo è impossibile e tu lo sai."

Tentai di baciarla. Ci riuscii. Sentii i suoi seni come limoni duri sotto la maglietta. Lei mi allontanò delicatamente, chiudendo le labbra sottili.

"Sei viva o sei morta?"

"Che cosa vuoi dire?" Socchiuse di nuovo le labbra desiderabili.

"Voglio dire: pensi di vivere la vita o la lasci passare così, senza avere il coraggio di fare niente..."

"Magari non mi va di farlo..."

"Certo che ti va."

"Non esserne tanto sicuro." Sorrise timidamente. "Magari non mi piaci abbastanza."

"Può darsi. Le ragazze come te sognano sempre un principe azzurro che scenda da un'auto di lusso, le prenda per mano e le accompagni in un palazzo a schiera a guardare la tele."

"Oppure no."

Mi sfidava con quel suo sguardo opaco. La battaglia era perduta e io mi lasciai andare. Decisi che aveva sprecato l'opportunità che le avevo concesso.

"Questa carne che adesso nascondi sotto i vestiti, questo culo che ti copri con il golf e che secondo me è un culo bellissimo, e avrei voglia di vederlo nudo, le tue forme desiderabili, tutto questo un giorno lo perderai. Aspetta e vedrai come ti s'inacidisce la bocca, i seni ti cascheranno giù come pere, la cellulite t'invaderà dalle caviglie fino al collo. Non farai drizzare più nessun cazzo come adesso fai drizzare il mio, e penserai: 'Che occasione sprecata'."

Beatriz chinò la testa. Io insistevo.

"Potevi divertirti, potevi sentirti soddisfatta, piena. Stanotte non mi hai permesso di scopare con te, d'accordo, ma vedrai, con il passare del tempo capirai di aver fatto una stupidaggine, sarà il tuo regalo di fedeltà a un marito che russa e non ti guarda più. Vaffanculo, sei un fiore che sta già marcendo. Guarda, guarda qui."

Beatriz sollevò il viso ma ignorai i suoi occhi pieni di lacrime.

Abbassai la cerniera e tirai fuori la mia erezione; lei distolse lo sguardo. Mi tenevo il membro con la mano e lei si abbracciò le ginocchia.

"Tutti i cazzi cui non hai dato piacere si pisceranno addosso dalle risate al tuo funerale."

Iniziavo a sentirmi un miserabile, lì, in piedi col cazzo di fuori a una spanna dalla chioma verginale di Beatriz. Rimasi immobile, come lei, fino a che una voce dietro le spalle mi richiamò.

"Che cazzo fai, Solo?"

Era Raúl, con gli occhiali che gli erano scivolati sulla punta del naso. Mi ritirai il membro nei pantaloni e Beatriz sollevò la testa, ci passò davanti e fece ritorno all'interno del circolo.

"Fuori c'è un gruppo di gente che vuole linciare Claudio" mi annunciò Raúl.

Mi precipitai dietro di lui.

Blas e Claudio ignoravano che cosa stesse succedendo di fuori, e continuavano a chiacchierare e a condividere cibi e bevande. Accompagnai Raúl all'esterno del seminterrato. Lì si erano radunati i giovani del paese, tra i quali spiccava Pacote, con il labbro gonfio come un pneumatico. Portava un fazzolettone avvolto attorno alla testa, doveva essere grande come una tovaglia.

"Non ce l'ho con voi, ma al vostro amico gli rompo la testa."

Aveva la voce rauca, certi suoni uscivano a fatica a causa del labbro spaccato. Il resto del pubblico era diviso tra coloro che tentavano di alleggerire l'atmosfera elettrica e coloro che reclamavano vendetta.

"Fate uscire quel figlio di puttana di un madrileno, che gli spiaccico il cervello."

"È stata tutta colpa della sbronza, Pacote, non esagerare."

"Nemmeno mio padre alza le mani su di me. E poi quel tizio è fatto di coca, me l'ha detto uno dell'orchestra."

"Certo, la droga, è tutta colpa della droga." Anche Raúl tentava di mediare.

Raúl venne allontanato da Pacote con uno spintone. Ci mise del tempo a ritornare in posizione eretta. Il ragazzo che ci aveva portati nel circolo si piantò davanti a Pacote, mostrandogli il volto indifeso.

"Cavolo, Pacote, se devi proprio picchiare qualcuno, picchia me, dai, dammi una bella sberla, così poi stai tranquillo."

Pacote esitò. Non era difficile immaginare quella generosa testolina mentre saltava in aria, con i denti che ricadevano giù come in una giornata di neve. Ci sarebbero volute tutte le sarte della provincia per risistemargli la faccia. Ma Pacote rifiutò l'offerta.

"Ma no, io voglio menare quell'altro."

"Ne ha tutto il diritto, cazzo, fatelo uscire e che si battano come si deve" disse uno con gli occhiali appannati dal proprio alito etilico.

"Proprio *coscì*, perché lui mi ha picchiato a tradimento."

Battersi come si deve contro Pacote era una delle cose meno fattibili a questo mondo, e immaginavo che Claudio, con la sbronza un po' sbollita, non sarebbe cascato nell'errore. L'aria di linciaggio stava diventando sempre più densa. Raúl parlava con gli uni e con gli altri, io spiegavo che non avremmo tollerato che il nostro amico venisse preso a bastonate, il che significava una battaglia generalizzata.

"Allora butto giù la casa e vi spacco la testa a tutti quanti, così poi me lo porto in paese" propose Pacote come alternativa moderata.

"E se ti chiede scusa?" mi venne in mente tutt'a un tratto, come una minuscola possibilità di riconciliazione cristiana. Quando Pacote si voltò verso di me, mi pentii della proposta e desiderai sparire dalla sua onda di espansione.

"Se mi chiede scusa è un altro paio di maniche."

Sebbene alcuni insistessero che labbro per labbro e dente per dente era l'unica riconciliazione possibile, riuscimmo a convincere Pacote che nel giro di qualche minuto Claudio si sarebbe pentito di fronte a lui delle proprie azioni e gli avrebbe chiesto scusa. Esisteva la possibilità che Pacote ritrattasse tutto quanto trasformando la testa di Claudio in un asteroide, ma era un rischio che bisognava correre.

Entrammo di nuovo nel seminterrato dove fummo accolti dal volto terrorizzato di Elena. Aveva sentito le voci e conosceva fin troppo bene il divertimento preferito del suo paese. Claudio era lì, abbracciato alla bottiglia; lo afferrai per la collottola e lo tirai in disparte.

"Là fuori vogliono impalarti."

"Cazzo dici? Quanti sono?"

"Cento. Ma quel Pacote dice che è disposto a dimenticare tutto se gli chiedi scusa."

"Be', io…"

"Non rompere i coglioni, Claudio, altrimenti non ne usciamo vivi. Lo farai?"

"Sì, sì, certo…"

Aprimmo la porta ed Elena prese Raúl per la manica, allontanandolo da Claudio per metterlo in salvo dalle mitragliate.

"Mollami, cazzo" si liberò Raúl.

Insieme scortammo Claudio all'esterno, accompagnandolo in prossimità di Pacote che faceva capolino dietro al suo labbro.

"Viene a chiederti scusa" annunciò Raúl.

Claudio gli tese la mano.

"Scusami, non credevo di avere tanta forza. Ti ho fatto un labbro come una melanzana…"

Diedi un pestone a Claudio per fargli chiudere la bocca. Pacote gli strinse la mano. Alcuni ragazzi della fazione ospitale li incoraggiarono ad abbracciarsi, e quando Claudio scomparve tra le braccia di Pacote, il paese riunito attaccò a cantare l'inno. Soltanto due o tre dissidenti mormoravano contro Pacote, dandogli dell'effeminato. Sentii che uno di loro proponeva di andare a casa di Elena e di dar fuoco al nostro furgone.

"È un Nissan che puzza di formaggio."

Capii che era meglio sparire dalla vita di Aciago prima che il labbro di Pacote si gonfiasse ancora di più.

Blas riattizzava inconsapevolmente la violenza di Pacote ostinandosi a dargli baci e abbracci di concordia.

"Toglietemi di dosso 'sto culattone grasso."

Ci separammo dai gruppi giovanili e iniziammo a camminare velocemente. Claudio insisteva nel dire che stavamo esagerando e Blas gli dava ragione, per aggiungere subito dopo che non c'era niente di meglio di una colazione a base di salsicce con quelli del paese, per suggellare la pace. A un tratto, una mano mi prese per il braccio e mi fermai.

"Andate già via?" Era Beatriz.

Non pareva tenermi rancore. A volte le donne sono incomprensibili. Non si finisce mai di decifrare la capacità del loro affetto né quella del loro odio. Perciò noi uomini alla fine ci ritroviamo schizofrenici. Immaginai che non avrebbe fatto niente per impedirmi di andare, eppure covava dentro di sé una tale ansia di piacere che non sopportava di vedermi andar via senza un buon ricordo di lei.

"Io sono sicura che un giorno ci rivedremo."

"Io no."

"Io sì" insisteva lei.

"Be', allora…"

"Buona fortuna."

"Anche a te."

"Ci proverò."

Mi diede un bacio fugace sulle labbra, un bacio quasi inesistente, alzandosi sulla punta delle scarpe da tennis. Si voltò. Prese a correre. Il golf che teneva annodato in vita si spostò leggermente, lasciando intravedere quello che avevo immaginato da subito. I capelli le danzavano intorno alla testa. Invidiai quella capacità innata di farti star male, di trasformare la sconfitta in vittoria. La mia bella piccolina aveva avuto l'ultima parola, aveva lasciato dietro di sé la scia del desiderio. Ma nemmeno nel più infantile dei miei sogni pensavo che ci saremmo rivisti; la storia finiva lì, sebbene il destino nasconda una buona dose di senso dell'umorismo.

Corsi fino al gruppo, nel timore di rimanere indietro e di servire da colazione a Pacote. Elena si liberava di due scocciatori che insistevano a portarci da loro per mangiare i pasticcini. Sonja si era appesa al braccio di Blas. Il furgone era ancora parcheggiato davanti alla porta della casa dei genitori di Elena. Entrammo nella villa per raccogliere in silenzio le nostre borse sparpagliate in giro, sotto la minaccia che se avessimo svegliato i gemelli, Elena ci avrebbe strozzati con le sue mani. Ritornammo al furgone. Dall'interno della casa sbucò un inatteso Raúl, con il borsone a tracolla. Elena lo fulminò con lo sguardo.

"Dove vai, Raúl?"

"Con loro." Credeva di potersene andare via piano piano, in punta di piedi, nella speranza che Elena non si accorgesse della sua fuga.

"Parli sul serio?"

"Dai, Elena, era questa l'idea, no? Il viaggio…"

Raúl tentò di darle un bacio sulle labbra, ma lei lo evitò.

Raúl ci seguì sino al furgone e scaraventò fragorosamente la borsa nel vano posteriore.

Uno dopo l'altro salimmo a bordo, ma lui fece ancora il gesto di voltarsi verso di lei per salutarla affettuosamente.

"Non ti avvicinare, stronzo. Vattene via di qui."

Elena si chinò e raccolse un sasso da terra. Lo scagliò contro Raúl, che si riparò la testa con le mani.

"Non voglio vederti mai più, disgraziato. Credi che i bambini siano soltanto miei, e allora va bene, vattene, ma non ritornare più…"

"Elena, dai…"

Il pianto dei gemelli che filtrava dalla casa ingigantì la crisi di rabbia di Elena. Raccolse un altro sasso e lo lanciò con precisione contro Raúl. Gli sfiorò l'orecchio. Raúl corse al furgone sotto una pioggia di sassi e di urla di Elena. Partii più in fretta che potei, mentre Raúl saltava all'interno del furgone dal portellone aperto. Nello specchietto retrovisore vidi Elena. Piangeva e imprecava. Raúl schiacciò la faccia contro il finestrino posteriore e sollevò la mano in un ultimo tentativo di calmarla. Il sasso che gli lanciò Elena colpì in pieno il vetro del lunotto mandandolo in frantumi, a un centimetro dal naso di Raúl.

"È impazzita."

"Non si può dire che non sia nata in questo paese" affermò Claudio.

Sonja disse qualcosa in ceco che nessuno capì. Attraversammo il paese e accelerai quando alcuni ragazzi si lanciarono contro di noi per sputarci addosso e scuotere il furgone mentre gli passavamo vicino. Claudio abbassò il vetro del finestrino e si mise a gridare:

"Chissà che non costruiscano una buona volta 'sta fottuta autostrada, così vi tirano sotto tutti quanti, figli di puttana".

Mi stupiva che, con tutto quello che era successo nel corso della notte, Claudio si ricordasse ancora del discorso del sindaco. Lo zittii. Non volevo che Pacote trasformasse il furgone nella nostra bara. Invece Claudio insisteva, perfino due paesi oltre, affacciandosi al finestrino e urlando a squarciagola:

"Non ho paura di voi, paesani di merda, burini".

"Claudio, adesso piantala, d'accordo?" lo interruppi.

Raúl, che non si era ancora ripreso dal congedo lapidario di Elena, saltò sul sedile posteriore e si piazzò vicino a Sonja e a Blas.

"E invece no, adesso finisce che è ancora colpa mia" continuava Claudio.

"Be', prima di fare a botte ci sono altri…"

"Sei stato fortunato che qui la gente sia così cordiale," intervenne Raúl, "in un altro paese nessuno di noi sarebbe uscito vivo."

"Non esagerare" disse Blas.

"Ha ragionissima" insistevo. "Una cosa è prendersi una sbronza, e un'altra è non accorgersi che abbiamo rischiato la pelle per una puttanata."

"Una puttanata?" Claudio si lamentava del nostro comportamento. "Se non lo avessi menato io, quel figlio di puttana mi avrebbe spaccato la faccia, e tutto perché stavo per farmi una ragazza del paese... Ma più di tutto mi ruga che mi abbiate obbligato a chiedergli scusa."

"Meglio farci linciare tutti quanti, vero?"

"Volevano dar fuoco al furgone."

"La coca ti fa male al cervello, diventi scemo e attaccabrighe" finii col dirgli.

"D'accordo. E tu che cosa avresti fatto?"

"Be', ti assicuro che prima di fare a botte con un tizio del paese nel pieno della festa, ci avrei pensato su due volte."

"Ha parlato l'intellettuale pacifista."

Restammo in silenzio. Era tipico di Claudio sbronzarsi e insultare gli amici, liberando il rancore accumulato contro di noi. Claudio si sentiva tradito. Per il suo codice dell'amicizia era incomprensibile che il pugno di un amico non fosse il pugno di tutti, e la sua rissa la rissa di tutti. Erano fessure imperdonabili nel nostro rapporto, e io invece le consideravo dubbi sensati. Tra amici non si doveva pensare. Eravamo quella cosa fiera e irrazionale che è la compagnia, o almeno Claudio sognava che fosse così.

Claudio rimase in silenzio e appoggiò la testa contro il vetro.

"Ma la cosa più incredibile," ricordò Raúl, "è quel tizio che si è piantato davanti a Pacote porgendogli la guancia, perché si sfogasse contro di lui."

Claudio tirò su la testa con improvviso interesse.

"Davvero? Ha fatto questo?"

"Diceva che era importante che i forestieri avessero una buona immagine del paese."

"Pazzesco, esiste ancora della gente così." Per Claudio quello era un gesto mitico, per me una forma di suicidio. Pensando all'atto eroico di quel tizio non poté trattenersi dal lanciarmi un'occhiata di rimprovero.

"Fantastico, vero? Gente che non ti ha mai visto né conosciuto e rischia la pelle per te, pazzesco."

Nel repentino crollo di adrenalina dovuto alla coca si mise a singhiozzare. Claudio, l'uomo di marmo, inforcò gli occhiali neri per nascondere gli occhi colmi di lacrime. Lo guardai dondolando la testa. Ci mancava solo di vederlo piangere. Intuivo che le sue lacrime erano anche il riconoscimento che forse stavamo sparando gli ultimi colpi della nostra giovinezza. Posò lo sguardo sulla mano bendata alla bell'e meglio.

"Me l'hanno sistemata proprio male. Cerca un pronto soccorso, voglio farmi curare come si deve."

Claudio si tolse la benda e si spaventò vedendo il dito con la carne viva.

"Quelle vecchiacce erano due puttane pericolose, guarda che razza di lavoro. E tutto per risparmiare acqua ossigenata."

Lanciai un'occhiata al suo dito e mi morsicai il labbro. Claudio sollevò lo sguardo su di me.

"Che razza di amico che ho, su, dillo. Ti vergogni di me."

"Non rompermi i coglioni" gli risposi.

"Dai, cazzo, accelera che mi fa un male cane."

"La mano, la mano, la mano, e gli altri allora?" si lagnò Raúl.

"E io allora? Come credi che mi senta io dopo i saluti di Elena? Mi odia, chiederà il divorzio, mi toglierà la custodia dei bambini, ho rovinato la mia vita..."

"Ma no, vedrai. Domani le telefoni e le sarà passato tutto" tentò di animarlo Blas.

"Tu non la conosci. Ha svegliato suo padre, in questo momento staranno telefonando all'avvocato per il divorzio. Non riesce proprio a capire che erano le mie vacanze, ne avevamo parlato cento volte. E poi..."

"Raúl" lo richiamò Claudio. "Dovevi prendere i soldi."

Nel paese più vicino, la casetta della Croce rossa presentava un aspetto desolante. L'insegna storta e la croce distrutta dalle sassate. Seduto sulla soglia, un infermiere in maniche corte gonfiava preservativi soffiandoci dentro. Ci fermammo davanti a lui. Gli chiesi se era aperto. Sbronzo, alzò lo sguardo su di me, accecato dai fari del furgone. Rispose che si sarebbe occupato subito di noi, e fece svariati tentativi di mettersi in piedi. Claudio diede una pacca sul volante.

"Tu sei pazzo, andiamocene di qui, non mi faccio mettere le mani addosso da quel tizio."

Feci marcia indietro e ci dirigemmo verso una città un pelo più grande. All'ingresso di Calatayud seguii le indicazioni per l'ambulatorio pubblico. Stava albeggiando e mi sentivo le palpebre pesanti come il piombo. Arrivammo in pieno cambio di turno. Ci volle quasi un'ora prima che qualcuno si decidesse a dare un'occhiata a Claudio. Nella sala d'attesa c'erano un ubriaco con il sopracciglio spaccato e due donne che erano cadute accidentalmente dalla scala nel cuore della notte. L'infermiera sorridente trovò Claudio carino e gli soffiò sulla ferita mentre lo disinfettava. Volle a tutti i costi che si abbassasse i pantaloni per fargli l'antitetanica, mentre Claudio insisteva che poteva benissimo fargliela nel braccio. L'infermiera gli bendò di nuovo il dito e gli consigliò di farselo disinfettare ogni giorno, "è meglio che lo faccia il tuo amico", e fece segno verso di me, che stavo appoggiato contro lo stipite della porta.

"Non è più mio amico" rispose Claudio, e mi fulminò con lo sguardo.

Nella sala d'attesa, Raúl stava litigando con una macchinetta per avere una bottiglia d'acqua. Perse. Si era fatto dare una fascia elastica per la schiena che risentiva ancora del trasporto della Madonna del Perpetuo martirio e del Cristo arrapato. Nel furgone, Sonja aveva appoggiato la testa sul soffice Blas e dormiva placidamente. Blas aveva aperto gli occhi al nostro arrivo.

"E con quella che cazzo facciamo?" chiese Claudio.

Partimmo di lì con l'idea di arrivare al primo campeggio interessante e montare la tenda. Avevamo bisogno di fare un sonno tranquillo, di riposare dopo la sagra del paese. Claudio, col dito fasciato come un modello di alta moda tale era stato l'impegno che ci aveva messo l'infermiera, crollò addormentato non appena abbandonammo il parcheggio. Raúl fu l'unico a prendersi la briga di chiacchierare con me, per farmi tenere gli occhi aperti. Era depresso, come al solito, non riusciva a tirarsi fuori da quello stato; era perennemente diviso tra il desiderio di essere una brava persona e quello di godersi la vita, tra l'ansia di libertà e i sensi di colpa nei confronti di Elena. Era la versione esasperata di ognuno di noi. Mi diceva che nessuno è consapevole del momento in cui il cammino che abbiamo tracciato inizia a deviare, ma alla fine ci ritroviamo in un luogo dove non avremmo mai voluto stare. Secondo lui non esisteva nessuna correzione possibile, la vita è uno scivolo ripidissimo. Lui aveva paura per se stesso tra un po' di anni, immaginava che tra poco sarebbe stato ancora peggio, avrebbe finito col riprodurre fedelmente l'esistenza tediosa dei suoi genitori. Crediamo di essere unici, mi diceva, invece siamo uguali a tutti gli altri.

"Ma allora, con Elena..." lo interrogai.

"Niente, è cambiato tutto. Non le piace più quello che le piaceva prima..."

"Intendi dire che...?"

"Sì" assentì Raúl. "Adesso dice che era solo un vizio. Prima c'è stata la gravidanza, poi la nascita dei gemelli. Un giorno ci è capitato di lasciarli un momento con i nonni e siamo andati al parco che c'è sotto casa e non so come, ma ci siamo arrapati, io avevo voglia e lei anche…"

"Già, già…"

"Stava scendendo la sera e non c'era anima viva, così l'ho spogliata e l'ho legata a un albero e be', stavo per darle qualche sferzatina con un ramo perché eravamo in vena di porcate e allora… ecco che arriva una pantera della polizia."

"Non mi dire!"

"Vedessi che numero! Ci hanno beccati in pieno. Io che cercavo di coprirla e quel figlio di puttana che voleva denunciarci. Elena che si mette a piangere, una catastrofe. Pensa a suo padre. Mi ammazza di botte. Ci siamo salvati perché Elena, piangendo come una fontana, ha mostrato ai poliziotti una foto dei gemelli e quelli si sono presi compassione. Comunque te lo puoi immaginare, da allora Elena non è più la stessa. Mi ha bruciato tutte le riviste e ha buttato nella pattumiera tutti i video, quelli comprati e quelli che ci eravamo fatti noi. E allora sono stato io che mi sono messo a piangere."

"Dai, magari è solo un momento…" tentai di consolarlo.

"Ma va' là, è tutto finito. Un giorno l'ho trovata che si stava facendo il bagno e mi è venuto in mente di pisciarle addosso, e pensa, ancora un po' e mi spacca la testa. Mi ha tirato dietro di tutto, shampoo, bagnoschiuma… Dice che erano follie di gioventù. E forse ha ragione. Piano piano stiamo diventando una coppia come le altre. Capita a tutti."

In Raúl trovavo gli stessi sintomi di insoddisfazione che provavo io. Nel suo caso con il vantaggio che lui aveva ovvie ragioni per stare male: il suo egoismo, il trascurare Elena e i gemelli, il profondo desiderio di fuggire da se stesso. Nel mio caso, invece, il pessimismo non aveva nessuna ragione evidente di esistere: avevo il mio spazio, ero padrone di ogni secondo della mia vita, non dovevo neanche preoccuparmi di finire come mio padre, perché voleva dire finire benissimo. L'elenco dei miei disastri era lungo:

vivere a casa dei miei
odiare il lavoro al giornale
considerare i miei amici dei cretini
se sono cretini, perché ho così bisogno di loro?
la nostalgia di Barbara

non scrivere quello che voglio scrivere
scopare pochissimo
non avere – ancora – assassinato mio padre
assoluta incapacità di cambiare tutto questo.

Ma il brutto era stato scoprire dopo un po' di tempo senza Barbara quella strana sensazione che è sentire la mancanza di qualcuno, una sensazione incerta, sconosciuta. Si verificava in momenti ben definiti, e mi ritrovavo a pensare "se solo fosse qui", e invece non c'era. Desideravo vederla comparire nei miei sogni, ma era fuggita anche da quelli. Sentivo la sua mancanza da sveglio, ben sveglio. Io e lei, che non avevamo mai saputo né voluto impegnarci a fare qualcosa insieme, che ci eravamo goduti i nostri diciannove mesi e ventitré giorni senza guardare al futuro. E adesso la scoprivo sull'orlo del matrimonio, un'istituzione che lei detestava. Una volta le avevo detto:

"Sposiamoci Barbara. Sposiamoci domani".

"Sei impazzito?"

"Di' di sì adesso, perché non te lo chiederò mai più."

"Sposarsi va bene per la gente ordinata. Noi siamo disordinati. Non ci piace mettere la vita negli schedari."

"Sì, però siamo un po' troppo disordinati, soprattutto tu." Mi ero sentito obbligato ad aggiungere questa frase perché il disordine di Barbara era indicibile; un esempio: doveva rifare la carta d'identità una media di sette volte all'anno, e le chiavi di casa tra le quindici e le venti. "Sei talmente disordinata che ho paura che un giorno perderai anche me, mi lascerai in giro e ti dimenticherai di me."

"Sposarsi è ripugnante, significa trasformare l'amore in un contratto. Sposarsi va bene per chi non ha fiducia in se stesso e ha bisogno di qualcosa che gli ricordi: 'Ah già, voglio bene a quello lì'."

E così mi smontò il sacro principio del matrimonio, matrimonio in cui ora si tuffava con evidente felicità. Perché era cambiata così tanto? Ricordavo una sua frase appena prima di separarci definitivamente: "Non so che cosa stiamo cercando, ma è chiaro che non lo troveremo insieme". Magari ognuno per proprio conto sì. Tutto lasciava pensare che lei ci fosse riuscita. Negli ultimi mesi pensavo che nella lontananza avevo idealizzato Barbara come se fosse la soluzione a tutti i miei problemi, e forse non lo era. Magari se l'avessi rivista l'avrei disprezzata, ma una cosa era certa: in quel momento, lontano da me, era la donna più fantastica del mondo.

Sfogai con Raúl i miei pensieri per alleggerire un po' le sue preoccupazioni. Gli dissi che nessuno è contento di quello che ha, e lui intuì di che cosa stavo parlando.

"Con Barbara è diverso. Dimenticala" mi raccomandò di nuovo con la sua chiarezza conservatrice. "Non farti fregare come è successo a me. Tu devi innamorarti di te stesso, delle tue cose. Dicono che sia brutto, e invece bisogna fare proprio così. Essere egoisti."

"Non lo so…"

"La solitudine è una figata. Dobbiamo piantarla con la storia della coppia, della famiglia, il fatto che i nostri genitori si siano sbagliati non vuol dire che anche noi dobbiamo fare lo stesso…"

"D'accordo, però pensa per un attimo," gli suggerii, "di aver lasciato Elena e che lei abbia sposato un altro. Non penseresti che magari stai perdendo la grande occasione della tua vita?"

"Sì, per un secondo. E poi andrei al suo matrimonio, brinderei con lo champagne, poi mi comprerei una casa di fronte alla sua e la prenderei per il culo affacciandomi ogni mattina alla finestra abbracciato a due puttane."

"Dici così per dire."

"D'accordo, piangerei per la strada, mi strapperei i capelli, ma in fondo sarei l'uomo più felice dell'universo. Hai visto qualcuno più felice di chi è sfortunato in amore? Hai mai guardato in faccia le coppie? Hai visto che faccia ho? E guarda Claudio o Blas, come dormono quegli stronzi. Felici. Non illuderti, Elena non è peggio di Barbara. Anche lei ti teneva sequestrato."

"Non è vero."

"Ah no? Quando stavi con lei ci vedevamo tanto come quando stavi senza di lei?"

"No."

"Molto di meno, me ne ricordo perfettamente."

"Ma ero io che lo volevo."

"Già, lo credi tu." Raúl mi parlava con l'autorevolezza dell'esperto. "Invece era lei a volerlo, ti marcava stretto, ti allontanava da noi. Ti ricordi che un giorno Claudio te lo aveva detto e ti eri perfino incazzato con lui?"

Raúl alludeva a una sera in cui Claudio, nel bel mezzo dei nostri bagordi da adolescenti un po' cresciuti, a un tratto si era voltato verso di me e mi aveva chiesto se con Barbara ridevo così tanto. Io non mi ero incazzato, come ricordava Raúl, ma avevo risposto: "Sì, però in un modo diverso". Invece mi faceva incazzare che i miei migliori amici fossero gelosi della ragazza migliore che avessi avuto; per loro la mia felicità privata si contrapponeva alla nostra felicità collettiva, e solo gli sfortunati in amore potevano essere veri amici.

"Guarda, Solo, te lo dico in tutta franchezza," concludeva Raúl, "Barbara era come tutte le altre. Possessiva e gelosa. Se ora stessi con lei, scordati di questo viaggio, scordati del tentativo di stupro di quella biondina, scordati di passartela bene o male, scordati semplicemente che ti succeda qualcosa. La convivenza consiste nel non far succedere niente di straordinario, tutti i giorni devono finire allo stesso modo, i due piccioncini sul letto, la sveglia sul comodino alla solita ora. Cazzo, Solo, tu devi essere contento perché te lo godi questo viaggio, io invece sono fottuto, ogni volta che comincio a divertirmi spunta fuori Elena. Le voglio bene e voglio bene ai miei figli, per cui sono doppiamente fottuto."

Stavo per dire qualcosa, per rispondere alla sua visione semplicistica del mondo, dell'amicizia, di nuovo il mito dei tre moschettieri uno per tutti e tutti per uno, quel sospetto che il matrimonio di Robin Hood, alla fine del film, significhi la fine della banda e restituisca la povertà al popolo, come se nessuno avesse diritto di cercare la propria felicità senza rompere le palle agli altri, stavo per parlargli della stanchezza che provoca il prolungare l'adolescenza quando le convinzioni adolescenziali ormai non reggono più, stavo per dirgli che ero cresciuto e avevo voglia di buttare tutto nel cesso, ma avevo scoperto che ero già nella merda; stavo per rispondergli queste cose e molte di più, quando il furgone iniziò a tossire, a non obbedire agli ordini del mio piede quando pigiavo sull'acceleratore, a procedere a scossoni. Continuai a guidare sfruttando l'inerzia della strada in discesa. Spensi il motore e poi rimisi in moto, ma il sintomo era lo stesso: mancanza di accelerazione. Raúl si spaventò e Blas e Sonja si preoccuparono per tutti quei colpi. Era come se un'altra auto ci tamponasse continuamente. Claudio si svegliò e con un guizzo protettivo si riparò la faccia:

"No, Pacote, no!".

Si calmò dopo che si fu guardato intorno. Li avvertii che avrei tentato di raggiungere il benzinaio più vicino, arrivandoci in folle. Di benzina ne avevamo a sufficienza, eppure mancava qualcosa al nostro formaggio semovente. Avvistai dietro a una curva della strada la sagoma di un albergo che si ergeva in mezzo alla pianura desertica e rossastra. Avanzai verso quel punto come se il furgone lo guidasse un balbuziente, ci trascinavamo a colpi di reni. Claudio si passò sulla fronte il palmo della mano e diagnosticò: "È il carburatore".

"I miei ventisette anni tutt'altro che euforici, gli occhi affaticati (forse avrei bisogno degli occhiali). Senza studi universitari. Quattro carie. Un nonno vegetale che vedo tre volte l'anno. Il mio naso storto, gli occhi infossati, il mento ostinato, la pancia incipiente, i cattivi pensieri, i complessi, le paure, i momenti di noia, le occasioni perdute sono il mio modesto contributo alle brutture del mondo."

Da *Scritto su tovaglioli di carta*

Seconda parte

SOLO DA NESSUNA PARTE

7

L'albergo era un edificio panciuto di un giallo spento che si confondeva con il deserto circostante. Era alto quattro piani e aveva vetrate generose, con un fregio triangolare sopra il cornicione. La sagoma aveva una linea art-déco, talmente fuori luogo in quel posto da destare il sospetto che si trattasse di una finta facciata, la scenografia di cartapesta di un albergo disabitato. Avvicinandomi, mi aspettavo che da un momento all'altro una voce autoritaria gridasse alle mie spalle: "Tagliare!".

Un'insegna dipinta di azzurro sopra il muro principale annunciava: Hotel Palacio. Era incredibile che qualcuno avesse scelto quel posto per costruirvi un albergo, e più ancora che ci venisse gente. Soltanto un infortunio come il nostro poteva spingere qualcuno a fermarsi in un posto così sperduto. Non era nemmeno una zona da turismo stagionale, un'occhiata ai dintorni ti confermava che lì la stagione era sempre non bassa, ma inesistente. Dovevamo trovarci tra Saragozza e Logroño, in un punto scelto da gente che desiderava smettere di esistere. Forse era la soluzione a tutti i nostri problemi.

Dietro al bancone di legno della reception non c'era nessuno, sebbene una radio a tutto volume risuonasse nel locale. Ci guardammo con il comune sospetto che quel luogo fosse deserto. Eppure sul tappeto rosso si vedeva la polvere lasciata da passi recenti. Blas si fece coraggio, spense la radio e gridò a gran voce: "Ehi, di casa!". Sentimmo ciabattare giù per le scale, un gradino alla volta, fino a che comparve un ragazzo un po' più giovane di noi, capelli cortissimi e sguardo depresso, che ci salutò con un forte accento dialettale.

"Giornò, com'è che va?"

Le sue parole erano come montagne che finiscono sempre a punta. Gli spiegai che il furgone ci aveva piantati in asso e stavamo cercando un meccanico, ma nell'attesa volevamo una camera per cinque, farci una doccia e riposare. Mi rispose che per usare le docce bisognava prendere una camera. Ripetei che quella era la nostra intenzione, e allora ci chiese quante camere volevamo. Ci guardammo l'un l'altro. O era imbecille, o aveva uno strano senso dell'umorismo. Ripetei di nuovo: "Una camera per tutti".

"Quanti siete?"

Ci facemmo vedere. Contai fino a cinque.

"La più grande ha solo due letti."

"Va bene, ci aggiusteremo."

Claudio gli chiese se c'erano camere occupate nell'albergo e il ragazzo rispose: "Due". Ciononostante, gli ci volle un bel po' di tempo prima di trovare la chiave di una camera vuota per noi. Dovetti pagare in anticipo. Fu la poco onorevole fine della nostra cassa comune. Gli chiesi l'elenco del telefono per cercare un meccanico della zona che non fosse andato a Benidorm in vacanza. Il receptionist guardava di sottecchi Sonja, sicuro che fosse una puttana che ci saremmo scopati tutti insieme, lasciandogli la camera in condizioni schifose.

Mentre lo seguivamo su per le scale fino al quarto e ultimo piano, Claudio ci disse: "Credo che siamo atterrati sull'ascella sudata del mondo". Blas si mise a fargli domande:

"Mi pare che non ci sia molta animazione".

"Siamo fuori stagione."

"Stagione per che cosa?"

"Be', stagione, non so, per venire nell'albergo."

"E quando è stagione?"

"Non lo so."

"Ma ogni tanto viene qualcuno qui?"

"Ogni tanto."

Pareva addestrato nelle migliori scuole di spionaggio a fornire il grado zero di informazioni. Aprì la porta dell'ultima camera del corridoio. Era grande, con una vetrata enorme da cui entrava un sole che arroventava la stanza. Due letti spartani con una coperta verde messi in parallelo, un sobrio mobile di legno con su un copritavolo. Una porta metteva in comunicazione con un bagno dalle piastrelle lilla, doccia, bidè e lavandino in serie, una serie orrenda, tra l'altro. Il giovane receptionist stava sempre lì, piantato sulla soglia, mentre noi ci buttavamo sul letto e sparpagliavamo in giro senza tanti riguardi le nostre valigie. Dava l'impressione di avere esaurito le pile, o che per la sua testa passasse soltanto la nebbiolina di un televisore fuori sintonia. Lo scaraventammo in corridoio con una mancia di cinque pesetas che accettò senza batter ciglio. Claudio si precipitò ad abbassare la tapparella per proteggerci dal sole. Io annunciai che non avevamo telefono, né televisore, né aria condizionata, né tende, né filodiffusione. Difficile trovare un albergo con tante scomodità messe insieme. Bisognava ringraziare, questo sì, che avesse quattro pareti, anche se era quasi impossibile non lasciar cadere l'occhio su di un quadro appeso a una di esse: la parete più fortunata, che non doveva subirsi quel miscuglio di colori sbiaditi e pessima tecnica pittorica che faceva sorgere il dubbio se considerarlo un quadro figurativo troppo astratto o un quadro astratto troppo figurativo.

Raúl si sdraiò bocconi sul copriletto, pronto a dormire senza neanche togliersi gli occhiali.

"Chissà che cosa ci hanno fatto sopra 'sta coperta."

Il commento di Claudio lo fece saltare in piedi come una molla. Blas raccontava le maialate che lui faceva di solito sui copriletti degli alberghi e tante altre di cui aveva sentito parlare, il che ebbe come conseguenza che un Raúl schifato spostasse la coperta verde per sdraiarsi sulle lenzuola. Con la tapparella abbassata da cui filtrava solo un raggio di luce, e la nostra aria distrutta, sembravamo una banda di gangster messa alle strette, e non quattro villeggianti annoiati e una ex puttana ceca abbandonati alla loro sorte da un furgone in panne.

Io e Blas scendemmo alla reception per telefonare a qualche meccanico della zona. Il ragazzo stava sempre lì, schiacciato dal volume della radio e dalla calura. Non fu semplice fargli capire che avevamo bisogno di un telefono. Ci allungò il suo e facemmo il numero di due o tre officine senza che nessuno rispondesse. Il receptionist, quando ormai iniziavamo a preoccuparci, buttò lì che suo fratello faceva il meccanico.

"Ah sì? E dov'è tuo fratello?" chiese Blas.

"A casa sua." Il ragazzo pareva contagiato dalla piattezza del paesaggio.

"E lui potrebbe venire ad aggiustarci il furgone?"

"Non lo so, è in vacanza."

"Dove?"

"A casa sua."

E allora successe una cosa inaspettata. La porta dell'albergo si spalancò, e dal bianco fulgore del pulviscolo esterno emerse una figura femminile, che varcò la soglia e si mise a camminare verso la reception. Era una donna avanti negli anni, avvolta in un vestito di stoffa pesante, forse flanella, inadatto al caldo che faceva, con un cappello elegante ma fuori moda che le ombreggiava i capelli bianchi e il volto dalla pelle fine, quasi trasparente. Si appoggiava a un bastone, più per vezzo che per necessità. Sembrava sorpresa almeno quanto noi di quell'incontro. Arrivò fino a dove ci trovavamo muovendosi a passettini, con le sue scarpe intrecciate.

"È vostro il furgone che c'è lì fuori?" La sua voce era chiara, sebbene un po' tremante. "Guasto, ovviamente."

Annuimmo. La donna si voltò con familiarità verso il receptionist, che poteva essere suo nipote. Gli parlò in tono autoritario, puntandogli contro il bastone.

"Hai telefonato a tuo fratello?" E a noi: "Suo fratello fa il meccanico".

"Ce l'ha detto, però…"

"Forza, che cosa aspetti? Chiamalo e digli di venire qui."

Restituii la cornetta al ragazzo, che compose un numero. La donna non abbassò la voce per comunicarci:

"È un ragazzo fantastico, ma gli manca la grinta, che ci volete fare. Da dove venite?".

"Siamo in vacanza" risposi.

La donna sollevò le sottili sopracciglia candide, sorrise, come se non ci fosse bisogno di ulteriori spiegazioni.

"Ah, tra l'altro, lavorate nel campo dei formaggi?"

"No, il furgone… l'abbiamo comprato da un rappresentante…"

"Peccato. Vado matta per il formaggio."

Il receptionist parlava a gran voce con il fratello, senza abbassare il volume della radio. Riattaccò e rimase a guardarci senza dire una parola.

"Abbassa 'sta radio che non mi sento il cuore" gli ordinò la donna. "Magari mi si ferma e non me ne accorgo. Che cosa ha detto tuo fratello?"

"Che può soltanto nel pomeriggio."

"Suo fratello è uno di cui fidarsi. Bene, dovrete aspettare. Su, portaci un aperitivo."

"No, no, non è il caso…" rifiutammo.

"Niente, niente. Portaci un Cinzano e qualche oliva. Ah, e lo vorremmo entro oggi, che io ti conosco."

Il ragazzo scomparve dietro una porta laterale. Guardai l'orologio. Non era ancora l'una. La donna si accese una Ducados che tirò fuori dalla borsetta, e potei vedere le sue unghie gialle per la nicotina accumulata negli anni, le mani attraversate da sottili vene azzurrine.

"Giovani," ci disse, "venite da Madrid?"

"Sì."

"Che razza di posto avete scelto per passare le vacanze..."

"In realtà siamo solo di passaggio."

"Siamo tutti di passaggio, e non c'è bisogno di dire verso dove." Aspirò a fondo prima di tossire sconquassandosi i polmoni, ma senza per questo smettere di parlare. "Estrella. Mi chiamo Estrella."

"Io mi chiamo Blas e lui è Solo."

"Solo? È un nome?"

"No..." Ma non mi obbligò a proseguire.

"Un aggettivo, certo. In realtà quasi tutti i nomi finiscono per essere aggettivi. Anche il mio. All'inizio mi sembrava sdolcinato, poi ho capito che non si può lottare contro il proprio nome. Per esempio, se ti chiami Benigno, secondo me vai più tranquillo in ospedale a ritirare le analisi del tuo tumore, e comunque più tranquillo che se ti chiamassi Maligno o Bara o Cadavere. Ai miei tempi tanti bambini si chiamavano Perfecto, adesso sarebbe un nome troppo pretenzioso."

Blas venne vinto dalla curiosità sull'albergo e decise di interrogare la donna.

"E lei? Viene sovente in questo albergo?"

"Ci abito da quasi venticinque anni. Realizzando uno dei miei sogni, non avere casa né famiglia." Diede una lunga boccata alla sigaretta. Sorrise, mostrando diversi denti rivestiti d'oro.

"Abita in questo albergo?" chiesi senza celare lo stupore.

"Sissignore, nella camera centoundici, l'unica al primo piano, che da oggi è anche la vostra casa."

"Allora lei è la proprietaria dell'albergo."

"No, per carità. Sono allergica alla proprietà, non appena possiedi qualcosa perdi tutto il resto. No, no..." Faceva segno di no con la testa, sorridendo. Si sporse al di sopra del bancone della reception per vedere se il ragazzo ritornava con l'aperitivo che aveva ordinato. "Il proprietario di questo posto è il nonno del ragazzo. Io l'avevo conosciuto in Messico, il nonno, naturalmente. Perché dopo la guerra ho vissuto in Messico per quasi vent'anni. Avevo i capelli neri, a quel tempo."

L'immaginai come il ritratto perfetto della donna bohémienne che fumava sigarette con un lungo bocchino, i capelli alla Louise Brooks. Se non altro aveva conservato lo stesso modo di muoversi, quasi senza sfiorare terra, e di ridere, con una smorfia vagamente spensierata.

"E non si sente sola, qui?" le chiese Blas.

"Tu che cosa credi?"

"Ma viene qualcuno qui?"

"Certamente. Saragozza e Logroño hanno il più alto indice di infedeltà matrimoniale di tutta la Spagna, non vedi che città tristi sono? Questo posto, in alta stagione, si riempie di adulteri."

"Ah sì?"

"Un posto difficile da trovare, discreto, il paradiso per chi cerca un po' d'intimità" proseguì lei.

"E vengono fin qui?"

"Esatto. Il senso di colpa richiede un bel po' di chilometri di distanza. Dovresti vedere quando si riempie di coppie, i signori con le loro puttanelle, gli amanti, ci sono volte che senti che si masturbano perfino le fondamenta, dal gran copulare che c'è. Anche se riconosco che a me sono sempre piaciuti di più i giochi erotici; l'atto di per sé, non lo so, alla fine mi pare una cosa da grezzi."

Io e Blas sorridemmo.

"Dico sul serio. Io ho scopato tanto e bene," insisteva, "e alla fine ti convinci che all'uomo, una volta che gli si è esaurita la passione, la voglia di compiacere, il sesso produce stanchezza, gli fa venire sonno, insomma, in fondo aspetta solo di farsi mungere come una vacca, e poi di essere lasciato in pace. Invece noi donne inseguiamo un'altra cosa, non lo so… Adesso dicono che è cambiato tutto."

"In realtà non è che noi siamo dei grandi esperti" confessò Blas, cercando la mia complicità senza trovarla. "Quando riusciamo a farlo, siamo talmente contenti che non badiamo ai dettagli."

"Avete ragazze con voi, o le vacanze sono per andare a caccia?"

"No, no, senza ragazze." Ma Blas corresse: "Be', con una. Adesso siamo in cinque".

"Il gruppo, la compagnia, il fracasso" ci descrisse con malcelato disprezzo. Fece schioccare la lingua. "Io sono in un'altra fase."

Ogni tanto tossiva per disintasarsi la gola e dopo aver liberato il circuito ritornava alla carica con la sigaretta e la voce rotta, una voce femminile ma tutt'altro che morbida, cavernosa. Cercò di nuovo con lo sguardo il receptionist scomparso.

"Mah, si sarà perso. Per me può andare al diavolo. Aperitivo in camera mia. Tutti alla uno uno uno."

Volevamo dire qualcosa, impedirglielo, trovare una qualunque scusa, e invece salivamo le scale dietro di lei. Si aggrappava alla ringhiera con tutte e due le mani, per evitare sforzi eccessivi alle gambe. Non capivo bene se eravamo arrivati alla pagina 127 di un racconto gotico, oppure se avevamo avuto la fortuna di trovare un modo per ammazzare il tempo finché il furgone non ci avesse consentito di lasciare quel posto.

La camera centoundici occupava, come aveva annunciato Estrella, l'intero piano. La porta era di fronte alle scale e si apriva senza chiave. Alcune tende semitrasparenti limitavano ampiamente le ferite provocate dal sole. La stanza non assomigliava affatto alla nostra camera. Era una sala grande, un unico ambiente con in fondo un letto immenso e alto, sopra uno scheletro di metallo. Lo separavano da noi un lavandino rustico e una grande vasca da bagno, piazzati proprio in mezzo alla stanza. Sul primo metro e mezzo di parete si snodavano una serie di piastrelle, piccole e colorate, come un puzzle modernista, un po' rovinato, ma che conferiva a quello spazio un vago sapore antico. Il disegno era azzurro, rappresentava le onde di un mare naïf. Il resto era un salotto disordinato, con due poltrone dallo schienale alto una di fronte all'altra e un bancone con sopra un fornello.

Era una casa piena di vita. Vi si ammucchiavano indumenti femminili e antiche sculture azteche di creta, mentre da sotto il letto facevano capolino libri e carte.

"Proprio come la nostra" Blas lanciò un fischio di ammirazione.

"Dopo tanto tempo finisce per diventare la propria casa" disse Estrella come unica spiegazione a quello spazio che nessuno si sarebbe immaginato dall'esterno dell'albergo.

Ci offrì da bere, e dopo la perlustrazione incerta di una montagna di scatolette e un esame sommario del frigorifero, annunciò che poteva offrirci soltanto whisky o gin con acqua. La limitazione non ci disturbava affatto. Sul bancone aprì una scatoletta di vongole e ci guardammo in mezzo a quell'assurdo aperitivo.

"Ho pasta, paella, stufato in scatola. Chiamate i vostri amici che vi preparo qualcosa."

"No, no, non si disturbi."

"Non è mica un disturbo. Non mi capita tutti i giorni di avere compagnia. Sarà un pranzo alla buona però…"

Si voltò verso di me alzando le spalle, poi si mise una mano sotto il mento, con un gesto che aveva ripetuto diverse volte. Così facendo, mostrava un anello poco appariscente ma tutto lavorato, d'argento con una pietra centrale color miele. Lasciai Blas assorto nel compito di scegliere il menu e ritornai verso le scale. Mentre salivo i gradini piastrellati pensai alla vita occulta di tante persone, esseri che non comunicano, talpe che sopravvivono senza aver bisogno del resto del mondo, consumando cibi in scatola e tenendo i libri sotto il letto. Persone che si rifiutano di appartenere a qualcuno, cosa che invece ossessiona tanta altra gente. Forse tutti insieme formano un paese sotterraneo, inesistente ma non morto.

Salii pigramente i tre piani di scale che mi separavano dalla nostra camera. Non m'imbattei in altro segnale di vita che la radio della reception che continuava a rimbombare di nuovo. Claudio russava sopra il letto, lungo e disteso. Lo toccai sulla spalla.

"Claudio, c'è una tizia stranissima che ci invita a pranzo."

Si svegliò per metà. Quando gli ripetei il messaggio chiuse gli occhi, sicuro che così sarei scomparso. Sentii la voce di Raúl in bagno e andai fino alla porta. La spinsi e lo trovai seduto sul bordo della vasca da bagno, i pantaloni alle caviglie e la testa di Sonja incastrata fra le cosce. Raúl, lanciandomi uno sguardo energico da sotto gli occhiali, mi ordinò di chiudere la porta. Obbedii.

Ritornai al letto e obbligai Claudio a sedersi sul materasso. Scosse la testa. Non volevo dirgli che cosa stava succedendo in bagno. Gli raccontai l'incontro alla reception, la storia del meccanico e il pranzo che ci attendeva alla centoundici.

"Mi faccio una doccia e scendo."

Si aprì la porta del bagno e uscì Sonja. Si stirò come se si fosse appena svegliata da un sonnellino, con l'agilità di un gatto. Tese le braccia, fletté il busto e posò il palmo delle mani sul pavimento senza piegare le ginocchia.

"Sonja, siamo invitati a pranzo."

Dal bagno giungeva il rumore dell'acqua del rubinetto. Entrai. Raúl stava finendo di lavarsi il cazzo nel lavandino, ma vedendomi entrare mi voltò le spalle.

"'Sto schifo di porta non ha la chiave."

Si spostò verso la tazza, ma gli ci volle un po' di tempo per rilassarsi e riuscire a pisciare.

"Sei uno stronzo."

Raúl alzò le spalle, sentendo il mio sussurro indignato.

"Che c'è di male? Cazzo, la ragazza è una puttana, no?"

"Certo. E immagino che l'avrai pagata" dissi ironicamente.

"Mille pesetas."

Raúl mi passò davanti e uscì dal bagno. Io ero lievemente perplesso. Avevamo aiutato una ragazza ad abbandonare un bordello di strada e adesso lei ci ringraziava così, mettendo in saldo i suoi favori perché ci eravamo comportati bene, o forse per uno speciale sconto comitive. Anche se, conoscendo Raúl, era possibilissimo che avesse sfruttato la propria abilità per la contrattazione. Mi sentivo schifato, più per le commoventi buone intenzioni di Blas che per altro. In parte, sentivo crescere la mia rabbia contro Raúl al pensiero che anch'io sarei stato capace di fare lo stesso.

Quando feci ritorno alla centoundici, Blas ed Estrella avevano rovesciato tre scatole di paella in una padella dai bordi alti. Sobbolliva come l'intruglio di uno stregone. La donna dava una spolveratina di zafferano e poi lo rimescolava con un cucchiaio di legno. Le presentammo i neoarrivati.

"Una signorina con quattro signori," disse rivolta a Sonja, "non è quasi mai una signorina. Con chi sei fidanzata?"

Mi voltai verso Raúl, che eluse il mio sguardo. Sonja si strinse nelle spalle senza capire la domanda e Blas l'abbracciò da dietro, baciandola sulla guancia.

"Con me" assicurò. "Non si vede?"

Estrella non volle rispondere. Mi indicò un armadio invitandomi a tirare fuori i piatti per tutti. Claudio passeggiava per la stanza, affascinato.

"Scusi, ma questo posto sembra, non so, una casa d'appuntamenti."

"E lo è proprio."

Seduti davanti alle cibarie, peraltro con grande sorpresa di tutti saporite, Estrella si rivelò una donna piena di convinzioni tassative. Era stata cuoca, modella, poetessa, attrice, mercante d'arte, viaggiatrice, tutte professioni che non comportassero fatica, perché questo era, secondo un'altra delle sue opinioni categoriche, il campo di battaglia dei non intelligenti. Io non sono andata in giro per la vita, mi ci sono intrufolata dentro, confessava. Non ho mai voluto far rumore, ecco perché sono riuscita a sopravvivere al frastuono. Fumava al di sopra del piatto pieno di cibo che toccava appena, coperto di cenere. Ci parlò della notte lontana in cui aveva raggiunto l'apice delle sue esperienze sessuali, notte in cui alla fine aveva spalancato la finestra della camera da letto per gridare al mondo che si sentiva soddisfatta, una volta tanto. Si riferiva alla se stessa di adesso sempre con la frase: "Questa vecchia che vedete davanti a voi". E pur essendo effettivamente una vecchia, avevi l'impressione di chiacchierare con qualcuno giovane, qualcuno che dietro alle rughe conservava ancora intatta la capacità di sedurre. Doveva essere sulla settantina ma si teneva in forma, il cervello in funzionamento rapido. La sua aspirazione, diceva, era di finire uccisa dalle sigarette piuttosto che da qualcosa di peggio. Ho visto morire la gente in tutti i modi, ormai non mi stupisco più di niente, ci raccontò.

Quando le si chiusero gli occhi e si abbandonò contro lo schienale della poltrona, scivolammo piano verso la porta. Era l'ora del suo sonnellino pomeridiano. Io e Claudio ci piazzammo sulla panchina di pietra all'ingresso dell'albergo per goderci il panorama, anche se non avevamo ancora scovato nulla da guardare in quella pianura. Il receptionist uscì per dirci che stava arrivando suo fratello. L'aveva riconosciuto dal brontolio lontano di un'automobile che vedemmo poco dopo. Veniva verso di noi una Renault 5 senza marmitta, con la carrozzeria decorata come se arrivasse da un rally. Il conducente era un giovane con indosso una tuta blu, piccolo, con le braccia così corte che sembrava non gli arrivassero al di là del naso. Suo fratello fece segno verso di noi con la testa.

"Sono quelli del furgone."

Furgone che si arroventava sotto il sole delle cinque. Claudio raccontò gli ultimi sussulti prima che ci piantasse in asso e concluse con la diagnosi:

"Credo sia il carburatore".

"Possibile" si limitò a osservare il meccanico.

Sollevò il cofano del furgone e chiese a Claudio di mettere in moto.

"Ha uno strano odore" constatò.

"È formaggio" lo avvertii io, alle sue spalle.

Si voltò verso di me come se l'extraterrestre fossi io, quando non c'erano dubbi sulla sua provenienza da un altro pianeta lontano, lo stesso pianeta di suo fratello.

Andò a prendere la cassetta degli attrezzi e si sporse sulla bocca del furgone, come un dentista. Claudio mi si avvicinò e ci divertimmo a osservare la lentezza del meccanico. Il silenzio era tale che se ti concentravi potevi sentire la Terra ruotare sul proprio asse. Il meccanico eseguiva il lavoro con grande cura; cronometrai mentalmente il tempo che gli ci volle per svitare un bullone, e si avvicinava alla mezz'ora.

"Telefona ai tuoi" mi disse Claudio a un tratto.

"Adesso no, preferisco essere più in forma."

"Hai così tanta paura di loro?"

"No. Pensavo di scrivergli una lettera, ma non gli ho mai scritto e mi sembra così ridicolo... Come cominceresti? Cari genitori, Egregi progenitori, Gentili mamma e papà? Non lo so..."

"Secondo me non sei sicuro di aver fatto bene a lasciare il giornale..."

"Invece no, mi sento liberato" gli assicurai.

"Perché il giornale per te equivale a Barbara."

Claudio mi fissò con i suoi enormi occhi color miele. Mi sentivo assalire dal panico quando faceva così, le rare volte in cui minacciava di parlare sul serio.

"Mi ricordo di quando avete rotto..."

"Quando ho rotto con lei, vorrai dire" lo corressi.

"Sì, come vuoi. Eri la persona più felice del mondo e un minuto dopo la più infelice. Ti divertivi alla grande e poi, a un tratto, ti venivano quelle manie..."

"Distruttive."

Si riferiva alla mia abitudine maniacale di spaccare i gabinetti pubblici, le cabine telefoniche, gli ascensori. Erano atti di disamore, le mie piccole dichiarazioni di odio nei confronti della società. Il prezzo che doveva pagare perché mi lasciassi fagocitare da lei.

"La sogni?"

Guardai Claudio senza rispondere. Lui proseguì.

"Io sogno le ragazze che non vedo da anni, è una figata."

"No, una volta ho sognato che stava prendendo il sole sul bordo di una piscina e io ero nell'acqua, seduto in un banco di scuola."

"Assurdo."

"Sì. Cercavo di non bagnare i fogli. Ma l'ho sognato tanto tempo fa. Adesso non sogno quasi mai o comunque non me ne ricordo quando mi sveglio."

"Barbara era un'imbecille" disse Claudio.

"Perché dici così?"

"Non lo so, per metterti alla prova. Non credevo che l'avresti difesa."

"Be', non era mica un'imbecille."

"Ormai non importa più. Io non le sono mai piaciuto" ricordò Claudio.

"Anche lei pensava di non piacerti."

"Non mi piaceva perché io non le piacevo. E comunque quando la smetterai di difenderla saprò che ti sei liberato di lei."

"Stai dicendo una cazzata" obiettai.

"E invece no. Segnano il territorio, a loro piace pensare che ti tengono sempre, e che se ne hanno bisogno possono disporre di te. L'importante è far vedere che non ti ricordi più di loro, insomma, che se le incroci per strada non le riconosci neanche."

Claudio, da sempre, aspirava a essere privo di un passato, secondo lui era la ricetta migliore per godersi il presente. Io, invece, mi dibattevo tra il passato e il futuro, senza curarmi minimamente del presente.

"Barbara non esiste per me" mentii senza troppa convinzione. In realtà avevo un dubbio, ero io a non esistere per Barbara.

"Sono contento, ma non ci credo."

Il primo a svegliarsi dalla pennichella fu Blas. Si unì a noi traspirando sotto il piumino, i capelli arruffati nel tentativo di nascondere la testa calva che iniziava a spellarsi. Gli chiesi di Raúl, preoccupato che ritrovandosi da solo con Sonja fosse capace di farle nuove offerte, e che a quell'ora l'avesse già legata mani e piedi a un estintore. Blas mi disse che stava camminando lungo i corridoi dell'albergo, appiccicato al cellulare, snocciolando frasi affettuose all'indirizzo di Elena. Il senso di colpa, pensai.

"Ha calato le braghe" opinò Claudio.

"Che altro poteva fare?" aggiunse Blas.

Tutti e tre sollevammo lo sguardo sul meccanico che colpiva i denti del furgone con una chiave inglese. Gli intervalli tra una martellata e l'altra erano immensi.

"Ha un suo fascino, un certo non so che." Ci voltammo verso Blas nel terrore che si riferisse al meccanico, perché l'unica cosa che aveva era una pustola enorme sulla punta del naso. "Sonja, dico. È brutta, lo so, ma ha un certo non so che."

"Non lo so."

"Non mi pare."

"No, no, lo so, ma lascia trasparire tenerezza, fa venire voglia di proteggerla. E comunque non è una puttana, non ha niente della puttana." La nostra mancanza di entusiasmo non lo intimidì. Mi parve di vedere una scintilla nei suoi occhi, ma l'attribuii al gran sole che iniziava a tramontare. "Nel pomeriggio le ho detto che non riuscivo ad addormentarmi e lei mi ha cantato delle ninne nanne in ceco."

"Chissà che palle."

"È stato un momento bellissimo. Non mi addormentavo neanche morto perché mi ero incantato, così alla fine ho fatto finta di dormire, perché si mettesse tranquilla. E lo sapete che cosa ha fatto lei?"

"Ti ha succhiato il cazzo" scherzò Claudio. Io mi astenni.

"Ma no, scemo. Mi ha coperto e mi ha dato un bacio sulla bocca, un bacio leggero, quasi senza sfiorarmi."

"Impressionante, pazzesco."

"Ti ha coperto?" m'interessai. "Col caldo che fa? Non stava mica cercando di assassinarti, vero?"

"Ho pensato che magari si è innamorata di me, visto che le ho salvato la vita." Ma nemmeno Blas riusciva a vedersi nelle vesti dell'eroe romantico. "Sarebbe normale, no?"

"Be'..."

"Chi lo sa..."

"Io non mi sono innamorato di lei, però mi fa tenerezza."

"È una ginnasta."

Il commento di Claudio non forniva interpretazioni chiarificanti, era solo una diagnosi obiettiva, ma immaginai che non gli fosse venuto in mente nient'altro di meglio per troncare la discussione.

Il meccanico si avvicinò tenendo fra le mani sporche di grasso un pezzo di forma circolare che ricordava una fisarmonica. Pensai che ci avrebbe interpretato una canzone, invece disse sottovoce che bisognava sostituirlo. Il che significava, come potemmo dedurre quaranta o cinquanta domande dopo, che il giorno seguente sarebbe andato a comprare il pezzo di ricambio, poi sarebbe ritornato a installarlo. Il giorno dopo significava una vita intera per noi, rimanere in quel posto un minuto di più era un'eternità al purgatorio. Stavamo per coronare il sogno delle peggiori vacanze immaginabili. Anche i migliori amici si divorerebbero l'un l'altro, se dovessero passare una notte in quella spianata desertica. Stavamo per metterci a imprecare quando la porta dell'albergo si aprì e ne emerse una rinata Estrella, con un vestito color ocra e la gonna sotto al ginocchio, raggiante dopo il sonnellino e un bagno, ingioiellata e truccata con gusto.

"Guardate." Puntò il dito verso l'orizzonte. "Non è il tramonto più orribile che abbiate mai visto? Mi piace da matti, in questo posto è impossibile la poesia. È un luogo scelto dalla natura per mostrare il suo volto peggiore."

"Sì, ma temo che dovremo vivere qui per sempre" annunciò Blas.

"Fantasia, amici, fantasia" declamò Estrella. "Vi renderete conto che, in genere, la vita offre soltanto beffe, routine e noia. Per fortuna abbiamo la fantasia e un inesauribile ottimismo. E un'automobile, ovvio. Dovremo trovare qualcuno che ci porti a Logroño, stasera."

Il meccanico aveva cacciato sotto il furgone tutti i pezzi smontati e annunciò che doveva andarsene, domani sarebbe ritornato con il pezzo di ricambio.

"Vai a Logroño?" gli chiese Estrella.

Il ragazzo annuì.

"Allora ci sistemeremo sulla tua macchina." Estrella si voltò verso di noi. "O così, oppure rimanete qui a marcire tutta la notte."

Estrella si piazzò sul sedile anteriore, vicino al pilota di rally. Si era messa un foulard sui capelli, per non farsi spettinare dal vento che entrava dal finestrino, lo stesso vento che permetteva a noi di respirare, incastrati sul sedile posteriore, con Sonja sulle ginocchia in un esercizio di contorsionismo impossibile. Quando per una buca o una frenata dell'automobile (il nostro autista da competizione guidava come se fosse sopra un carro armato) Sonja andava a finire contro Blas, morbido sotto il piumino, lui la riceveva con un abbraccio goloso. Al di sopra di lei ci lanciava occhiatine perverse impregnate di sudore. Capii che per Blas Sonja iniziava a diventare un progetto di scopata, ma la stanchezza mi impediva di trarre conclusioni. Lei, dal canto suo, sorrideva con una sorta di aborto d'allegria, slogandosi il collo e le restanti articolazioni per trovare un po' di spazio nel nostro mondo microscopico.

Logroño è una di quelle città che uno s'immagina vuote, perché ha sempre conosciuto in altri posti gente che viene di lì, il che fa pensare che nessuno ci rimanga. La prima cosa sorprendente era imbattersi in abitanti apparentemente felici di trascorrere l'estate laggiù. I giovani, forse nell'attesa di andarsene via un giorno, si affollavano davanti alla porta dei bar. Il meccanico ci depositò in una piazzetta che studiai per un momento senza alcuna intenzione turistica, ma piuttosto per dimenticarla con maggior precisione in futuro. Estrella ci guidava senza ombra di marzialità, ma fiduciosa che l'avremmo seguita senza esitare. Rivelava un gigantesco entusiasmo per le cose, per la gente, indicava piccoli dettagli, scintille d'interesse solo per chi si sente attratto da quell'accidente che si chiama esistenza umana. Bevemmo birra in un bar qualunque e poi pensammo alla cena. C'era un'osteria dove cucinavano carne alla brace con peperoni e attendemmo al banco che si liberasse uno spazio per noi all'interno. Finalmente il proprietario ci fece accomodare vicino ai servizi, e ogni volta che un cliente andava a visitarli, sbatteva la porta contro le costole di Raúl. Estrella si era portata la bottiglia di vino dal bancone e ci riempiva i bicchieri.

"La settimana scorsa c'era la festa, vi sarebbe piaciuto un sacco."

"No, no, alla larga dalle feste."

"Claudio perde la testa."

Claudio mostrò il dito fasciato.

"Attaccabrighe" diagnosticò Estrella. Lui si strinse nelle spalle.

Estrella ci raccontò che era esperta di vino, tori, flamenco, senza sapere niente di tutto ciò, perché la sua vita di spagnola esiliata l'aveva costretta a specializzarsi in "spagnolismo". Era una questione di sopravvivenza.

"In Messico ho vissuto a scrocco per mesi perché raccontai di essere stata l'amante di Bienvenida.* Era un gruppo di *aficionados* delle corride, tarati mentali, ho dovuto improvvisare aneddoti di ogni genere. Uno di loro si era innamorato di me e voleva sposarmi vestito da matador, a Triana, naturalmente."

Si accese una sigaretta con il mozzicone della precedente.

"Ma non è sempre stato così facile. Per sopravvivere ho fatto di tutto."

"Tranne lavorare" mi azzardai a dire.

"A volte cose ancora peggiori. Ho succhiato più di un cazzo non propriamente per il piacere di farlo."

Rimase in silenzio e noi rispettammo la sua fragorosa sincerità. Ci concentrammo sulla carne, squisita.

"Non si è mai innamorata?"

"Sempre. Sono stata innamorata per quasi tutta la vita... Però l'amore ti trascina sempre verso qualcos'altro, e c'è una cosa che non posso sopportare: la famiglia. Per me la famiglia è il tempio dell'umiliazione, la vita in ginocchio, la merda..."

"Sono d'accordo." Raúl parlava quasi tra sé.

* Manuel Mejías Jiménez, soprannominato Bienvenida, uno dei più grandi toreri spagnoli degli anni trenta, morto prematuramente all'età di venticinque anni. [*N.d.T.*]

"C'è solo una ragione per cui esistono le famiglie" ci spiegò Estrella. "Per la solitudine. La gente ha paura di rientrare in una casa vuota. Mi ricordo di una notte di bagordi a Guanajuato, ci stavamo salutando, gruppi di amici sbronzi stanchi di far baldoria, e un tizio, uno che non conoscevamo che si era accodato a noi nell'ultimo bar dove ci avevano sbattuto fuori, iniziò a gridare che non voleva andare a casa, voleva continuare la festa, ma tutti erano saliti in macchina e se ne stavano andando. Io e il mio amante restammo con lui, lo accompagnammo in un altro bar e ci diceva che tutti avevano qualcuno a casa ad aspettarli, tranne lui. Quando giunse l'ora di andarsene, e lo stavamo salutando perché ormai albeggiava, tirò fuori una pistola e si sparò un colpo in bocca, lì, sotto i nostri occhi."

Dondolò la testa con aria stupita.

"Lei non sembra aver paura della solitudine" le dissi.

"Non sembra, vero? So fingere molto bene."

Ogni tanto, avvertendo che qualche parola richiedeva uno sguardo sfuggente da parte nostra, fuggivamo dal roco fascino di Estrella.

"Io ho sempre fatto quasi quello che volevo e sono tremendamente infelice… figurati gli altri."

Fissava il suo sguardo su ciascuno di noi e ci interrogava. Ci obbligò a metterla al corrente delle nostre vite. Raccontate ad alta voce sembravano ancora peggiori. Le nostre storie erano scritte con una brutta calligrafia. Non c'erano trionfatori nel gruppo. Quella cosa che chiamano successo evitava tutti e quattro, temo. Nessuno si era avvicinato al piccolo trionfo giovanile che si persegue tanto.

"È una rottura di coglioni non avere nessuno da ammazzare" disse. "Noi avevamo Franco e un sacco di altra gente. L'odio è un'energia pazzesca. A voi è toccato di vivere in un mondo soddisfatto, e naturalmente è proibito lagnarsi. Ma tutto finisce. Sarete voi a occuparvi di vivere male, perché vivere bene è insopportabile per l'uomo. Non è normale quello che sta succedendo oggi, adesso gli anziani hanno diciassette anni."

"Mi sono perso." Claudio sbadigliò.

Estrella scoppiò in una risata, rivelando di nuovo l'oro della sua bocca.

"Una vecchia che fa la predica, lo sapevo che sarebbe finita così."

"No, per carità" Blas si sentì in obbligo di mediare con simpatia.

"Se mi suicido stanotte voglio che mi facciate un favore" annunciò.

"Non dica stronzate."

"No, non avrei mai il coraggio di farlo. Lo dico per impressionarvi."

"Quale sarebbe il favore?"

"Raccontatelo a qualcuno."

"Che cosa?"

"Che mi avete conosciuto. Che c'era una volta una vecchia pazza in un albergo sperduto. Non vi è mai venuto in mente che magari nessuno penserà più a voi?"

Il silenzio si prolungava. Claudio aveva deciso di smarcarsi dalla conversazione, la trovava irritante. Sonja ne era rimasta estranea fin dall'inizio. Estrella volle a tutti i costi pagare il conto e trascinarci da un'altra parte: voleva che vedessimo una sala da ballo, e dimostrare le sue doti sulla pista.

Entrammo in un locale buio illuminato da candele di plastica che nascondevano al loro interno una lampadina, con un pavimento di legno consumato su cui ballavano coppie di mezza età. Per arrivarci bisognava scendere lungo una scala ripida, che dava una sensazione da tunnel del tempo. Un tenue odore d'incenso. Estrella riceveva i saluti sorridenti dai pochi camerieri con la giacca tarmata, e anche dai clienti fissi. Ci fecero accomodare al tavolo migliore, che era terribile come tutti gli altri, ed Estrella ci obbligò a bere altro vino.

Annunciava le danze con autorevolezza. Questo è un fox, o una rumba o un cha cha cha o una *cumbia*. Puntò il dito verso un uomo elegante che si asciugava il sudore con un fazzoletto immacolato dopo aver lasciato la partner di ballo.

"Lo vedete quel cadavere? Si muove come un dio."

Estrella andò da lui e si allacciarono. Ballarono un ritmo fuori moda con la rigidità del classicismo. I due ringiovanivano a ogni giravolta.

"'Sto posto è un cimitero di elefanti" assicurò Claudio.

"Fa paura." Raúl cercava qualcuno con meno di cinquant'anni.

"Tagliamo la corda?" suggerì Claudio.

Io dissi di no. Blas non si curava di noi. Da un po' di tempo stava chino sull'orecchio di Sonja e di tanto in tanto i due scoppiavano in una risata. Lei disse qualcosa in tono serio e Blas si voltò verso di noi.

"Deve fare una telefonata."

Ci voltammo tutti verso Raúl.

"Sì, dai. A casa sua, non rompere."

"Su, non puoi dire di no."

"Non fare lo spilorcio."

"Ho detto di no, cazzo, è giù di batteria e potrebbe chiamare Elena. E succederebbe di nuovo un casino, no, ne ho abbastanza…"

"Te la pago io." Blas si portò la mano alla tasca.

Fissò lo sguardo su Raúl, il quale tirò fuori il telefono per tenderlo a Sonja. Le spiegò quale tasto doveva premere dopo aver fatto il numero. Sonja sorrise e corse a rifugiarsi vicino alle scale dell'uscita. Un attimo dopo parlava nella sua lingua con una fluidità che non avevamo mai sospettato in lei. La nostra attenzione aveva abbandonato la danza di Estrella per fissarsi su Sonja.

"Starà parlando con il suo ragazzo?" esitò Raúl.

"No, no, parla con i suoi genitori" assicurò Blas.

"Figurati, chi ride così con i propri genitori? È un'amica" dissi io.

"Il magnaccia, è il suo magnaccia. Ritorna a fare il lavoro che la gratifica di più che non stare con noi" suggerì Claudio.

"Non fare lo stronzo" lo interruppe Blas.

"Se telefona in Cechia sono rovinato."

"Uh, come sei taccagno, Raúl."

"Eh già, tanto il telefono non è tuo."

"Ti ho già detto che te la pago."

"Ma non è per questo, solo se telefona Elena…"

"Avete fatto la pace?"

"Quasi. Dice che è tutta colpa vostra. Che quando sto con voi divento un mostro."

"Su questo ha ragione" dissi. "Ma credevo che fossi un mostro anche quando stai con lei."

"Molto divertente."

"Ci sarà pure un motivo per cui si è innamorata di lui" intervenne Blas.

"Il problema è che è diventata isterica. Vai a sapere, magari le salta il grillo di telefonarmi all'alba. Perché si sono svegliati i gemelli, o che ne so. Certe volte gli mette il telefono nel box e mi fa parlare per mezz'ora, dice che così almeno riconosceranno la voce di loro padre…"

Estrella ritornò dal ballo seccata per la nostra mancanza di curiosità. Ci sperticammo in elogi.

"È stata fantastica" terminò Blas.

"Che ne sai tu di ballo? Muovi male perfino le ciglia."

Non rise dopo averlo detto, ma si riempì un bicchiere di vino.

Sonja fece ritorno con un sorriso primaverile. Consegnò il telefono a Raúl, il quale controllò subito che la batteria fosse ancora carica. Blas non le permise di sedersi e prese Sonja per la mano.

"E così non ne saprei niente di ballo, eh, adesso le faccio vedere io" Blas sfidò Estrella.

Blas trascinò Sonja in mezzo alla pista con dolcezza ma anche con aggressività.

"Un tango" annunciò Estrella ascoltando le prime note.

Sonja seguiva i passi di Blas tentando di salvarsi dalla sua goffaggine. Quando lui girava, lei piegava la schiena al limite dell'impossibile. L'esibizione di elasticità di lei era l'unica cosa che rallegrasse il tango peggio ballato della storia.

"Quella ragazza è di gomma" esclamò Estrella. "Certo che lui… orribile. E con quel giaccone."

"Gli serve per dimagrire."

Blas non si limitò a dimostrare la propria imperizia con il tango, ma volle incespicare in una grande varietà di ritmi. A mano a mano che le ore crescevano, la pista si andava svuotando e Blas ampliava l'onda di espansione della sua danza anarchica, lanciando goccioline di sudore intorno a sé. Nel momento in cui gli passai davanti per andare in bagno, ne approfittò per chinarsi verso di me e annunciare:

"Credo di essermi innamorato, Solo".

Estrella aveva di nuovo voglia di chiacchierare. Ogni minuto che passava ci regalava una storia nuova. Sonja riuscì a staccarsi da Blas per rifugiarsi in bagno e non mi sfuggì che Claudio ne approfittava per seguirla. Temetti il peggio. Pur mantenendo un falso interesse per la conversazione, continuavo a tenere d'occhio il tempo che Claudio e Sonja passavano da soli in bagno. Qualunque amico con una folle voglia di scopare è un nemico. Quando lui uscì, venne a sedersi vicino a me. Mi strizzò un occhio e io lo guardai schifato. Sonja ricomparve poco dopo e si tolse le scarpe in mezzo alla pista. Blas l'allacciò di nuovo e le posò una mano sul sedere, da dove non l'avrebbe più spostata.

"Il vostro amico si sta prendendo una bella cotta" osservò Estrella.

Annuimmo tutti.

"Questo dimostra il potere del ballo. È praticamente come scopare. Un tizio con cui ho ballato centinaia di volte veniva danzando, il che mi faceva sentire meravigliosamente bene."

"Blas sarebbe capace di farlo" sostenne Claudio.

"Dovete convincerlo a non dimagrire, altrimenti si rovina il carattere. Ho conosciuto un tizio che era uscito dal carcere dopo aver scontato una pena per omicidio. Diventammo amici e un giorno gli dissi che secondo me non era capace di ammazzare una mosca. E lui mi rispose: 'È stato nel periodo in cui ho tentato di dimagrire. Pensa un po' tu'."

Ci voltammo per tentare di smascherare l'omicida che si celava dietro la possibile magrezza di Blas e lo trovammo che stava divorando la bocca di Sonja, con un appetito che rinnegava qualsiasi tentativo di dieta. Erano da soli sulla pista e noi eravamo gli unici testimoni.

"Sarà meglio portarli in albergo a scopare. Che ore sono?" chiese Estrella.

"Le cinque."

Annunciammo che era ora di partire. Blas prese Sonja per mano e ci seguirono su per le scale.

"Dobbiamo aspettare ancora un'ora per ritornare in albergo" avvertì Estrella. "Per via dell'autobus."

La strada era fredda e camminavamo in giro per la vecchia città senza vedere anima viva. Claudio scovò una bisca da cui arrivava il frastuono della musica e delle slot-machine. Covava ancora la speranza di divertirsi, in qualche modo. Ci rifugiammo lì dentro per ammazzare il tempo, in mezzo alla gente che ballava. Estrella appoggiò i gomiti al bancone, incapace di dire una parola che sovrastasse il rumore. Era una scena assurda, una donna come lei in un posto come quello, eppure osservava tutto con l'eterna scintilla di curiosità negli occhi. Le piaceva guardare, era ovvio. Ci eravamo allontanati da lei. Blas e Sonja continuavano con i loro linguainbocca in un angolo del locale. Io osservavo Estrella da lontano, in mezzo alla gente. I nostri sguardi si incontrarono per un secondo.

Il ritorno in albergo aveva il retrogusto patetico dell'alba dopo una nottata di alcol. Un gruppetto di ragazzi stava per spaccare la faccia a Claudio quando lui, incurante della recente lezione, si era messo a gridare domandando se non c'erano porcellone a Logroño, insinuazione che pareva offendere la gente del posto.

Il meccanismo del rientro consisteva nel raggiungere il capolinea del minibus di una fabbrica di medicine che partiva dal centro della città. Estrella conosceva l'autista, ed era un'abitudine che le facessero posto affinché potesse arrivare fino al lugubre albergo. Ci distribuimmo sui sedili liberi, in mezzo agli impiegati che sbadigliavano e tossivano la prima sigaretta, con un'aria seria, forse umiliati dal dover condividere il loro spazio con giovani perditempo che arrivavano da una notte di bagordi. Fuori albeggiava, Blas teneva Sonja sulle ginocchia e adesso le divorava il collo, sotto gli sguardi del proletariato. Estrella chiacchierava con l'autista, che di tanto in tanto controllava noi stranieri nello specchietto retrovisore.

Camminammo dallo svincolo della strada fino all'albergo. I lavoratori ci salutarono con un cenno della testa dietro ai finestrini, mentre si allontanavano. Estrella aveva la chiave d'ingresso dell'albergo. Attraversammo la reception deserta e ci precipitammo verso le nostre camere. Estrella si congedò al primo piano, con gli occhi arrossati, l'aria sfinita. Noi ci trascinammo su per le scale. Blas corse davanti a tutti tenendo per mano Sonja, fino alla nostra camera al quarto piano, e quando fummo arrivati ci chiese di concedergli un momento di intimità.

"Perché non ritornate tra mezz'ora?"

"Dai, sto crollando dal sonno" Raúl lo spostò da una parte ed entrò nella stanza.

"Non vorrai mica lasciarci in corridoio?" gli chiesi.

"Cazzo, dai, non fate gli stronzi" si lagnava Blas.

Claudio ebbe l'ultima iniziativa: dare alla porta della camera di fronte uno dei calci che aveva imparato da bambino ai corsi di karate. La porta cedette.

"Una suite tutta per voi" disse indicandola a Blas.

Blas si precipitò nella camera vuota e uscì di nuovo per invitare Sonja a entrare. Lei si stava già togliendo la maglietta prestata, con gli occhi stanchi, sicuramente desiderava finirla il più presto possibile. Chiusero la porta.

Quando mi buttai sul materasso, non potei fare a meno di apostrofare Raúl e Claudio.

"Voi due siete dei figli di puttana."

"Perché?" si meravigliò Claudio.

"Raúl per la faccenda di stamattina, e lui lo sa. E tu per stasera. Come hai potuto chiuderti in bagno con Sonja, cazzo?"

"Ma no!" Raúl si piegò verso di noi, interessato. "Ti ha fatto pagare, vero?"

"Ma che cosa dici" mi corresse Claudio. "Non hai capito niente. Quella là è una gran figlia di puttana. Appena mi sono accorto della cotta che si stava prendendo Blas, perché io lo conosco, ho voluto assicurarmi che lei ci andasse a letto."

"Ma no!" negai incredulo.

"Lei mi ha detto che Blas non le piace, è grasso. Pensa un po'…"

"Porca puttana."

"Così le ho offerto dei soldi."

"L'hai pagata per andare a letto con Blas?"

"Quattromila pesetas" confermò Claudio.

Raúl scoppiò in una risata. Il respiro ansimante di Blas seguito da un gran fragore arrivò alle nostre orecchie. Soldi ben spesi.

"È una bastardata" aggiunsi.

"No, se Blas non viene a saperlo" sosteneva Claudio.

"Sarebbe stato peggio se non glielo avesse ficcato dentro, così se non altro gli cresce un po' l'autostima, dopo il fallimento con Anabel" fu il ragionamento di Raúl.

"Certo, e domani chi paga?" chiesi io.

"Accidenti, se stanno insieme per un anno ci costerà un occhio della testa" scherzò Claudio. "Dovremo fare un mutuo."

"Te lo immagini? Andare in una banca e dire al tizio allo sportello: 'No, vede, abbiamo un amico che scopa quasi tutti i giorni e allora…'" Raúl era partito per la tangente. "'Come? Non concedete mutui per scopare? È più importante che non comprare una casa o un'automobile.'"

"Niente," tagliò corto Claudio, "conoscete Blas. Domani gli sarà passata, ha solo voglia di fottere."

"E io ho voglia di dormire" gli voltai la schiena sul materasso.

Ci addormentammo a scaglioni. Raúl si mise a russare con l'entusiasmo di chi sa di avere davanti a sé un sonno lunghissimo. Claudio parlò ancora, in un sussurro.

"E 'sta Estrella?"

"Che cosa?"

"Una vecchia con due palle così. Non so se mi deprime o mi piace."

"Nemmeno io."

"Te lo immagini come saremo alla sua età?"

"No" riconobbi dopo uno sterile sforzo.

"Nemmeno io."

"Saremo dei vecchi orribili" intuii.

"Se ci arriviamo."

"Ma se ci arriviamo sarà orribile. Ho la sensazione che siamo soltanto capaci di essere giovani."

"Saremo ancora amici?" chiese Claudio, e per un secondo pensai: "È convinto che abbiamo cinque anni e ci siamo appena costruiti una capanna in mezzo agli alberi".

"Ho sonno" risposi.

"Io credo di sì…"

Non ne ero sicuro come lui, il che mi fece star male. Solo il tempo di sentirlo addormentarsi con un sospiro lento. Gli occhi mi bruciavano per il sonno, ma non riuscivo a conciliarlo. Lo stomaco gridava, fottuto dall'alcol, sentivo la pancia piena di vino. Rimasi immobile a lungo, sentendo filtrare attraverso le persiane i primi raggi del sole. Concentrato sul volo discontinuo di una mosca. Nel suo viaggio instancabile sopra i nostri volti sfiniti e intorno a noi.

"Certe volte penso che il cervello sia invidioso del cuore. E lo strapazza, lo prende in giro, gli nega quello che lui desidera, lo tratta come se fosse un piede o il fegato. E in questo confronto, in questa battaglia, chi perde è il proprietario di entrambi."

Da *Scritto su tovaglioli di carta*

8.

Quando mi svegliai, capii che non era passato troppo tempo, avevo la bocca secca e una gran voglia di continuare a dormire. Raúl, con la bocca aperta, lasciava sfuggire tutto un mondo a ogni respiro. Sul suo petto, sistemato fra le mani, giaceva il telefono cellulare, collegato alla presa vicino al pavimento con un sottilissimo cavo. Dava l'idea che fosse lui a caricare le batterie. Claudio, bocconi, con il cuscino sopra la testa, deciso ad autoasfissiarsi pur di continuare a dormire. Lottai a lungo contro la certezza che mi ero svegliato, ma persi di nuovo. Poi mi trascinai fino all'orologio ed ebbi la conferma che era solo l'una. Mi immersi in una doccia eterna, con l'acqua gelida, ma non riuscivo a liberarmi dal sudore, tale era la calura che ci avvolgeva. Canticchiavo più per svegliare gli altri che per allegria. Indossai i vestiti del giorno prima che puzzavano di fumo e di vino e uscii dalla camera avvolto in una nube, i capelli bagnati. La porta della suite amorosa di Blas era aperta. Non potei trattenermi dal fare capolino all'interno, e scoprii Blas stramazzato sul materasso, con il culo peloso per aria. Nessuna traccia di Sonja. Immaginai che l'avrei incontrata alla reception, ma lì c'era soltanto l'addetto, che leggeva ad alta voce un giornale a fumetti imitando penosamente i vari personaggi.

"Si può fare colazione in questo posto?"

"Certo."

Attesi la sua offerta che non arrivò mai.

"Dov'è la colazione?"

"Non c'è."

"Ma non avevi appena detto che...?"

"Si può far colazione, ma noi non la diamo..."

Gli rubai una bottiglietta d'acqua e ne bevvi un sorso.

"Hai visto la ragazza?"

"Sì."

"Dov'è?"

"Non lo so."

"È partita?"

"Sì."

Ho sempre sospettato che la gente fuori dalle grandi città abbia un ritmo di vita più lento, ma quel che è troppo è troppo. La sua indolenza cerebrale mi faceva venire l'ansia.

"Se n'è andata?" insistevo.

"Be'… sì."

"Ma come? È andata via a piedi?" Il semplice riflesso del sole confutava l'ipotesi.

"No."

Tirai un respiro profondo.

"Ma com'è che se n'è andata, cazzo?"

"In macchina."

Guardai fuori, il nostro furgone era ancora nello stesso maledetto posto.

"Sono venuti a prenderla."

"Che cosa?"

"Degli uomini, con una macchina. Parlavano la sua lingua."

"Ah."

Gli voltai le spalle. Mi portai dietro la bottiglietta d'acqua. Era stupido pensare che Sonja ci considerasse i suoi angeli custodi, i suoi salvatori, quando eravamo quattro uomini finiti, pronti a contrattare per i suoi favori a ogni morso della fame. Così se n'era andata. Forse non era tanto sola come credevamo. Magari si sarebbe rifatta una vita. In un certo senso quel pensiero mi consolava.

Arrivato in cima alle scale camminai silenziosamente verso la nostra camera. Spinsi la porta e andai da Raúl, che continuava a dormire profondamente. Gli tolsi delicatamente dalle mani il telefono, con la cautela di un ladro di gioielli. Uscii di nuovo in corridoio e mi sedetti sui primi gradini. Feci un numero, all'altro capo del filo ci misero del tempo a rispondere.

"Papà? Sono io."

"Ehi, dove sei?" la sua voce gioviale. Lo immaginai in calzoni corti, sulla sedia a sdraio, a leggere un romanzo in francese.

"A Logroño."

Ascoltai la sua risata sincera, sprezzante, ovviamente. Era quella che gli riusciva meglio. Mi accorsi che il senso dell'umorismo di mio padre era sempre altezzoso. Rideva di qualcosa, di qualcuno, dall'Himalaya della sua intelligenza.

"Certo che siete dei veri fighi. Secondo me, voler passare le vacanze a Logroño significa fare i bastian contrari. Modernità assoluta."

Era probabile che non mi avrebbe lasciato aprire bocca per parecchio tempo, per cui decisi di interromperlo.

"Senti, volevo…"

"Vuoi parlare con la mamma? Aspettava tue notizie."

"Sì, dopo, volevo dirti una cosa."

"Forza, racconta."

"Non è niente dell'altro mondo."

"Questo lo credi tu. Qualunque cosa succeda a Logroño è roba dell'altro mondo, avanti sputa."

Felice delle sue trovate, come sempre. Le battute che s'inventava suscitavano in lui un vero e proprio piacere. Ricordai quel suo gesto caratteristico, quando gli stai parlando e lo sguardo gli si sospende, si allontana da te per chilometri e ti risponde con una smorfia vuota, e allora capisci, semplicemente, che non ti stava ascoltando. Invece, quando parlava lui, lo faceva con la flemma concentrata di chi gode nell'ascoltare se stesso.

"Ho lasciato il giornale."

"Per le vacanze…"

"No, mi sono licenziato."

Seguì un silenzio.

"Be'… saprai tu quello che stai facendo."

"Sì."

"È capitato qualcosa?"

"No."

"Bah, ormai sei grande."

Grande. Ammazzare il padre. Comprendevo perfettamente il significato di quell'espressione. Tutto sta nell'avvicinarglisi alle spalle per colpirlo con il suo noiosissimo ego fino a dissanguarlo. Afferrare l'acuminata e splendida opinione che ha di se stesso e conficcargliela nel cuore. Sollevare con una gru la sua autostima e lasciargliela cadere addosso. Affogarlo nell'oceano della sua petulanza. Papà. Il paese era troppo grande per tutti e due.

"Senti, noi dovremmo scappare, abbiamo un appuntamento a pranzo in un ristorante francese che è una figata, qui vicino…" Non voleva parlare della faccenda, avrebbe scelto lui il momento per aggredirmi con i suoi commenti.

"Papà," lo salutai, "voi grand'uomini non dovreste avere figli. Non ci stanno."

Mi aveva sentito. Lo sapevo che mi aveva sentito, anche se chiamava a gran voce mia madre fingendo di essersi già scollegato dalla conversazione. Il sogno di ogni figlio è di fare uscire dai gangheri il proprio padre, amareggiandogli l'esistenza. O almeno di sapere di essere capace di farlo. Non riuscirci è una delle grandi frustrazioni della vita. Le incazzature di un padre, i suoi rimproveri, perfino le minacce di violenza, sono forme primarie di affetto, preoccupazione, interesse. L'indifferenza è una lama affilata.

Mia madre arrivò al gran galoppo dall'estremità opposta delle sue vacanze. Snocciolava una sfilza di aneddoti privi d'interesse e di sciocchi consigli. Preferii non ripeterle la storia del giornale. Si sarebbe già sfogato mio padre: "Che cosa abbiamo fatto? Per quale strano mistero della genetica un uomo come me ha avuto un figlio come quello?".

Non me lo aspettavo, stavo ascoltando insonnolito il parlottare di mia madre, quando la mano di Raúl, dietro alle mie spalle, agguantò il telefonino.

"Che gran figlio di puttana, ti ho detto mille volte che il telefono…"

"Molla, merda" pretesi.

La voce di mia madre era lontana, mentre noi lottavamo.

"L'avevo detto ben chiaro, chiarissimo" ripeteva Raúl.

Gli strappai di mano il cellulare con uno strattone, Raúl non poteva sospettare che aveva scelto il momento peggiore per litigare con me. Mi sporsi sul vano delle scale e lasciai cadere giù il telefonino, che volò inerte per quattro piani fino a sfracellarsi contro il pavimento della reception, andando in mille pezzi. Un secondo dopo la testa del receptionist si affacciava in preda al panico. Sollevai lo sguardo su Raúl. Mi avrebbe ammazzato di botte, ma non riusciva a riprendersi dallo stupore. Corse giù per le scale e io tornai a sedermi sul gradino. Lo sentii raccogliere i pezzetti di plastica, i microchip. Sarebbe stato capace di provare a incollarli insieme, tale era il suo panico all'idea che Elena telefonasse senza trovarlo. Quando ritornò di sopra, mi passò vicino e io spostai le ginocchia per fargli posto. Non mi guardò neanche. Aveva le mani piene di pezzettini di telefono. Scesi e andai verso la panchina davanti all'ingresso. Mi sedetti al sole. Magari prendesse fuoco tutto quanto.

Il meccanico arrivò con il pezzo di ricambio e si chinò sul motore del furgone. Iniziò il lento processo di ricomposizione di quanto era stato smontato il giorno prima. Assomigliava a un bambino alle prese con un puzzle complicatissimo. Il mio puzzle, invece, si rivelava impossibile da ricomporre, non trovavo il posto di tante tessere, altre ero sicuro di averle perdute irrimediabilmente.

Poco dopo, Raúl si era già preso la briga di svegliare Claudio e Blas per metterli al corrente del mio raptus di follia. Senza telefono era un uomo disarmato e si agitava su e giù per i corridoi come una belva in gabbia. Vennero a cercarmi; sul volto di Claudio affiorava un sorriso appena accennato. Lui trovava fantastico che Raúl fosse finito stelefonato. Raúl, invece, preferì insistere sui miei sfoghi distruttivi, una nevrosi che mi accompagnava da quando mi aveva conosciuto. Mi ricordò tutti i cestini distrutti a mazzate, gli specchietti retrovisori delle automobili, i sette lampioni, le due fermate d'autobus, il giorno che avevamo portato via uno dei water della facoltà, e, naturalmente, quando avevo distrutto a calci un intero parco giochi perché Barbara mi aveva lasciato, come disse lui, tutto fiero di ricordare con precisione l'inventario dei miei atti di vandalismo. Stavo per ricordargli che erano soltanto le conseguenze della mia carriera sportiva ai giochi della gioventù, quando negli spogliatoi degli avversari ci accanivamo contro gli arredi. Ci aggrappavamo agli appendiabiti fino a staccarli dal muro, svitavamo i rubinetti delle docce, liberavamo gli eccessi di adrenalina nel modo più bestiale.

Raúl, visto che non lo interrompevo, iniziò a enumerare le centinaia di funzioni di emergenza che poteva svolgere il telefonino, la sua utilità nel viaggio, inedita fino ad allora, le migliaia di problemi da cui avrebbe potuto tirarci fuori, quando tutti sapevamo che quel fottuto telefono era soltanto la catena del cane di Elena, che così credeva di poter controllare il marito, e invece forniva l'alibi perfetto per Raúl che commetteva ogni sorta di porcate, poi si schiariva la gola e faceva la voce da san Giovanni Bosco. Il discorso di Raúl mi scivolava addosso come l'acqua della doccia e lo sopportavo soltanto perché gli riconoscevo il diritto di sostituire un paio di pugni con tutte le parole di questo mondo. Eravamo amici piuttosto civilizzati, tra di noi eravamo arrivati alle mani in rare occasioni. La più memorabile quando Raúl si era fissato che voleva calcolare chi dei quattro offrisse da bere più volte, e per due settimane aveva preso nota di ogni consumazione su un libretto. Claudio alla fine gli fece un occhio nero con un pugno ben dato, e meno male che ci eravamo messi di mezzo noi per fermarlo, perché era deciso a fargli masticare e inghiottire tutte le sue annotazioni.

Quando il fiume di rimproveri di Raúl si andò trasformando in autosacrificio, nella solita depressione, nella paura di Elena, nelle frustrazioni quotidiane, Blas si sedette vicino a me e lo bloccò:

"Dovevi prendere i soldi".

Blas, con la faccia di chi ha fatto le ore piccole, non poteva celare l'indifferenza che suscitava in lui la storia del telefono. Cercava soltanto Sonja. Ci raccontava la nottata insieme a lei, un'esperienza formidabile. A quanto pareva, la ragazza aveva dato libero sfogo alle proprie abilità ginniche, ancora un po' e si mettevano a correre in giro per la stanza facendo salti mortali, con penetrazioni accompagnate dalla verticale. In una occasione, la flessibile Sonja aveva terminato una piroetta laterale sul basso ventre di Blas.

"A momenti mi spezza l'uccello."

"Meno male che non hai provato tu il salto dell'aquila sopra di lei" immaginò Claudio.

"I grassi scopano soltanto da sotto" tagliò corto Raúl.

"Lei era nella squadra nazionale di ginnastica artistica," proseguiva Blas, "ma con la crisi nel suo paese... e poi anche perché era cresciuta troppo, una tragedia..."

"Se n'è andata" lo interruppi.

"Dove?"

"Ha tagliato la corda, tutto qui."

"Ma che cosa dici?"

"Quello che ti ho detto. Sono venuti a prenderla, a quanto pare. Li avrà chiamati ieri sera."

"Perché?"

Mi strinsi nelle spalle. Claudio intervenne per dare una pacca sulla schiena robusta di Blas.

"Be', magari non sopportava l'idea di passare un'altra notte con te."

"Impossibile. Ti ha detto qualcosa? Quando ritorna?"

"Io non l'ho vista" sfuggii.

"Ma avrà pure lasciato un biglietto per me..."

Feci segno di no con la testa. Blas era ancora incredulo.

"Ma non può essersene andata via così, senza dire niente. Avevamo un feeling chimico..."

"Pazzesco."

"E invece sì. E lo posso dire soltanto io..."

Claudio evitò qualsiasi commento.

"Vado di sopra a farmi una doccia, magari quando scendo quello là avrà sistemato il furgone."

Claudio entrò nella reception. Raúl camminava su e giù, senza il suo cordone ombelicale. La libertà lo attanagliava.

"Ce l'avranno qui un telefono? Devo telefonare a Elena, chissà che cosa le dico."

"Se vuoi parlo io con lei e le dico la verità" gli proposi.

"No, no, la verità mai. Non ci crederebbe. Penserà certamente che l'abbia rotto io per perderla di vista, be', di udito, che ne so, per liberarmi di lei, perché senza telefono…"

"Vaffanculo tu e il tuo fottuto telefono" esplose Blas. "Sonja se n'è andata e tu ti preoccupi soltanto del tuo telefono di merda."

Raúl entrò nella reception dell'albergo. Blas stava di fronte a me, distrutto. Mi seccava quella sua aria da giocattolo rotto, la sua ostinazione, malgrado la scalogna, a credere ancora nella bontà umana, la sua cocciuta insistenza nell'ottimismo.

"Chissà perché se n'è andata? Era felice."

"Vai a sapere" tentai di consolarlo.

"Sono sicuro che ritorna, certo, ritornerà di sicuro."

"Perché dovrebbe ritornare?"

"Per stare con me. Credo che si sia innamorata. Ieri notte sono stato bravo, eh… Cinque volte, sai, una figata."

"Be'…"

"Era cotta di me, me l'ha detto lei."

"In ceco, naturalmente."

"No, in inglese."

"Parlare non costa niente."

"Vaffanculo" mi rispose.

"Non ti ha detto che veniva a letto con te perché eri l'uomo più attraente che avesse mai visto?"

"No, questo no, ma si notava che…"

"Sei uno scemo."

"Avete visto tutti che ieri sera…"

"Altroché…"

"Cazzo, Solo. Sei incredibile. Quando si tratta di parlare dei tuoi amori, le ragazze sono meravigliose e tu sei un figo, invece le storie degli altri… Che cosa sono io? Una merda di cane?"

"No."

"Le sono piaciuto, punto e basta, non c'è altro da dire" insisteva Blas.

"D'accordo."

"L'ho tirata fuori da un bordello, l'ho rispettata, l'ho fatta innamorare di me…"

"Ma sì, d'accordo."

"Avrebbe potuto andare con uno qualunque di voi e invece è venuta con me."

"Adesso basta" mi alzai in piedi. "Sei felice, allora piantala di rompermi i coglioni."

"Non l'avranno mica sequestrata quelli della mafia, che nei paesi dell'Est…"

"Senti, Blas, Sonja è venuta a letto con te perché Claudio le ha dato dei soldi, d'accordo? Così, se ti sei divertito, vai dal tuo amico Claudio, dagli un bacio sulla bocca e ringrazialo per la bella serata, e se vuoi gli restituisci le quattromila pesetas che gli è costato il regalino, però lasciami in pace, cazzo, ne ho le palle piene."

Seguì un silenzio marcio che tentai di dissolvere con un paio di sospiri, voltandomi nervosamente verso l'insolazione della terra secca che ci stava osservando. Blas si alzò in piedi, ammutolito, e mi abbandonò lì per entrare in albergo. Un altro sfacelo alle mie spalle. A questo servono gli amici, pensai, a prenderli a botte sfogando così la propria ira. Adesso dovevo solo aspettare che Claudio, fresco di doccia, si precipitasse giù per le scale e venisse da me dopo che Blas gli aveva buttato in faccia i soldi senza dire una parola.

"Sei un figlio di puttana, Solo."

"Lo so."

"Ieri sera avevamo promesso di non dirgli niente…"

"Ma lo sai quanto mi stava rompendo le palle?"

Questa non era una ragione sufficiente per Claudio, amante delle menzogne caritatevoli quanto delle verità come pugni, dipendeva dal suo stato d'animo, lui faceva tutto per il nostro bene, io per il nostro male.

"Ti sei svegliato incazzato." Si infilò le mani in tasca.

"Può darsi."

"E vuoi farla pagare a loro? Ci sono cose che tra amici…"

"Ho detto soltanto la verità…"

"Il telefono di Raúl, passi, anche se è stata una bastardata, ma Blas, cazzo, è distrutto. Si è rimesso il piumino e sta sudando…"

"Sarebbe stato meglio dirgli una bugia?" Mi irritava quella sua ipocrisia da bravo amico, di nuovo il mito dei tre moschettieri.

"No, però…"

"Io credo che si debba dire la verità. Per esempio, Sánchez è morto. È morto con il padre di Blas durante la seconda passeggiata, e lui ti ha comprato un altro cane per consolarti. Però il tuo è morto e l'ha buttato in una fogna. Questa è la verità."

Claudio si sedette sulla panchina di pietra. Aveva le pupille dilatate e le teneva fisse su di me, ma non diceva niente. Gli voltai la schiena.

"Cazzo dici… Sánchez…" Si coprì la faccia con le mani.

"È tutta colpa di questo posto di merda, se ci fermiamo qui un minuto di più crepo."

"Avrei dovuto portarmelo dietro, povero cane, cazzo, con quel nazista…"

Il meccanico si grattava la testa fino ad avere i capelli neri di grasso. Lo raggiunsi. Mi sorrise con l'orgoglio del bambino che ha terminato il puzzle.

"Provi a mettere in moto."

Salii sul furgone tutto speranzoso. Attraverso il vetro vedevo Claudio che vegliava il suo cane morto, era distrutto, sull'orlo delle lacrime. Misi in moto, ma il motore starnutì. Feci un secondo tentativo. Altri due. Tre. Pigiai sull'acceleratore. Niente. Il meccanico si grattava la testa e scesi. Mi avventai contro di lui.

"Ti spacco la faccia…"

"Bisognerà fare un'altra revisione" disse indietreggiando.

"Vaffanculo."

"Solo, cazzo." Claudio si alzò in piedi e venne verso di noi.

"Io me ne vado di qui, in autostop se sarà il caso" lo avvertii.

"Be', il pezzo bisognerà pagarlo e anche la manodopera…"

"Quando l'avrai aggiustato" rispose Claudio al meccanico.

"Il fatto è che non so se si può aggiustare."

"Non dire cazzate, controlla bene…"

"Io lo ammazzo" insistevo.

Claudio mi spostò da una parte con uno spintone. Mi guardò duramente, mi invitò ad allontanarmi di lì e io accettai con piacere. Lui si voltò verso il meccanico e si lanciarono in una discussione tecnica.

"Su, fermiamoci qui per sempre, una figata di vacanze, a Logroño" gli gridai.

Pensavo a mio padre, alle sue risate con gli amici durante il pranzo. "Il nostro ragazzo sta passando le vacanze a Logroño." E giù a ridere. Mia madre gli avrebbe fatto un gesto perché controllasse il suo sarcasmo.

"Io me ne vado" mi congedai.

"Bisogna pagare il pezzo, almeno il pezzo" ripeteva il meccanico.

"Bisogna pagare il pezzo" mi informò Claudio.

"Toh, pagalo."

Gli lanciai il portafoglio e Claudio lo prese al volo. Feci un mezzo giro su me stesso. Raúl stava parlando con Elena al telefono della reception, a voce bassissima.

"Mah, non so che cosa sia successo, tutt'a un tratto ha smesso di funzionare… No, no, non sono le batterie."

Salii le scale con passo deciso. Ero consapevole del mio atteggiamento ridicolo. Entrai in camera e mi tuffai sopra il materasso. Blas uscì dalla doccia e senza rivolgermi la parola si vestì e se ne andò. Ascoltavo i tentativi di far partire il furgone, fino a scaricare completamente la batteria. Stavo per mettermi a ridere a squarciagola. Dalla borsa di Claudio spuntava una bottiglia di whisky mezza vuota. Allungai il braccio e l'afferrai. Stavo sudando. La prima sorsata si posò come una palla di fuoco sul mio stomaco vuoto. Mi fece così male che gliene fui grato. Era ora di prendermela con me stesso, era il mio turno. Benvenuta cattiveria.

Claudio entrò, interrompendo i miei primi passi verso nessun luogo. Mi crogiolavo nel dolore, mi faceva bene il sole, il sudore. Mi lanciò il portafoglio sulla pancia. Lo presi con una mano per ritirarlo.

"Hai pagato il pezzo?" scherzai. "Adesso bisognerà pagare anche la batteria."

"Di' le cose, cazzo. Parla" mi rispose in tono enigmatico. "Come facevamo a saperlo se non ci dici niente?"

Aprii gli occhi sorpreso dal suo tono paterno, quando aspettavo con ansia che mi prendesse a calci. Teneva fra le mani un cartoncino bianco, dalla forma allungata.

"Barbara ti ha invitato al suo matrimonio."

Ecco che cosa teneva fra le mani, l'aveva trovato nel mio portafoglio e aveva tirato le somme, come se quello spiegasse il mio comportamento. Bene, d'accordo, così mi evitava di dare spiegazioni. Ma adesso non volevo la sua solidarietà, mi sentivo bene nella mia cattiveria, mi dava più piacere.

"Ora ti capisco."

"Ah sì?"

"È per domani. Vuoi andare al matrimonio?"

"Guarda, Claudio, non fare il papà pieno di comprensione, d'accordo? E se puoi evitarmi la predica…"

"Vuoi andarci?"

"Domani saremo ancora qui, chiusi in questo fottuto albergo, con quel decerebrato che cambia un altro pezzo del nostro formaggio semovente."

"Adesso è la batteria."

"Mi fa piacere."

"Ma guardati…"

"Ah no, niente battute per favore."

"No, no, quello è il tuo campo. Sei tu il depositario delle frasi geniali, Solo."

"Esatto."

"Vuoi parlare o no?"

"No."

"Al diavolo."

E Claudio, travestito da suorina buona, da psicologa comprensiva, lanciò la partecipazione di matrimonio sopra il materasso e scomparve. Sentii i suoi passi che si allontanavano, lenti, la suola consumata delle scarpe da ginnastica. Visualizzai il suo modo di camminare, sempre leggermente chino in avanti, come un toro prima di caricare. Definiva il suo carattere. Io, invece, cammino con i piedi troppo aperti, con passi disuguali, è il modo di camminare di chi non vuole arrivare nei posti dove è diretto. Mi attaccai alla bottiglia per spezzare il silenzio assolato. Ero fradicio. La mano che prese l'invito al matrimonio di Barbara lasciò una traccia umida sul cartoncino bianco. La grafia di Barbara in quel suo appunto sull'angolo superiore, la sua squisita noncuranza nel tracciarlo. "Sei invitato, davvero", con "davvero" sottolineato. Forse mi trovavo, pensai, nel bel mezzo del mio ultimo romanzo d'amore, scritto con la grafia di Barbara, dove io non ero altro che un personaggio che svaniva lentamente nel ricordo. Bevvi. Barbara camminava con la schiena eretta, le gambe dritte, aveva un portamento maestoso, i vestiti le ricadevano lungo i fianchi senza fare una piega, era il portamento di chi conosce la propria anatomia dai capelli fino alla punta dei piedi, di chi non ha niente da nascondere. Era un portamento magnifico. Mi venne voglia di vederla camminare, di farle percorrere una passerella immaginaria che la portasse fino a me, come quando si comprava una camicetta nuova o della biancheria intima o una gonna e se le provava davanti a me con gesti aggraziati, per farmele vedere. Quando faceva le cose per me.

"Le tue labbra vermiglie stampate sopra un tovagliolo. Il segno del tuo corpo quando ti alzi dal letto. L'impronta dei tuoi piedi sulla sabbia. Le onde che sollevi quando entri in acqua. La forma che conserva il vestito che ti togli. L'eco della tua voce. Il tuo profumo nel fiore che hai appena annusato. L'immagine che rimane ancora un secondo quando ti allontani dallo specchio.

Il mio enorme museo di ricordi tuoi che visito sovente con la fantasia."

Da *Scritto su tovaglioli di carta*

9.

Non so se avevo dormito un poco o se avevo solo passato il tempo a giocare con il mio cervello una partita finita in pareggio. La
bottiglia mi era scivolata giù, fino al bordo del materasso. Tutto era
umido intorno a me, come una piscina di sudore. Andai alla finestra e tirai su la tapparella. Il furgone stava ancora lì, abbandonato all'ingresso dell'albergo. Sollevai lo sguardo e l'orizzonte era una
pianura incendiata dal sole. Mi venne il dubbio di trovarmi di fronte a una fotografia del mio stato d'animo.

Scesi le scale mentre sentivo le voci di Blas, Claudio e Raúl che
chiacchieravano animatamente con Estrella. Rimbombavano al-
l'interno dell'albergo. Mi avvicinai alla porta della camera di Estrella e mi venne la tentazione di girare al largo, guadagnare l'uscita e
fuggire come un tuareg in mezzo alla terra riarsa. Mi sentivo così
debole che non sarei stato capace di attraversare la reception senza svenire. Bussai alla porta e mi aprì Estrella. Indossava il vestito
della domenica, o forse era una donna che indossava sempre vestiti della domenica, con un'eleganza fuori moda ma efficace.

"Sei arrivato in tempo per mangiare con noi. Fagiolata."

"Forse preferisco vomitare."

"Non ti senti bene?"

"Non mi sento…"

"L'autoindulgenza è un falso amico" mi rimproverò, e aprì completamente la porta.

"Almeno è un amico."

Dentro c'erano Blas, Raúl e Claudio seduti a tavola. Mi guar-
darono senza prestarmi attenzione.

"Chi è che l'ha scritto…" Estrella si stava sforzando di ricordare, "l'amicizia è una barca dove si sta in due quando c'è bel tempo e in uno quando c'è bufera? Che razza di memoria che ho..."

In padella sfrigolavano i fagioli saltati con la salsiccia. I bicchieri erano pieni di vino. Mi sedetti in fondo al tavolo. Eravamo avvolti dal fumo delle sigarette, con il sole che filtrava attraverso le tende.

"Stavamo chiacchierando di quella scemenza di cui si parla spesso, che certa gente vorrebbe vivere un'altra volta" mi spiegò Estrella. "Stronzate. Come quelli che si fanno congelare per venire resuscitati in futuro. Che razza di pretese! Il bello della vita è sapere che la tua fine è segnata. Io semmai avrei preferito farmi congelare in un particolare momento della mia vita, e restare sempre così, ma la storia della vita eterna mi pare una stupidaggine. Se non morisse nessuno il mondo sarebbe invivibile. La gente è così pallosa."

"Non sono in vena di parlare di metafisica" mi giustificai.

Stavo galleggiando senza peso, una sensazione strana, quella che precede la vomitata. La parete di fronte prese la rincorsa prima di scagliarmisi contro con tutte le sue forze. Chiusi gli occhi. Mi vidi dentro un cubo di cristallo che girava, girava. Aprii gli occhi giusto in tempo per evitare di cadere dalla sedia. Accettai il vino che mi veniva offerto da Claudio.

"Invidio gli amici, i gruppi di amici come voi" seguitava Estrella.

"Come vede... non c'è molto da invidiare" obiettò Raúl.

"Proprio niente" aggiunsi io.

"Vi invidio perché adesso la giovinezza dura molto di più di prima. Ai miei tempi," ricordava Estrella, "alla vostra età non si era più giovani. Adesso invece ci si prolunga, si vive in un perenne stato infantile. Siete stati liberati dalle responsabilità. Tutte le guerre sono già state vinte..."

"O perse" disse Claudio.

"Le grandi idee si sono rivelate inutili, inservibili o geniali. È stato deciso che la cosa migliore è restare così come stiamo. È un momento interessantissimo per il mondo, peccato che morirò senza sapere dove cazzo andrà a parare tutto questo..."

"Non dica così" intervenne Blas.

"Ora sono gli stomaci a dominare il mondo, il cervello non è più l'organo privilegiato, e non lo sono nemmeno gli organi sessuali, anche loro hanno fatto il loro tempo, adesso è il momento degli stomaci e gli stomaci sono uguali dappertutto, nel mondo."

"Di che cosa stiamo parlando?" chiesi.

"Sei sbronzo?" Estrella raddolcì il tono. "Ho conosciuto un tizio a Sonora, vecchissimo, mi raccontava che il suo sogno era di essere l'ultimo a morire. Era la sua aspirazione, voleva essere quello che spegne la luce dopo che tutti sono andati via. E questa idea gli dava la voglia di vivere."

Blas si alzò in piedi e spense il fuoco del fornello.

"Sotto con i piatti."

Ci servì uno alla volta. Estrella mi guardava ancora con un'aria determinata.

"I piccoli problemi ci sembrano enormi, e quelli enormi non hanno niente a che fare con noi, o almeno così crediamo."

Il suo tono dottorale non faceva bene al mio fisico malconcio. Blas mi mise il piatto sotto gli occhi e allora mi resi conto del contenuto. La salsa era densa e l'odore intenso. Ebbi solo il tempo di spingere la fagiolata al centro del tavolo e di correre verso il lavandino. Aprii il rubinetto dell'acqua e iniziai a vomitare. Mi abbracciò un freddo polare e presi a tremare, gocciolando sudore. I conati mi procuravano un forte dolore alla gola e al petto, come se mi si dovessero spezzare. Non vomitavo molto, ma avevo una convulsione dopo l'altra. Odiavo vomitare. Per anni, l'unica cosa che mi facesse vomitare era vedere qualcuno che vomitava. A Claudio, invece, piaceva un casino. Ficcava le dita in bocca a tutti quanti, forza, vomita, butta fuori tutto, così è meglio, e lui faceva lo stesso, con la sua vomitata facile che poi accompagnava con un sorriso appagato. Ci mancava poco che si arrabbiasse se non vomitavi, per lui era il supremo coronamento della sbronza. Con Blas, aveva passato una lunga notte a cacciargli le dita in bocca fino alla faringe per fargli buttar fuori l'alcol che l'aveva fatto svenire. Soltanto il giorno dopo scoprimmo che era stato un calo di pressione. Claudio aveva due dita che erano la sua spada per sconfiggere qualunque drago di sbronza. Io no. Io detestavo perfino la ragione pseudoesistenzialista che ti obbligava alla vomitata intellettuale, come in quei film – e ce ne sono una caterva – dove il protagonista a un certo punto dà di stomaco perché il mondo gli è andato di traverso. Chiunque potrebbe pensare che fossero anche le mie ragioni esistenziali a farmi vomitare, ma io ero sicuro che fosse colpa della fagiolata e del whisky, una combinazione spirituale impossibile.

Blas e Claudio mi avevano tirato su da terra, separandomi dal mio dolce abbraccio con il lavandino freddo. Adesso mi sentivo peggio, non riuscivo neanche a camminare. Vedevo Estrella come in mezzo a una nuvola e le chiedevo scusa, scusa per averle sporcato la casa, scusa, mi dispiace, ripetevo. Era la mia ossessione.

Odio vomitare perché insozza. Mi buttarono sopra il letto e il cervello mi ballò nella testa come forse ballano i bambini nella placenta. Scusa, mi dispiace, mi dispiace di essere nato. Raúl ripeteva: le scarpe, le scarpe, ha perso le scarpe, e io avevo voglia di gridargli che ero sceso senza scarpe, cazzo. Fui grato alla coperta che mi misero addosso perché ero gelato. Guardai la testiera del letto, di metallo, le sue volute si allacciavano, danzavano. Il sonno arretrato s'impadronì di me.

Più tardi mi raccontarono che la fagiolata era fantastica. Estrella aveva lasciato perdere la metafisica. Blas aveva vinto il concorso di scoregge, sia quello di durata sia quello ritmico: Raúl giura che aveva intonato il *chotis* Madrid* con le sue sole ventosità. Ero quasi contento di essermi addormentato, risparmiandomi così quell'atmosfera di cameratismo da naia. Estrella spiegò loro le centoventisette forme diverse che può avere il capezzolo femminile, contro le varietà più limitate, settantasei, che si ritrovano nel prepuzio maschile. Il che mi fece pensare che forse riservava per me le riflessioni più profonde, probabilmente per la mia faccia da gatto morto, perché la mia espressione – me l'hanno detto altre volte – dà l'idea che io non sia venuto al mondo per divertirmi, e che perfino nei momenti più belli mi senta angosciato dall'avvicinarsi del brusco finale.

Mi svegliai e la stanza era al buio. Non potevo muovermi né sentire il mio corpo, soltanto un dolore intenso, l'unico indizio che mi facesse pensare che non ero morto. Rimasi immobile. Sentii il respiro rauco e cadenzato di Estrella. Un respiro che si affievoliva a ogni sforzo. Mi arrivò il suono lieve dell'acqua. Mi tirai su leggermente e appoggiai la testa contro il cuscino, così avrei scoperto che cosa succedeva davanti a me. Il grugnito metallico della rete mi accompagnò. Dalla vasca da bagno Estrella girò il collo verso di me. Nell'oscurità risplendevano i suoi occhi grigi e i riflessi dell'acqua. Stava immersa nella vasca piena di acqua fumante. Con la spugna si fece cadere un denso rivolo d'acqua sulla chioma bianca.

"Come stai?"

"Male" risposi al suo sussurro tentando di essere positivo.

Lei tirò fuori dall'acqua le sottili braccia trasparenti per posarle sul bordo della vasca. Aveva un collo interminabile ricoperto di pelle avvizzita.

* *Chotis*: danza tradizionale madrilena. [*N.d.T.*]

"Spero che non ti dispiaccia se ho… Sono un animale abitudinario e il mio bagno della sera è sacro" si scusò Estrella.

"No, anzi. Sono stato io a vomitare in camera sua…" Tentai di alzarmi.

"Non muoverti, non muoverti."

Rimasi sdraiato, la testa voltata verso di lei.

"Che ore sono?"

"Le dieci. I tuoi amici sono andati in città. A far casino, come dite voi. Io sono rimasta a farti da infermiera."

"Accidenti."

Poco dopo lei si voltò di nuovo verso di me.

"Ti avverto che sto per uscire dall'acqua. Se vuoi puoi chiudere gli occhi, non voglio ferire la tua sensibilità."

Sorrisi. Distolsi lo sguardo. La sentii allungare la mano verso un asciugamano. Vi si avvolse. Guardai nella sua direzione. Si asciugava i capelli, le braccia.

"Immagino che ora sono nella situazione che si definisce con la frase: 'da giovane doveva essere bella'" ironizzò Estrella. "Ed è vero."

"Ci credo. Ed è bella ancora adesso."

"In un modo diverso, vero?"

"Dico sul serio."

"Mi stai facendo la corte?"

Provai a stringermi nelle spalle.

"Non ce n'è bisogno" mi avvertì.

Mi voltò le spalle. Finì di asciugarsi con l'asciugamano e potei vedere la sua schiena, e anche il culo cascante, con la carne flaccida che non faceva per nulla orrore. Non avevo mai visto una vecchia nuda, mi incuriosiva. Vedi le signore sulla spiaggia e il tuo cervello non le registra nemmeno, stimolato com'è da sensazioni solitamente più forti.

"Ti volto la schiena perché forse è l'unica cosa che può conservare un certo qual splendore, in una vecchia." Estrella mi parlava senza girare la testa verso di me. "Confesso che il fatto che tu mi stia guardando rende più interessante questo momento."

"Mi piace guardare."

"Fai bene."

Era uscita dalla vasca da bagno con una certa agilità. Le sue cosce ballonzolavano allo stesso ritmo delle braccia. Agguantò una specie di camicia da notte bianca di voile che lasciava trasparire le sue membra. Se la infilò dalla testa, poi le braccia, ricadde con la lentezza di una piuma lungo il resto del corpo. Si voltò verso di me. Potevo vedere perfettamente il contorno dei seni ora cascanti, privi dello splendore di un'altra età, i capezzoli erano due pisellini allegri. Non era rimasta traccia dei suoi fianchi, solo un ventre rigonfio e molle. Mi si avvicinò lentamente. Credo che quel momento la divertisse quanto divertiva me. Non mi sentivo turbato, lei si passò le mani sopra i capelli bagnati, se li tirò indietro e vidi la sua fronte libera, con qualche macchia di vecchiaia. Si buttò sul letto e il suo volto era vicino al mio. I nostri corpi non si toccavano, però il materasso affossato ci trasmetteva una sensazione di vicinanza.

"Sono proprio una vecchia sfacciata. Chissà come mi prenderai in giro, quando sarai da solo con i tuoi amici."

Non risposi. La sua mano trovò la cintura dei miei pantaloni, slacciata. Mi abbassò la cerniera con un movimento calmo che durò un'eternità. Posò il palmo della mano umida sopra il mio sesso coperto.

"Dovrei sentirmi lusingata" disse lei.

"Assolutamente sì."

"Quando vi ho parlato di questo albergo ho mentito. Non ci viene quasi nessuno. Qualche vinaio che ci passa la notte prima di raggiungere gli stabilimenti qui vicino. In realtà è stato costruito per me."

"Per lei?"

"Sì. Il nonno del ragazzo che hai conosciuto di sotto. Siamo stati amanti per tutta la vita. In Messico, lui ha fatto fortuna laggiù con il petrolio. Però aveva la moglie a Logroño. Ritornammo insieme e fece costruire questo posto per me. Riproduce l'Hotel Palacio di Città del Messico, e questa è la copia perfetta della camera che abbiamo condiviso per quasi vent'anni."

"Allora è stata innamorata."

"Tutti commettiamo degli errori. Certo che da quando sono diventata questa specie di cadavere che sono adesso, le visite del mio amante si sono diradate. Va a Losanna tutti gli inverni a farsi cambiare il sangue. Adesso preferisce farsi succhiare dalle ragazzine. Ha i soldi, e fa bene. Io ho finito per essere una seconda vecchia moglie abbandonata."

"E perché è rimasta qui?"

"Mi piace la solitudine. Riconosco che quando scende la notte mi viene voglia di piangere, a quest'ora, durante il bagno. Certe volte mi metto un sacchetto di plastica sulla testa e provo a esaurire l'ossigeno, per morire asfissiata. Ma non sono abbastanza coraggiosa. E poi non ho neanche troppa fretta di morire. Guardo la tele, leggo, divento un'apparizione per chi si ferma in questo posto…"

"Questo è poco ma sicuro" le dissi.

Sospirò. Muoveva in modo quasi impercettibile il palmo della mano contro il mio ventre. Ero eccitato.

"È curioso, io ho sempre fallito, qualunque cosa abbia tentato di fare" proseguì Estrella. "Guardo la mia vita in retrospettiva e non ho raggiunto nessuna delle sciocche mete che ti prefiggi da bambina. Volevo far cose che non ho mai saputo fare, non lascio amici, né famiglia, né casa, niente di quello che pensavo. Nemmeno come suicida ho avuto successo. Sono passata attraverso la vita senza avere nessuna importanza per il mondo, eppure ti dico una cosa: vado matta per la vita, mi piace, non sono stata capace di adoperarla eppure mi piace. So di avere fallito in tutto, ma non me ne importa. Mi basta il fatto di essere esistita, mi basta che mi siano capitate delle cose. Il mio successo consiste nel lasciare il meno possibile ai vermi. Non dici niente?"

"Non ho niente da dire."

"Quando avevo quindici anni stavo aspettando un'amica per strada e un tizio mi si avvicinò. Aveva un bell'aspetto. Mi disse che voleva fare l'amore con me, mi aveva osservato da lontano e mi trovava carina. Mi disse: 'Non sono nessuno, non aspettarti niente da me, sono uno qualunque, non posso neanche assicurarti un piacere meraviglioso, perché faccio l'amore in modo normale, vengo in fretta, però mi piace tantissimo farlo, è la cosa che mi piace di più. Posso dirti soltanto questo, non sono meraviglioso, ma sono qui e adesso'. Lo rifiutai, io ero ancora una bambina, fuggii e lui rimase fermo nello stesso posto. Non si mosse."

"Bella storia. È successo davvero?"

"Te lo giuro. Ho pensato a lui tante volte. Non mi aveva fatto sentire imbarazzata. Rimase lì a guardarmi mentre andavo via."

"È un modo brillante per tentare di scopare, sono sicuro che qualche volta gli avrà funzionato."

"Lo spero. I tuoi amici mi hanno detto che domani si sposa una ragazza di cui sei ancora innamorato."

"Non è così semplice. Ma si sposa, sì è vero." Mi fermai lì. Non volevo parlare di quell'argomento e lei lo intuì.

"Ce l'hai un lavoro?" mi chiese.

"Lavoravo in un giornale, però l'ho lasciato. Mi metterò a scrivere."

"Scrivere?"

"Un romanzo. Sono piccoli frammenti, ricordi, storie minuscole, un po' come quelle idee che ti vengono all'improvviso e le annoti sopra un tovagliolo di carta." Non l'avevo confessato a nessuno prima di allora.

"Mi sembra una bella idea." Capii che mentiva.

"No, in realtà è una puttanata sdolcinata e postmoderna. Una stupidaggine. Ma è così che mi viene."

"Certo" mi animò Estrella.

"Mio padre dice sempre che nel mondo c'è già troppa gente che scrive, per cui o si scrive qualcosa che superi *Il rosso e il nero*, o è meglio fare altro. Gliel'ho sentito dire centinaia di volte."

Estrella si voltò sopra il letto. Mi si avvicinò ancora di più. Teneva in mano la mia erezione.

"Tuo padre ignora uno dei grandi piaceri della vita. Fare le cose senza preoccuparsi di quale posto occupino nella storia dell'umanità. Non conosce il meraviglioso piacere di fallire quando s'insegue l'impossibile. La vita è rischio. Bisogna osare. Bisogna tuffarsi sempre dove la corrente del fiume ha più acqua…"

Mi lasciai sfuggire un profondo sospiro.

"Posso farti una domanda, Solo? Preferisci se ti chiamo così?"

"Sì."

"Vuoi fare l'amore con me?"

Deglutii. Estrella, mentre si spostava sul materasso manovrando con il proprio corpo per sollevarlo sopra il mio, continuava a parlare con la sua dolce voce roca.

"Sono infoiata. Di notte mi sbronzo con le bottigliette di gin e poi mi masturbo, con le mani, con le bottiglie. Dentro alla vasca. Non c'è bisogno che mi baci. Se vuoi che me ne vada, dimmelo."

Cercai la sua bocca e lasciai che mi morsicasse il labbro inferiore. Chiusi gli occhi. Toccai la sua pelle sopra il tessuto di voile. Pensai a quando Claudio, con qualche bicchiere di più in corpo mi avrebbe gridato "Scopavecchie", a quando Blas e Raúl avrebbero cambiato il mio soprannome, e sarei diventato "Scopavecchie" per sempre. Eppure non ci stavo male. Mi piaceva quando parlava, compresi che era la sua voce a farmi venire la pelle d'oca. La lasciai fare. Mi baciava sul petto e mi sentivo, stupidamente, come una specie di corpo inerme. Lei mi faceva l'amore in silenzio.

"Puoi venire dentro, naturalmente" mi sussurrò.

Mi svegliò bruscamente lo scrollone che mi diede Claudio. Era vestito, fresco di doccia, raggiante. I suoi capelli biondi splendevano alla luce del sole. La stanza di Estrella scintillava al primo sole. Lei non la vidi.

"Figlio di puttana, quante ore di sonno ti sei sparato?"

"Non lo so."

Ed Estrella? Io mi ero chiuso in un silenzio colpevole dopo aver elevato di parecchi punti la barbarie della nostra passione. Se non ricordavo male, ero arrivato a lacerarle il voile della camicia da notte, segnando la sua pelle bianchissima con il mio desiderio di fare male. Sono una fottuta vecchia, ripeteva lei così tante volte che mi ero sentito in dovere di ricordarle che io ero un fottuto giovane. Dopo, nel cuore della notte, lei aveva abbandonato il letto e sonnecchiava sulla poltrona, vestita di tutto punto. Devo riconoscere che il suo gesto mi aveva tranquillizzato. Temevo il momento di alzarmi e di separarmi da lei, le sue lacrime, il dramma tipico di una situazione anomala come quella. Così avevo continuato a dormire fino a che il volto di Claudio si era chinato su di me. Mi faceva vedere le sue due dita.

"Se vuoi finire di rigettare, la cosa migliore è…"

"Lasciami in pace."

"Ce ne andiamo, Solo. Ti stiamo aspettando di sotto."

Claudio si alzò dal letto e abbandonò la camera di Estrella. Rimasi da solo con il davanti della maglietta che puzzava di whisky e di vomito. Mi sgranchii e salii le scale a piedi nudi. Le piastrelle erano ancora fredde. La nostra camera era vuota. Gli altri avevano già raccolto le loro cose e restava solo la mia borsa abbandonata sul pavimento, traboccante di camicie sporche e calzini anneriti. Mi infilai sotto la doccia. Gli asciugamani erano umidi. Indossai un'altra maglietta e gli stessi pantaloni freschi di lino. Cercai un paio di calzini puliti e decisi di mettermi quelli che puzzavano di meno a un metro di distanza dal naso. Chiusi il borsone e corsi verso l'uscita dell'albergo. Ce ne andavamo, sembrava incredibile, eppure Claudio aveva detto così. Mi aspettavano per partire. Il che significava che avevano trovato il modo per fuggire da quell'inferno.

Dietro il bancone della reception non c'era nessuno. Guardai fuori e vidi soltanto il furgone al solito posto. Camminai fino alla porta e sotto il sole vidi una limousine che veniva verso di me. Non c'era nessuno intorno. La limousine, una Chrysler con i vetri scuri e gli enormi fari rettangolari, si fermò vicino a me. Mi ci volle del tempo a percorrerla tutta con lo sguardo. Dalla parte del conducente scese un autista in giacca e cravatta.

"Mi chiamo Venancio. Vuole salíre?"

Attesi che qualcuno si degnasse di svelarmi il significato di quello scherzo. L'autista mi aprì la portiera e all'interno della vettura, ripartiti uno di fronte all'altro negli enormi sedili, mi aspettavano con un sorriso immenso Claudio, Raúl e Blas facendomi segno di salire. Mi venne il dubbio che da un momento all'altro l'autista li avrebbe presi tutti e tre a calci in culo, rispedendoli nel fango cui appartenevano. Comunque salii, obbedendo allo strattone di Blas, e buttai la borsa ai nostri piedi, insieme alle altre.

"E allora, ti piace?"

"Cavolo…" riuscii a dire.

"Andiamo. Venancio, si parte."

L'autista obbedì all'ordine di Claudio e ci mettemmo in viaggio. L'aria condizionata soffiava con forza nell'abitacolo da ricconi in cui ci eravamo sistemati. Oltrepassammo il furgone.

"Addio puzza di formaggio" gridò Raúl abbassando il finestrino.

"Lo sai alla fine che cosa era successo?" mi comunicò Claudio. "Quei campagnoli figli di puttana del paese di Elena ci hanno buttato dello zucchero nel serbatoio della benzina. Che razza di stronzi…"

Voltai lo sguardo verso l'albergo che ci lasciavamo dietro. Né il ragazzo con gli occhi stupiti che si occupava della reception né Estrella erano testimoni della nostra partenza. Non avevo potuto salutarla. Immaginai che lei non avesse voluto salutarmi. Speravo soltanto che non ci stesse male, non volevo pensasse che mi fossi pentito di qualcosa. Avevo voglia di ringraziarla e lei non c'era. Stavamo scappando da quel posto dove probabilmente non saremmo mai più tornati. Ogni tanto mi viene il dubbio che non sia mai esistito nella realtà.

"Che te ne pare, non siamo dei principi?"

"Siete ammattiti tutti quanti."

"Non volevi andartene via? Guarda, con tanto di carrozza."

"Sì, ma quanto tempo ci vuole perché si trasformi di nuovo in zucca e voi in topolini?"

"Dodici ore. È il tempo massimo. Pagamento anticipato."

Claudio aprì il mobile bar e col dito fece tintinnare tutte le bottiglie.

"Le bevande non si toccano, perché si pagano a parte" ci avvertì Raúl.

Arrivammo sulla strada principale e Venancio imboccò deciso una direzione ben definita.

"Dove andiamo?" chiesi.

Girai la testa verso Claudio, che si buttò indietro contro lo schienale nero di pelle e mimò il gesto di fumarsi un sigaro.

"Ragazzo mio, andiamo a nozze."

"'Che cosa ti piacerebbe fare davvero nella vita?' mi chiesero a un colloquio di lavoro. Io risposi: 'Mi piacerebbe vivere in una stanza al pianterreno che dà sulla strada. E dalla finestra mi accontenterei di guardare la gente che passa, osservando il frammento di vita che scorre davanti ai miei occhi per poi guardarlo scomparire'.

Dalla loro faccia capii che non ero l'impiegato che stavano cercando."

Da *Scritto su tovaglioli di carta*

Terza parte

È COSÌ DURO VIVERE SENZA DI TE, O MILONGA TRISTE

10

Non sapevo nemmeno che si potessero affittare limousine in Spagna, e tanto meno a Logroño. Ero convinto che quei carri funebri per vivi possidenti fossero un lusso riservato agli americani, con le loro strade larghe e la falsa convinzione che la ricchezza si possa comprare con i soldi. Claudio mi aveva presentato all'autista.

"Venancio, lui è Solo. Quello che mancava."

"Piacere."

Mi rivolse un sorriso dallo specchietto retrovisore e il mio sguardo si posò sul suo principio di calvizie, come la chierica di un frate. Inforcò gli occhiali da sole e avvertii una graduale accelerazione. Claudio mi tese un biglietto da visita: "Logroñauto. Trasporti speciali".

Ci fermammo a fare colazione; i pochi clienti del locale ci guardavano incuriositi. Dovevamo essere simili a quei gruppi rock cui si concedono i lussi più sfrenati, sebbene abbiano una faccia da morti di fame. Come i famosi Sunset, causa del tramonto della mia carriera giornalistica. Guardai l'ora nell'orologio storto dietro al banco. Soltanto le nove di mattina. Claudio mi tese una bottiglietta di birra tiepida.

"Non c'è niente di meglio per il doposbronza. Devi essere in forma."

"Eccome. Perché tu al matrimonio ci vuoi andare, vero?" Blas alla fine trovò il coraggio di chiedermelo.

"Non lo so."

"Noi sì" Claudio pose fine ai dubbi. "È deciso."

"Ci lasceranno entrare, vero?" m'interrogò Raúl. "Non finirà mica che l'unico autorizzato a fermarsi al banchetto sarai tu! Hai visto? Se avessimo avuto il telefonino adesso potresti chiamare e avvertire che arriviamo…"

"Cazzo, Raúl, il bello sta nella sorpresa" gli fece notare Claudio.

"Ah già… Io dovrei telefonare a Elena, che altrimenti chissà quando ci riesco…"

"Non dirle niente della limousine."

"Non sono mica scemo. No, no, se quella lo scopre inizia a rompere. Si mette subito a pensare alle puttane, alla droga…"

Venancio bevve il cappuccino tutto d'un fiato e poi indicò l'orologio da polso.

"Abbiamo un lungo viaggio davanti a noi e il tempo…"

"Sì, sì, andiamo" ordinò Claudio.

Mi si appese al braccio e uscimmo dietro all'autista.

"Sarà il nostro schiavo per dodici ore."

"Ma… e i soldi?"

"Accettano le carte di credito…"

"Ah, cazzo" assunsi un'aria colpevole.

"Adesso non pensarci, cavolo, pensa piuttosto alla faccia di Barbara quando ti vedrà scendere da 'sto castello con le ruote. Anzi, meglio ancora, pensa alla faccia dello sposo, magari si caga nei pantaloni."

"Magari."

"Sarà un bel colpo."

Un colpo, pensai. Mi spaventò quell'espressione, mentre entravo nel ventre del lusso più inverosimile. Un colpo contro il destino, nel quale forse ci avrei rimesso parte della mia dentatura.

Qualche chilometro più avanti la nostra superautomobile ebbe un contrattempo inatteso, una foratura che ci costrinse a fermarci nella corsia d'emergenza dell'autostrada. Venancio, seccato, rifiutò il nostro aiuto. Quindi restammo lì, dando fondo alle bibite che ci eravamo comprate per il viaggio con l'ultimo rimasuglio di cassa comune. Blas insisteva a collaborare con l'autista, ma l'unico risultato del suo maldestro aiuto fu di farsi venire le mani nere di grasso. Decise di sedersi sopra un paracarro di pietra. Le auto ci sorpassavano e gli automobilisti, vedendoci, ci gridavano dietro, ci sfottevano, ricevendone in cambio oscenità e un dito medio minaccioso. Noi quattro in fila dietro la limousine che sollevava la zampa posteriore come un cane che piscia. Guardai di sottecchi i miei amici che stavano ridendo e pensai che forse quello era un bel momento da congelare, come aveva detto Estrella, l'attimo giusto dove rimanere in eterno.

Mentre attraversavamo Torrelavega, con il rapido ritmo del nostro viaggio interrotto dai semafori della città, le bottiglie vuote ormai si ammucchiavano ai nostri piedi. Claudio cambiava costantemente canale sulla radio, faceva scorrere la sintonia avanti e indietro finché non trovava una canzone di suo gradimento, e quando questa finiva ricominciava da capo, assolutamente incapace di fermarsi su di un canale. Blas ci aveva obbligati a spegnere l'aria condizionata e nuotava nel sudore condensato nel piumino.

Ero stupito del mio buonumore. Mantenevo la calma, anche se iniziavo a sentire l'inquietudine di vedere Barbara, di fare irruzione in un momento così importante della sua vita. Ogni tanto consultavo l'orologio e tenevo d'occhio i cartelli che indicavano i chilometri, in preda al nervosismo tipico dello sposo il giorno delle nozze, senza ricordare che non erano affatto mie le nozze cui stavo andando. Non avevo un piano preciso, né intenzioni chiare. Forse l'avrei presa per un braccio e l'avrei trascinata fuori dalla chiesa, o magari avrei risposto al prete quando avesse chiesto se c'era qualche impedimento a celebrare il matrimonio. Ne esiste uno: io l'amo. È sufficiente?

"Cazzo," Claudio interruppe i miei pensieri, "la sola idea del matrimonio mi fa sentire arrapatissimo. Le sposine vestite di bianco… Non vedo l'ora che arrivi quello di Lorena."

"Basta che non siano le tue, di nozze" obiettò Raúl dall'alto della sua esperienza. "È il momento meno erotico della vita."

"Perché bisogna montarle bene" ribatté Claudio.

"Chi?" Blas era atterrato nella conversazione.

"Le nozze, dico. Bisogna organizzarle come si deve."

"Non dire stronzate, Claudio."

"Be', bisogna pensare con che spirito ci andiamo" intervenne Raúl. "Eh, Solo? Che cosa siamo? I testimoni? Oppure dobbiamo rapire la sposa?"

Nessuno rise.

"Non appena 'sto qui la vedrà vestita di bianco, tutta in tiro, capirà da che cosa si è liberato" predisse Claudio.

"Con quello strato di cerone che le mette sulla faccia la sua peggiore amica intima, e il fottuto vestito. Elena era conciata da far pietà" ricordò Raúl.

"Roba da matti…"

"Le nozze sono il massimo del kitsch per definizione."

"È proprio quello che mi stavo chiedendo: 'Come fa una come Barbara a sposarsi?'" dissi.

"Perché è uguale a tutte le altre, cazzo. Quando hanno dieci anni vogliono fare la prima comunione, e poi il matrimonio, e poi avere figli e poi nipoti. È una questione biologica." Claudio impartiva lezioni di teoria. "E Barbara è come le altre, sono tutte uguali, anche se a te sembra una donna speciale. Nessuno è speciale."

"E lascialo fare il romantico, cavolo" si lagnò Blas prendendo le mie difese.

"Sì, così si taglia le vene" intervenne Raúl.

"Proprio per questo bisogna far casino" ordinò Claudio.

"Attento a 'sto qui, che vuole soltanto scoparsi le spose" Raúl gli puntò il dito contro.

"Sentite, se per voi è una rottura di palle, è meglio se non ci andiamo" offrii loro.

"Ci andiamo perché dobbiamo andarci, vero?" sentenziò Blas.

Aveva ragione. Non era importante che cosa sarebbe successo, né che cosa avremmo fatto, l'importante era esserci. La solita storia. Bisogna esserci nei posti per far succedere le cose. Claudio passava il tempo a incitare l'autista.

"Venancio, pigia forte che non arriviamo."

Poiché l'eccitazione dei miei amici non era paragonabile alla mia, caddero uno dopo l'altro in un profondo torpore. Per Claudio frutto dell'alcol, per Blas del sudore e della pancia piena di pacchetti di cibo sintetico. Patatine, pop-corn, schifezze varie. Raúl stava seduto di fronte a me, lo sguardo fisso sulla strada mentre attraversavamo le Asturie, con l'espressione seria, gli occhiali che gli scivolavano sul naso.

"Un giorno dovrò andare al matrimonio dei miei figli" rifletteva. "Ma ti rendi conto?"

"Magari allora la gente non si sposerà più."

"Ci sono cose che non cambiano."

"I tuoi figli saranno dei veri fighi, i maschi non prendono mai dal padre" tentai di ironizzare.

"Sono un padre orribile; non ci avevo mai pensato, ma sono un padre penoso. Quando Elena era incinta non ho mai letto uno di quei fottuti libri, mi addormentavo alla prima riga e mi inventavo sempre che avevo dei casini sul lavoro per non accompagnarla ai corsi preparto; un giorno che siamo andati insieme dal pediatra con i bambini, ho notato lo sguardo che aveva lanciato a Elena, quasi di compassione, del genere 'come ti capisco', e allora mi sono reso conto che io…"

"Nessuno può essere un buon padre" gli assicurai.

"Già." Non sembrava troppo convinto. "Invece Elena no. Lei si fa in quattro, insomma, se li gode i figli. Dovrei essere con loro, adesso. 'Sta storia delle vacanze… pensavo che con il telefonino sarebbe stato come rimanerle vicino, e invece…"

"È colpa mia. Scusami se l'ho buttato giù…"

"No, no. Non è per quello. Dovrei essere con loro."

"Non pensarci più. Non siamo mai dove dovremmo essere."

"No, Solo, per me è diverso. Voi non avete responsabilità, potete vivere tranquilli, invece io… Io non posso più stare qui a fare il coglione."

"Grazie tante."

"No, lo dicevo in senso buono. Per me questa vita è finita."

"Perché?"

"Lo capirai anche tu."

"Quindi preferiresti continuare a fare il coglione come noi."

"Be', sì."

Rimpiangeva, immaginai, l'innocenza, l'ignavia esistenziale, la mancanza di legami. Raúl guardò con la coda dell'occhio fuori dal finestrino. Vergognoso, quasi. Era il suo carattere. Anche prima di diventare padre, la vita lo perseguitava con un senso d'insoddisfazione, aveva sempre il sentore di perdere tempo. Raúl non era capace di godersi un momento di gioia, perché pensava che quell'attimo gliene facesse perdere uno migliore. Lo conoscevo abbastanza bene da sapere che la morte, per lui, sarebbe stata un trauma, al contrario di quell'altra porzione di mondo, gente come Claudio, che considera morire come un fatto naturale, accettabile. Era mio amico perché ci assomigliavamo tanto in questo senso. Amarezza esistenziale. Mi piace la gente così, quando si divertono è una festa.

"Venancio, ci vuole ancora molto?" chiesi.

"Un paio d'ore."

Se acceleravamo, con un po' di fortuna saremmo arrivati in tempo per la messa all'eremo segnato sulla piantina che accompagnava la partecipazione di matrimonio. Non avevamo considerato che la strada in prossimità di Lugo avrebbe finito per restringersi e complicarsi fino a divenire un'interminabile curva. Venancio suonava il clacson per annunciare il suo arrivo, ogni tanto dovevamo accostare per lasciar passare un camion che ci veniva incontro. Ci fermammo a chiedere informazioni a un paesano che camminava sul ciglio della strada, indifferente alla calura. Ci indicò la via per l'eremo. Intanto io rovistavo nella borsa alla ricerca di qualcosa di presentabile da mettermi addosso, impresa impossibile in quel groviglio che era diventato la mia valigia. Sollevai la testa verso Raúl.

"Non è che nel tuo valigione hai uno smoking?"

"Quello no, ma ci sono un paio di cravatte."

Non me n'ero mai messa una in vita mia. Forse era un buon momento per rinunciare ai miei princìpi:

no alla cravatta
no alla minestra del giorno prima
non fare la coda per nessun motivo
non leggere mai le pagine di economia dei giornali
non avere il cellulare.

Princìpi cui tenevo fede, convinto che mi mettessero in salvo da una vita ordinaria da neoliberale.

Frugai all'interno dell'enorme borsa di Raúl alla caccia di una camicia presentabile, e per la goduria di tutti quanti tirai fuori un paio di manette, due polsiere di cuoio piene di spuntoni e qualche nastro di seta. Raúl si strinse nelle spalle con un "non si sa mai" e restituì i propri utensili al valigione.

Blas mi tese il suo rasoio a pile, così riuscii a rendermi la faccia quasi decente. Claudio mi prestò una camicia di lino tutta stropicciata, come il fazzoletto di uno col raffreddore. Discutemmo a lungo se fosse meglio portarla fuori o dentro i pantaloni, l'eterno dubbio che rimase di nuovo irrisolto, vale a dire la metà davanti, dentro, e la metà dietro, fuori.

Entrammo in Castrobaleas: su entrambi i lati della stradina iniziarono a vedersi auto parcheggiate che lasciavano lo spazio minimo indispensabile per la nostra limousine, che ci passava in mezzo a fatica. In fondo all'imbuto mi attendeva Barbara, ormai non c'era via di scampo.

"Sarebbe meglio parcheggiare qui, e andare su a piedi" ci comunicò l'autista.

"Neanche a parlarne" rifiutò Claudio. "Fin sulla porta, devono vederlo 'sto macchinone."

"Si cagheranno sotto."

Guardai l'orologio. Più di un'ora di ritardo. Eppure, quando fummo arrivati nella piazzola davanti alla chiesa solitaria, fuori aspettavano la fine della messa soltanto pochi invitati e alcuni bambini che giocavano a calcio con una lattina. Ci fermammo davanti alla scalinata. Scendemmo dalla limousine uno dopo l'altro, attirando su di noi gli sguardi dei presenti. Mi rivolsi a una donna sulla cinquantina, truccatissima, che fumava una sigaretta macchiata di rossetto. Dava un'idea di quello che avremmo trovato. Ricconi di provincia in ghingheri. Con quell'eccesso di eleganza che provoca un'altra forma d'ineleganza, diversa dalla nostra, quasi peggiore.

"Ci vorrà ancora molto prima che finisca la messa?"

"Be', spero proprio di no" mi rispose la donna. "È che 'sti preti, vedendo che durante l'anno non viene mai nessuno, appena gli capita un matrimonio si scatenano."

"Esibizionisti" aggiunse Claudio. "Non per niente si sono fatti preti."

Tutt'a un tratto la donna notò il nostro aspetto, quasi per caso, non avendo previsto di guardarci in faccia.

"E voi? Non verrete mica al matrimonio?"

"E invece sì" rispose Blas.

"Con quella faccia? Siete invitati dello sposo o della sposa?"

"Della sposa" disse uno dei miei amici, e gli altri tre si voltarono verso di me con aria complice. Forse si aspettavano di sentirmi annunciare: "Sono il fidanzato della sposa".

"Che razza di amici ha 'sta Barbara" commentò la donna tra sé, dopo essersi assicurata che sentissimo il suo commento. "E la macchina?"

"Faccia un po' lei" la sfidò Claudio.

Mi avventurai all'interno della chiesa per dare un'occhiata. La gente che si affollava nello spazio ridotto mi consentiva a malapena di vedere l'altare. Le donne giovani erano vestite di color crema, le più anziane propendevano per i motivi floreali. Gli uomini sfoggiavano le giacche migliori. Mi appoggiai contro il portale. Alzandomi in punta di piedi riuscii a vedere il bianco panna splendente della sposa, in uno stile anni venti divertente e osé, con la lunga gonna a frange, vicino allo smoking nero dello sposo. Il prete li stava invitando a baciarsi in quel preciso istante, come se mi avesse visto arrivare. Ricaddi sui talloni per non vedere il profilo di Barbara girarsi verso lo sposo. Ritornai alla limousine di fronte alla chiesa dove i miei amici si riparavano dal sole. All'interno aleggiava il fumo della sigaretta di Claudio.

"È fatta. Si sono sposati" comunicai.

"E lui chi è?"

"Un certo Carlos. Dev'essere uno di qui."

Gli invitati si riversarono fuori dalla chiesa. Io stavo sudando. Blas si tolse il piumino e la maglietta fradicia per sostituirla con un'altra. Si tastò la ciccia tutto orgoglioso.

"Sono dimagrito eh? Almeno un paio di chili."

Nessuno gli rispose. Gli invitati organizzavano la bolgia ai lati della scalinata della chiesa. Gli sposi emersero dall'interno e vennero accolti da una fitta pioggia di riso che li costrinse ad accelerare il passo. Uscii di nuovo e vidi Barbara venire verso di me, tenendo la gonna sollevata per non inciampare. La mano libera si aggrappava al braccio di un tizio robusto in smoking, i capelli cortissimi e pettinati sulla fronte. Aveva i capelli pieni di riso. Stavano fuggendo dai lanciatori di riso, ma io sentivo che si precipitavano verso di me, era probabile che mi schiacciassero nella loro corsa verso la felicità, sì, mi avrebbero calpestato. E comunque io mi sentivo come se stesse per succedere, sì, stava proprio succedendo così.

Barbara sollevò lo sguardo durante la sua corsa e mi vide. Il sorriso le scoprì la fila superiore dei denti. Si allontanò leggermente dal neomarito e mi abbracciò.

"Sei venuto?"

In realtà io la stavo sostenendo, perché mi si era buttata fra le braccia. L'accolsi e mentre restavamo allacciati la pioggia di riso non finiva mai, adesso era sopra di noi. Io e lei. Si erano invertiti i ruoli. Assaporai le mie nozze, il riso che mi cadeva dolcemente sulle spalle. Mi riportò alla realtà l'impatto di un pugno di ceci, duri come pietre. Claudio aprì la portiera della limousine.

"Su, salite."

"Qui?"

Barbara esitò un attimo e poi tese la mano verso suo marito. Li scortai all'interno. Claudio chiuse la portiera. La gente si accalcava contro i vetri scuri.

"Venancio, portaci via di qui" Claudio incalzava l'autista.

"Dove andiamo?"

"La guido io."

Lo sposo saltò con agilità sul sedile anteriore della nostra gabbia da ricchi. La limousine fece il giro della piazza.

"E 'sta macchina da dove arriva? Siete venuti con questa?" si chiedeva Barbara divertita della situazione.

"Come vedi, qualcosa alla nostra altezza." Blas si lanciò su di lei stampandole due baci sulle guance. "Congratulazioni."

"Blas, Raúl, Claudio, che onore, siete venuti." Barbara li salutò uno per uno.

"Ci piace andare dove non siamo invitati" annunciò Raúl.

"Non vi avevo invitati perché non pensavo che sareste venuti."

"Perciò siamo venuti."

"Vaffanculo, merda, merda," imprecava l'autista, "chissà come farò a tirare via tutto il riso dalla macchina, un lavoro da certosino."

"E ceci, tiravano ceci" ebbi il coraggio di dire.

"Che stronzi" sorrise il neomarito. "Sono quelli della mia squadra di rugby."

Squadra di rugby? Questo eliminava la possibilità di dargli una bella battuta e rapirgli la sposa. Era forse una minaccia? Credeva che mi sarei arreso di fronte alla disparità fisica? La sposa raggiante seduta al mio fianco, la gonna tirata sopra il ginocchio, il sorriso e quel suo gesto di tirarsi i capelli dietro all'orecchio. In testa aveva un diadema intrecciato di fiorellini veri che affondavano tra i capelli, e una collana d'argento, sottilissima, le cingeva il collo.

"Sei bellissima" mi anticipò Blas.

"E non si nota il trucco" disse Raúl.

Incredulo, le passò un dito sulla guancia.

"Ai matrimoni conciano la sposa come…"

"No, anch'io ero così, ma prima di uscire mi è saltato il ticchio e mi sono lavata la faccia."

La faccia lavata di Barbara, che dire.

"Ecco perché sei arrivata tardi…" si lamentò lo sposo.

"Fra tua madre e tua sorella mi avevano addobbato come una porta il giorno di Natale."

Barbara doveva essere la porta più bella del pianeta, una porta sulla cui soglia uno sarebbe capace di aspettare tutto il tempo necessario. Ma quello che fa più male è vedersela sbattere sul naso. Sovente, rivedere le persone che hai amato provoca una delusione. Con Barbara succedeva il contrario, era lì, la stessa immagine idilliaca che mi perseguitava da giorni. I suoi occhi nerissimi percorsero l'interno della limousine.

"Siete impazziti, venire in limousine…"

"Conosci Solo, ha di queste trovate" spiegò Claudio, senza nascondere la falsità del proprio commento, e lasciando intendere che l'idea era stata sua. Amici.

"Tu sei Solo?"

Lo sposo si era voltato verso di me prima di formulare la domanda, e il mio primo impulso fu di tirarmi indietro per ricevere il pugno da più lontano, ma scoprii che non mi serbava rancore.

"Certo, scusami, non vi ho presentati" intervenne Barbara. "Lui è Carlos, il mio fidanzato, be', ora mio marito."

"Ciao."

Un ciao simpatico, con un lieve indugio sulla o finale. Era chiaro che il ragazzo risparmiava le energie per la grande battaglia. Barbara ci presentò ed ebbe il riguardo di tenermi per ultimo, recitando il mio vero nome con quel suo modo unico di pronunciarlo.

"Ti sei preso un vero gioiello di ragazza" fraternizzò Blas, muovendo i primi passi da perfetto invitato a nozze.

Claudio era più teso. Barbara sedeva tra me e Blas. Mi sarebbe piaciuto viaggiare di fronte a lei per osservarla meglio, ma non volevo neppure rinunciare al lieve contatto dei nostri corpi. Il solito dubbio durante la nostra relazione. Starle appiccicato oppure guardarla. La mia eterna indecisione al momento di sederci da qualunque parte, ci mettevo delle ore a decidere la posizione più adatta. Il suo profilo lavato mostrava un'abbronzatura intensa, color caramello. Forse non l'avevo mai vista così abbronzata. Magari era il vestito bianco che le faceva risaltare la carnagione, eppure non c'era traccia del suo pallore abituale.

"Sei abbronzatissima."

Non mi guardò. Disse solo "Ah sì?" e poi aggiunse a mo' di spiegazione che avevano dovuto fare il viaggio di nozze prima del matrimonio.

"Sono felice che siate venuti, davvero" disse dopo un silenzio.

"Barbara mi ha parlato molto di voi, ma era sicura che non sareste venuti."

L'abbronzatura dello sposo aveva una tonalità preoccupantemente simile a quella di Barbara. La spiaggia, loro due insieme, viaggio di nozze prima del matrimonio. Una fitta di gelosia. Sono cambiato Barbara, anch'io sono andato al mare, guarda il mio naso rosso e le braccia spellate. Carlos l'aveva accontentata. Anche lui aveva un colorito salubre sotto la barba di due giorni tenuta alla perfezione. Sebbene si tirasse i capelli in avanti, s'indovinava una precoce stempiatura. Il resto del suo corpo annunciava invece una profusione di peli, le sopracciglia folte, perfino il dorso delle mani era peloso. Abbracciarlo doveva essere come abbracciare uno zerbino. Cinque o sei anni più grande di noi, una distanza che mi pareva un abisso. Insomma, un trentenne virile, attraente, sportivo. Un uomo. Gli stava bene il vestito, perfino la limousine pareva sua da sempre, e noi gli ospiti. L'autista seguiva i suoi ordini con rispetto, come un barboncino che avverte l'odore del padrone, quel profumino di soldi che sprigionava il neomarito, niente a che vedere con la classe disinteressata, il fascino impossibile da comprare di Barbara.

"Pensavo che in vacanza aveste di meglio da fare" insisteva Barbara, per dimostrarci che la nostra assenza sarebbe stata del tutto scusata, tanto che mi sentii in colpa per essere lì.

"E invece no" risposi.

Anch'io avevo creduto che le mie vacanze, il viaggio tra amici mi allontanassero definitivamente da lei e dal suo matrimonio, e invece mi avevano trasportato fino ai suoi piedi, soggiogato. Certo che il ricordo della sua espressione al vedermi, il suo sorriso, il nostro abbraccio ai piedi della scalinata, vicino alla limousine, era un secondo di vita che nessuno mi avrebbe mai portato via, un attimo che giustificava le nostre ventimila leghe, il nostro lungo viaggio.

"E i tuoi gemelli?" chiese a Raúl.

"Bene, benissimo."

"Quanto hanno adesso?"

"Sette mesi."

"Ed Elena?"

"Bene. Come al solito."

"Quindi tu sei l'unico sposato. L'unico che comprende la mia situazione." Carlos non sprecava l'occasione per regalarci la sua giovialità, il suo savoir-faire. Sprigionava un fascino tale che rischiava di conficcarmisi in gola come una lisca di pesce. La donna dei miei sogni aveva sposato un seduttore imbottigliato in un metro e ottanta.

Una lunga fila di automobili ci seguiva lungo la strada. Un casino di gente, feci notare sollevando il sopracciglio, quasi stupito di un matrimonio così affollato, quando invece avrei preferito una cerimonia intima e segreta. Non mi era mai piaciuto condividere Barbara con il resto del mondo, odiavo le feste con lei, odiavo la compagnia in genere, non vedevo l'ora di ritrovarmi da solo con lei. Altri tempi. Barbara si chinò sul mio orecchio, posandovi sopra le labbra come una farfalla.

"Tutti parenti di lui. Per questo sono così contenta che siate venuti." E masticai la sua confessione con sommo piacere. In quel momento venivo sconfitto da un attacco di ipersentimentalismo, un debordante affluire dei ricordi dei miei diciannove mesi e ventitré giorni con Barbara. Il mio corpo, ogni centimetro del mio corpo, voleva ingannarmi a tutti i costi, facendomi credere che mi trovavo al mio matrimonio. Dovevo controllarmi per non lanciarmi su di lei e baciarla e chiederle delle sue cosce, come quando vivevamo insieme e lei arrivava a casa tardi e io le dicevo: "Come stanno le tue cosce? Vanno sempre d'accordo?". Perché non avevo mai conosciuto niente che formasse una coppia affiatata come le sue cosce. Avevo creato un mondo dalle sue cosce, un mondo in cui io m'intromettevo, facevo conversazione con loro, avrei passato una vita intera lì in mezzo, e Barbara rideva, si divertiva. Tante cose che credevo le piacessero di me, chissà dov'erano finite? Erano tutti ricordi di un'epoca lontana e infelice? Finiti nel dimenticatoio per colpa della resa totale al fascino di un uomo di plastica, di quel cascamorto da nonnine, di quel progetto di signore che indicava la strada all'autista con autorevolezza, diritto, diritto, adesso a destra – tante cose perdute?

Il viaggio, nella sua lentezza, aumentava il mio piacere e l'ansia. Mi concentrai sulla parte del mio corpo casualmente in contatto con quello di Barbara. Ormai ci veniva consentito di sfiorarci soltanto occasionalmente, ma io sapevo che non esistono contatti innocenti, quando i corpi si toccano i corpi si parlano. Avevo capito, anni addietro, che io e Barbara avremmo combinato qualcosa insieme quando le nostre ginocchia si erano sfiorate sotto un tavolino tutt'altro che galeotto, e nessuno dei due aveva rifiutato il contatto. Il suo braccio nudo, i suoi capelli, che a ogni sobbalzo dell'automobile mi accarezzavano il volto, le nostre ginocchia, le stesse che per prime avevano parlato d'amore e adesso si saggiavano di nuovo, chiedendo notizie del matrimonio, della vita, della felicità. Sei felice? Chiese il mio ginocchio al suo sotto la calza, ma il ginocchio di lei eluse la domanda o si limitò a scusarsi: sono soltanto un ginocchio. Si sfregavano leggermente. Mi sei mancato, si dissero.

Sentii gli occhi di Claudio inchiodati su di me. Se c'era al mondo una persona in grado di capire che cosa mi passava per la testa, era proprio lui, esercitava tale dominio su di me, la silenziosa comunicazione dovuta all'abitudine. Eppure non credevo che sarebbe riuscito a scoprire l'appassionata conversazione tra il mio ginocchio e quello di Barbara. No, lì c'eravamo soltanto noi, non c'era posto per nessun altro. Claudio tirava le conclusioni dal mio stato febbrile. Mi sentivo scottare la faccia, ma mi concentravo affinché il sudore non toccasse Barbara, travasavo la traspirazione sull'altro fianco. Insistevo nella mia cocciuta follia, sono le mie nozze, le mie, per tutto il tempo che durerà questo viaggio sono le mie nozze. Io che non avevo mai voluto sposarmi mi trovavo nel bel mezzo del mio matrimonio, sulla mia limousine, con i miei amici come testimoni, la mia amata vestita di bianco, siamo ritornati da poco tutti e due dal mare perché a lei piaceva andarci e io ho trovato il senso della mia esistenza nel farle piacere. Le mie nozze. Le mie nozze. Stanno suonando la marcia nuziale per me.

E qualcuno s'incaricava, qualcun altro, di mantenere viva la conversazione, perché io non sapevo che cosa succedesse al di fuori di me e della mia frontiera con Barbara. Era facile mantenere un certo tono con la conversazione polposa di Carlos. Blas, com'era il suo solito, fu l'unico a cavare qualche informazione utile. Ci stavamo dirigendo alla tenuta dei genitori di Carlos. Ricchezza di famiglia, venni a sapere, soldi che venivano dal cemento, cemento che continuerà ad arricchire tanta gente, finché ci si ostinerà a vivere fra quattro mura. Blas chiese a Carlos se anche lui lavorasse nell'impresa di famiglia. Lui negò: ci mancava soltanto che gli facesse vedere le mani fini che non avevano mai toccato una pala, che non si erano mai macchiate di un lavoro così volgare come dirigere una fabbrica, flagellando operai.

"Mi occupo di politica."

Devo riconoscere che a tali parole mi sentii liberato dalla mia angoscia sentimentale. Bastava immaginare la sua faccia sui cartelloni elettorali. Delfino della destra, liberale, come tanti socialdemocratici decaffeinati. Impossibile distinguerli. Una ragione di più per non votare. Io che voto sempre contro.

"Sono assessore all'Istruzione del comune di Lugo."

"Cavolo." Credo di essere stato io a esprimere il turbamento collettivo davanti a tale dichiarazione.

Barbara non eluse il mio sguardo, né quello degli altri. Possedeva l'incredibile capacità di fare in modo che tutti i presenti a una riunione si sentissero guardati da lei. I mille occhi di Barbara, che potevano essere tanto generosi quanto gelidi. Mi fece male vedere che erano divenuti caldi nel prendere le difese del novello sposo.

"Che ve ne pare? Sono la moglie di un assessore."

"Be', non so…"

"Di quale partito?" Blas era sempre pratico. Poliziotto bravo a fare gli interrogatori.

"Sono indipendente. Mi definirei piuttosto un manager."

Manager. E così superava lo scoglio, con un bel salto igienico sopra l'ideologia. Saltatore con l'asta, adescatore di principesse, gli mancava solo di chiederci di votare per lui e regalarci adesivi e palloncini, nell'euforia di un meeting. Basta, mi dissi. Iniziavo ad arrabbiarmi e mi dimenticavo del momento che stavo vivendo. Hai perso, pensai. Odiare è da deboli, o come dice il fascista padre di Blas, filosofo castrense, odiare è solo per chi non ha la forza di schiacciare gli altri. Vale a dire, per me.

Barbara vestita di bianco era la moglie di un assessore. Non riuscivo a immaginarmela mentre interloquiva con la moglie del sindaco sotto una pettinatura da cinque ore dal parrucchiere e con la pelle rimodernata. Adesso mi ritornava in mente la sua insistenza perché andassi a votare, io che il giorno delle elezioni mi svegliavo sempre con un calcolato malessere che m'impediva di muovermi prima della chiusura dei seggi. Barbara, che aveva i suoi cinque minuti di coscienza politica, elezioni, qualche manifestazione, firme di solidarietà, e di nuovo sbadiglio sull'argomento. Alla fine era l'ideologia che non si sposava con lei, niente si sposava con lei, e meno di tutto sposarsi. Come aveva fatto a cadere vittima di un lavaggio del cervello tanto brutale? L'amore non era poi così cieco. Forse era il mio amore ad accecarmi, impedendomi di vedere l'amore cieco degli altri. Capita sovente. Nel peggiore dei casi quel Carlos si meritava che la mia pallida Barbara si rosolasse al sole vicino a lui. E amare Barbara lo costringeva, suo malgrado, a dare un voto di fiducia al nemico. Prenditi il mio voto, ma restituiscimi la vita.

"Non avrei mai detto che avresti sposato un politico." Claudio fu molto freddo.

"Nemmeno io pensavo di fare il politico." Carlos sfoderò la sua dentatura. Mi parve di vedere due carie in fondo.

"Carlos è il politico meno politico che abbia mai conosciuto" Barbara discolpava il piorroico.

"Spero che gli elettori non la pensino come te" scherzò lui.

Ebbi l'impressione che Blas ridesse troppo. Amici per questo. La frase di Barbara mi faceva riflettere. Forse Carlos era anche il marito meno marito che avesse conosciuto. O il bello fascinoso meno bello e meno fascinoso. Io lo trovavo semplicemente il figlio di puttana più figlio di puttana che mi fossi ritrovato davanti da anni. Quell'intruso al mio matrimonio.

La limousine viaggiava lungo una stradina piena di sassi. L'autista guidava tutto teso, quasi levitando sul sedile come per evitare i colpi nelle parti basse della superautomobile.

Claudio tirò fuori una sigaretta dal pacchetto che teneva sotto la manica della T-shirt. Barbara s'interessò alla ferita della sua mano: "ti ha morsicato un fidanzato geloso?". E Claudio si limitò a rispondere con un vago "qualcosa del genere".

"Bene, pezzi grossi," ci annunciò Barbara poco dopo, "siamo quasi arrivati."

Dal finestrino vedemmo il tetto di una dimora di pietra, enorme. Sull'immenso terreno antistante la casa riposava un aereo da turismo.

"E quello lì?" indicò Blas.

"È di Carlos." E una Barbara in preda a un incantamento aggiunse: "Ha il brevetto da pilota".

"Un passatempo" disse lui.

Mi sporsi sul grembo di Barbara per lanciare un'occhiata alla temerarietà parcheggiata del nostro eroe. Perfino Claudio si morsicò il labbro con una certa invidia. Adesso capivo da dove veniva lo sguardo dall'alto in basso che coronava la figura di Carlos. Gli aviatori non possono evitare un certo sprezzo nei confronti di chi come noi si trascina per terra. Vidi Barbara volare insieme a lui, i neri capelli al vento, e immaginai che fosse facile innamorarsi in situazioni del genere. Il mio merito consisteva nell'averla sedotta con la metropolitana quale unico mezzo di trasporto, guardando il resto della gente dal fondo del vagone su cui viaggiavamo abbracciati, dalla nostra altezza, non dal cielo. Raúl mi tradì mettendosi a parlare delle meravigliose sensazioni che dà il volo. Mi cadde una goccia di sudore sulle ciglia e abbassai il vetro del finestrino. La casa si era materializzata davanti ai nostri occhi, non era un castello, ma nemmeno una casetta di campagna. Carlos aveva dispiegato le proprie ricchezze sopra l'erba e mi ricordava che io ero soltanto un invitato a quella festa. Che combatteva in campo nemico. Arrivammo davanti al cancello e le automobili si sparpagliarono sulla spianata antistante l'ingresso.

Balzai giù e Barbara mi mostrò una caviglia, poi volle il mio aiuto per scendere dalla limousine. Il padre dello sposo, un cinquantenne che ricopriva la calvizie mediante il metodo tapparella, venne diritto verso di noi con una faccia poco cordiale, dopo essere sceso dalla sua Volvo tutta infiocchettata di nastrini bianchi.

"Era sottinteso che sareste venuti con la mia macchina."

"Sono amici miei" ci presentò Barbara.

Ma l'uomo rifiutò ogni saluto e ci evitò con uno sguardo di disprezzo.

"E così avrei passato la mattina a lavarla e a metterci su i nastrini per portarci tua madre?"

La madre, due passi indietro, si rivelò essere la signora con cui avevamo parlato davanti alla chiesa. Una di quelle donne mature il cui unico dubbio esistenziale si limita alla decisione se farsi il lifting oppure no.

"Non te la prendere, Agustín. Guarda la differenza tra le due auto. Non c'è paragone."

"Se volevano la limousine dovevano soltanto dirlo e gliel'avrei affittata io, ma non dovevano piantarmi in asso sulla porta della chiesa…"

"Dai, papà, lascia perdere. Andiamo dentro, che la gente starà morendo di fame."

Lo sposo ci lasciò indietro e andò a ricevere gli invitati che stavano arrivando, guidandoli all'interno della dimora. Gente, tanta gente che accorreva allegramente alla mia veglia funebre.

"Ciao, non sapevamo se saresti venuto…"

Una mano si era posata sulla mia spalla. Mi voltai. Era la madre di Barbara. Aveva gli occhi di sua figlia. Arrossii perché è risaputo che le madri capiscono meglio di chiunque. Parlava lentamente, con tenerezza.

"Come va?"

"Mah, lo vedi, da testimone."

"Ah, certo, congratulazioni."

"Conoscevi Carlos?"

"No, no, ma mi sembra fantastico."

"E lo è" lei confermò la mia bugia.

Immaginavo che si lasciasse condizionare dalla buona educazione. Speravo che mi fosse rimasta fedele, almeno lei. Avevo sempre invidiato a Barbara sua madre. Il padre era morto di una malattia fulminante quando lei aveva tre anni. Quella tragedia, che aveva lasciato un segno nel carattere di Barbara, aveva unito madre e figlia nel corso della loro vita. Mi affascinava il tono con cui si parlavano, a voce bassissima, quasi impercettibile. Farle ridere ti dava un piacere ineguagliabile. Quando ci riuscivo, in tempi remoti. La madre di Barbara aveva saputo tenersi in piedi nella vita con calma, e in cambio la vita la trattava bene.

"Barbara è molto contenta" aggiunse.

"Sì. Si vede."

"Vedremo." Era lì che la volevo, con lo scetticismo a fior di pelle. Mi trattenni per non abbracciarla. "Devo andare dall'altro testimone."

"Ah, certo, chi è?"

"Il padre di Carlos." E rovesciò gli occhi al cielo. "Un rompi-scatole."

Mi abbandonò per unirsi agli invitati che stavano entrando. Valutai seriamente l'idea di proporle di fare un'altra figlia, io avrei preso il brevetto da pilota, da assessore, da bambino ricco, così avrei potuto costruirmi la felicità. Niente di più facile.

"Sento odore di grana, e parecchia" sentenziò Claudio venendomi vicino.

"Sì, puzza" confermai.

"Di che cosa?" si unì Blas.

"Di grana."

"Ah sì? Ma ci dev'essere anche altro sul menu, ha l'aria di essere un matrimonio di lusso."

Io e Claudio ci guardammo. Raúl si unì a noi. C'incamminammo verso la porta dopo aver insistito con Venancio perché ci accompagnasse. Lui avrebbe voluto restare in macchina, con noi che gli portavamo gli avanzi. Eravamo quasi gli ultimi nella coda davanti all'ingresso e seguivamo la scia dei cappelli delle donne, simili a dischi volanti. Il padre dello sposo vigilava all'ingresso del suo focolare, ed era probabile che ci avrebbe allontanati di lì a calci. Gli occhi infossati sotto il millefoglie dei capelli indugiarono sul nostro abbigliamento fuori luogo e dovette accorrere la moglie a salvarci.

"Sono amici di Barbara. Venite, venite, vi trovo io un posto."

"E lei? È un amico anche lei?" il padre bloccò l'autista, puntandogli contro un dito accusatore.

"Be', io sono…"

"L'autista, vero? Aspetti qui che l'accompagneranno nella sala da pranzo della servitù."

"È nostro amico" Claudio sfidò l'autorità del padre-testimone. "Viene con noi."

"Ehi, ragazzo, bisogna imparare a distinguere tra…"

"Uh, Agustín, non fare il deficiente."

"Nessuno può permettersi di fare il galletto con me, e soprattutto chi viene da Madrid. Avanti, può entrare anche lui, anche se alla fine sembrerà di essere al circo."

La madre dello sposo prese Claudio per un braccio ed entrammo tutti quanti in casa. Attraversammo il salone, pietre a vista con uno splendido soffitto a travi, e sbucammo sotto un porticato rivestito di legno e di lusso.

"In realtà siete proprio conciati per le feste" stava dicendo a

Claudio la madre dello sposo, dandogli delle pacche sul braccio. "Se non altro starete comodi, vero? Col caldo che fa."

"Non sapevamo che l'ambiente sarebbe stato così elegante" si scusò Blas.

"Fa niente, fa niente. Ehi, ragazzo, che braccia forti che hai." E palpò i muscoli di Claudio con mano gentile. "Fai pesi?"

"No, è a forza di scaricare casse di bibite" si affrettò a spiegare Raúl.

"E di prendere a botte i rompicoglioni" lo affrontò Claudio.

La vetrata del porticato sfociava in un immenso cortile interno, disseminato di ombrelloni. I tavoli ricoperti da bianche tovaglie formavano una U in giardino. I camerieri aspettavano che la gente si sedesse per iniziare a servire. In uno spazio appartato avevano allestito un grazioso palcoscenico, su cui giacevano gli strumenti di un gruppo musicale con una lieve propensione celtica. La madre dello sposo ci condusse al tavolo accanto a uno dei giganteschi altoparlanti, a chilometri da Barbara e dalla sua felicità. C'era una netta maggioranza di amici da parte dello sposo, come rivelava l'aspetto omogeneo da ricchi provinciali. C'erano i compagni di squadra di rugby dell'assessore aviatore, tutti in giacca e cravatta, ma con quell'aria sportiva fino alla nausea, goliardi dal fisico robusto. La maggior parte delle donne attraenti, come segnalarono giustamente Claudio e Raúl dopo un esame tutt'altro che discreto, erano accompagnate. Mi parve di sentire che tra i presenti ci fosse anche il sindaco, diretto superiore di Carlos: essendo la personalità più importante si sarebbe occupato lui delle mie ceneri. Chissà che fine avrebbero fatto? Una ben misera fine. Mio padre le avrebbe accolte con aria di fastidio, prima di rovesciarle nella pattumiera come un posacenere pieno di mozziconi dopo una serata tra amici; mia madre le avrebbe posate sul tavolino del caffè, bene sul bordo, così che potessero cadere per terra la prima volta che le fosse scappata la mano con i gin-tonic. E i miei amici, be', magari i miei amici avrebbero trovato un momento e un posto per disfarsi di me con tutti gli onori.

Gli antipasti si prolungarono per ore. Innaffiate col vino galiziano che provoca una delle sbronze più placide del mondo, arrivavano ondate di frutti di mare. Blas si tuffò sul vassoio del cameriere e stava per essere ingaggiato nella squadra di rugby, anche se alla fine i giocatori si limitarono a gratificarlo con un applauso quando sollevò in alto uno scampo come se fosse un trofeo. Claudio prendeva a mazzate un granchio regalando un sorriso di scusa e il volo del suo ciuffo di capelli a chi riceveva gli spruzzi intorno a lui. Raúl, più discreto, succhiava le teste dei gamberetti con un rumore stridente. Io guardavo Barbara.

La prima volta che l'avevo vista ero troppo arrabbiato per assaporare la sua bellezza serena, come stavo facendo adesso. Era stato all'Hotel Palace di Madrid, dove ero arrivato in ritardo per intervistare una celebrità di Hollywood di cui ignoravo tutto, come mi succedeva quasi sempre. Ignoravo perfino l'identità della persona che dovevo intervistare, in redazione avevano saputo dirmi soltanto l'ora e il posto quando mi avevano telefonato a casa di buon mattino, per quell'incarico urgente. Sarebbe stata un'altra prova del fuoco per il mio giornalismo d'improvvisazione. La sorpresa giunse quando il responsabile delle pubbliche relazioni mi informò che il mio giornale aveva già mandato qualcun altro per fare l'intervista. Be', non era andata proprio così, qualcuno aveva detto alla segretaria di produzione che io ero malato e che mi avrebbe sostituito. Avrei potuto ritornarmene a letto eludendo così il mio destino, invece la curiosità prese il sopravvento sulla mia indolenza lavorativa. Chiesi alla ragazza che, quando fosse uscito il gruppo dei giornalisti in cui si trovava il mio sostituto, me lo indicasse con il dito.

Venti minuti dopo, all'uscita del gregge obbediente di giornalisti a modo, l'addetta all'ufficio stampa indicò Barbara e mi disse: "È lei". Attesi che fosse arrivata nel corridoio dell'albergo e scesi le scale dietro di lei. Barbara aveva quattro anni e tre mesi meno del giorno delle sue nozze, e se allora mi avessero detto che vi avrei assistito con il cuore spezzato non ci avrei creduto: in quel momento avevo soltanto voglia di strozzarla.

"Ciao" mi presentai. "Credo che dovrei essere malato."

"Ah, sei tu?" disse Barbara.

"Ci conosciamo?"

"No, scusami, eh, scusa…"

"Lavori per il giornale?"

"Sì, sto facendo pratica."

Piegai la testa da una parte. Io che occupavo il penultimo scalino della graduatoria potevo permettermi una certa autorità nei confronti di chi occupava l'ultimo.

"Te lo spiego subito. Ho scoperto che l'intervista era per oggi e be', non lo so. Ti ho aspettato per vedere se potevo entrare con te, ma visto che non arrivavi…"

"Visto che non arrivavo ti sei inventata che ero malato."

"Poteva essere vero."

"E invece no."

Barbara continuava a scendere le scale, e io al suo fianco.

"Volevo conoscerlo."

"Chi?"

"Lui."

"Chi è lui?"

Lui era River Phoenix, un attore ragazzino di Hollywood che era venuto in Spagna per presentare un film. Così mi trovavo davanti a una specie di fan che si era giocata il futuro nel giornalismo spagnolo per vedere di nascosto uno dei suoi idoli durante un'intervista di gruppo.

"Lo so che può sembrare stupido…"

"Be', sì. E adesso io devo scrivere l'articolo…"

"Prendi."

Barbara, con le mani tremanti, aveva tirato fuori dalla borsetta un registratore, ne estrasse la cassetta e me la diede.

"Poi me la restituisci, vero?"

"È così importante?"

"È un ricordo."

"E non preferisci scrivere tu l'intervista?"

"Non posso farlo."

"Perché no? Ormai ti manca solo di rubarmi il lavoro."

"Non ho fatto nessuna domanda."

"Ah no?" mi sorpresi.

"Non parlo inglese."

Era rimasta seduta davanti a un adolescente con i capelli rasati a zero e gli occhi azzurri senza capire una parola, ma sembrava soddisfatta dell'incontro.

"E non l'hai invitato a scopare con te? Già che c'eri…"

Barbara sollevò lo sguardo su di me per la prima volta. Fu sorpresa dal mio tono bastardo. Non riuscii a trattenermi.

"Be', ti sarebbe certamente piaciuto di più che non startene lì ad ascoltarlo senza capire una parola. Oppure potevi fargli un pompino. Quei ragazzini sono disposti a tutto. Potevi mettere un po' del suo sperma in una boccetta, quello sì che era un bel ricordo, molto meglio di una cassetta."

"Va' a farti fottere."

E si girò su se stessa piantandomi in asso nella hall dell'albergo. La osservai mentre si allontanava. I capelli neri, i jeans logori e la giacca un po' sghemba di camoscio marrone. Era bella e, come al solito, me n'ero accorto soltanto dopo che mi aveva mandato a quel paese.

Credo che la conquista di Barbara abbia avuto inizio due giorni dopo, quando l'articolo che avevo scritto le finì tra le mani. Cominciava così: "Una delle ragazze più belle che abbia mai visto si è addentrata nella hall dell'Hotel Palace con la sola intenzione di conoscere il giovane attore River Phoenix. Dopo aver parlato con lei e averla guardata in fondo agli occhi nerissimi, e dopo aver sognato la sua bocca perfetta come sto facendo dal giorno in cui l'ho vista, mi è venuto il sospetto che chiunque venga ammirato da una donna così, dev'essere per forza interessante. E allora mi sono tuffato anch'io". Era una lettera d'amore sulla pagina degli spettacoli, una resa senza condizioni nello stile lezioso che avevo in quel periodo.

Qualche giorno dopo lei mi pagò da lontano la birra al bar, io mi voltai per cercarla con lo sguardo e quando localizzai la sua carnagione pallida, i capelli che le arrivavano alle spalle e gli occhi profondi, sollevai il bicchiere e le dissi: "A River Phoenix". Dall'altra parte del bar lei mi contraccambiò. A mano a mano che passavano i giorni, prendemmo l'abitudine di bere insieme il tè a metà mattina. Poco dopo eravamo gli innamorati più mirabolanti del giornale. Perfino mio padre scherzava con le alte sfere sulle mie doti di conquistatore, ovviamente ereditate da uno che aveva lasciato dietro di sé una sfilza di cuori infranti.

Come ho già raccontato, furono le nostre ginocchia a fare il primo passo e dopo molte chiacchiere cedettero l'iniziativa alle labbra. Barbara faceva l'amore con una passione insospettabile. Sapeva accarezzarmi il corpo con la punta delle ciglia. Me lo percorreva tutto così. Certe volte i nostri sguardi s'incontravano in mezzo alla redazione piena di gente e dovevamo scappare nei bagni al piano inferiore, ci chiudevamo in un cubicolo e dopo, davanti al lavandino, l'aiutavo a lavare via una macchia di sperma dal vestito, dalle calze nere. Avevamo scelto i servizi delle donne, dove io divenni una presenza abituale. A volte, anche quando ci andavo da solo, preferivo entrare lì, mi erano familiari, nessuno protestò mai, quello era il bagno delle signore e il mio.

E ora ricordo, mentre interpreto il ruolo di invitato triste al suo matrimonio, una sera in cui eravamo separati, una delle rotture intermittenti che precedettero la fine definitiva. Ci evitavamo, ci sforzavamo di vincere nella lotta di non essere il primo a chiamare, per fare in modo che fosse l'altro a rompere il ghiaccio che avevamo creato noi. Giocavamo all'infelicità, forse spaventati di essere così felici. Quella notte squillò il telefono ed era lei. Piangeva. Pensavo che fosse per me, e avvertendo il suo sgomento mi sentii invadere dall'orgoglio, e un attimo dopo dalla vergogna di capire che lei amava meglio di me. "Vieni a prendermi" mi disse. Era al giornale, stavano per chiudere, e io corsi, le volai incontro. Quando entrai, stava seduta in mezzo alla redazione mezza vuota. Ci abbracciammo e vidi i suoi occhi arrossati, umidi, sollevarsi verso i miei prima di dire:

"È morto River Phoenix".

E al matrimonio un amico dello sposo gridò con una voce smisurata:

"Viva gli sposi!".

Gli rispose un'acclamazione generalizzata. Fradicio di vino galiziano e di frutti di mare, mi alzai in piedi, sollevando il calice. Cercai lo sguardo di Barbara, così lontano da me il giorno delle sue nozze, e gridai qualcosa che nessuno avrebbe potuto capire:

"A River Phoenix!".

Gli occhi di Barbara si nascosero dietro alle ciglia, riducendosi a una fessura brillante. Lei ripeté la mia parola d'ordine a voce bassa, viaggiando con me nel passato. La gente, che si ostinava a non capire che quello era il mio matrimonio, rise di cuore per la battuta, e venni schedato come l'amico stravagante con la camicia stropicciata. Non me ne importava niente.

Tornai a sedermi. Claudio si sistemò il ciuffo voltandosi verso di me. Blas mi tolse di mano il bicchiere.

"Guarda che ti sbronzi."

"Lascialo fare, cazzo" mi difese Raúl.

"Non ti preoccupare, sono già sbronzo" annunciai.

Arrivarono le bisteccone di carne rossa, con dei granelli di sale grosso che si scioglievano in bocca. Forse fu l'intensa relazione che ho con la carne a spingere i miei ricordi verso le cosce di Barbara. La prima volta che gliele denudai, le mie mani vi si aggrapparono con un'autonomia che mi spaventò. In effetti ci misero del tempo ad abbandonare il territorio. Come le mani allenate di un pianista ricadono sulla tastiera, nelle mie s'indovinavano anni di apprendistato per muoversi su quel territorio nuovo, appena scoperto. Barbara era sorpresa quanto me. "Guarda che lì non c'è niente da fare" mi rispose, gelosa delle proprie cosce. Considerava orribili le sue gambe. Poco tempo prima aveva troncato la relazione con un tizio cui mi riferii sempre chiamandolo "il vegetariano", per la sua assoluta incapacità di apprezzare la carne di Barbara. Era uno di quei personaggi che intendono sanare i propri complessi mediante la tecnica di complessare gli altri. Mi ci vollero dei mesi prima che Barbara tirasse di nuovo fuori le gonne, liberandosi dei jeans con cui intraprendevo lotte interminabili nell'urgenza sessuale. Le sue gambe, le cosce, divennero l'oggetto preferito del mio amore. Io salutavo le sue cosce ogni sera, ciao, come state?, la mattina, buongiorno, gli lasciavo perfino dei messaggi quando dovevo uscire, al telefono chiedevo notizie delle sue cosce, dicevo a Barbara di appoggiare la cornetta tra le cosce, per poter ascoltare il tono intimo della loro voce. Erano pallide, non vi si posava mai il sole. Adesso si celavano sotto la gonna della sposa, chissà se si erano dimenticate anche di me?

Il nostro amore non aveva un luogo fisso. C'era la camera a casa di sua madre, indipendente, un luogo da cui rifuggivo per non passare davanti a lei uscendo, lei che guardava la televisione oppure leggeva, e salutarla da lontano nel timore che avvertisse il mio penetrante odore di sesso. Consumammo l'ascensore e l'androne di casa con la nostra passione scomoda, era un amore da quindicenni, interpretato da persone con sette anni di più, ma un amore adolescente. Forse l'unico amore possibile. Quante volte mi ritrovai a correre, con la patta appiccicosa, per prendere l'ultima metropolitana; entravo a casa dei miei e li trovavo a fare salotto, perché i miei genitori non parlano, a partire da tre frasi di fila fanno salotto. Prima del giorno in cui avevo fatto l'amore con Barbara, i miei rapporti sessuali erano caratterizzati dall'ansia irrefrenabile di venire lanciato da una catapulta, subito dopo essere venuto, il più lontano possibile da quella fidanzatina, da quella nuova fiamma, da quella puttana. Erano le volte in cui per buona educazione, per discrezione, per rispetto, prolunghi con grande sforzo il postcoito fino a… che ne so, trenta secondi. La sorpresa era il desiderio inedito di rifugiarmi tra le sue cosce, cercando una piega dove accomodarmi meglio, aspettando di farlo di nuovo.

Gli invitati proseguivano nel loro spreco di vitalità, di entusiasmo. Io lo riservavo per i miei ricordi. Non mi rendevo conto che l'euforia per il passato non aveva senso quando Barbara sposava un altro, allontanandosi da me. Eppure il passato mi teneva nascosto il domani, che minacciava di essere un'eterna e triste vacanza senza di lei.

Ci fu un tempo in cui allontanarmi da Barbara significava recuperare la libertà. Abbandonavo l'appartamento che condividevamo come chi esce in libertà vigilata. Gli amici mi ricevevano come si riceve il carcerato che ritorna al bar. Quando chiusi definitivamente la porta dietro di me, con la mia valigia, finalmente respirai. Quella fottuta valigia con cui sono ritornato a casa dei miei come se ritornassi dalla naia, così disse mio padre. Mi ci volle del tempo per capire che la libertà non sta mai dove uno crede, e le sbarre del mio carcere forse erano le cosce adorate, però, che dolce carcere.

Barbara sorrideva. La sentii dire che non ne poteva più, allontanando il piatto di carne. La gente reclamava a gran voce un bacio dagli sposi, e dovetti dare una gomitata alle reni di Blas perché anche lui non si unisse alla richiesta. Sembrava l'invitato più felice, il che non mi parve un gesto contro di me, bensì il risultato del suo istinto di uomo riconoscente. E baciatevi allora. Stavo per gridare di non farlo, ma Carlos si alzò in piedi e la prese per mano e si baciarono con grande tripudio di tutti quanti. Baciai il vino per vendetta. Ero sbronzo. Claudio mi guardava serio e mi venne voglia di rispondergli di stare attento a non sbagliarsi: forse ero un romantico, mai un sentimentale. Un sentimentale è chi spera che possa succedere qualcosa. Un romantico spera contro ogni probabilità.

Dopo che io e Barbara avevamo rotto, venni accolto dagli amici con tale entusiasmo che mi sentii in dovere di ricordare loro che anche quando uscivo con lei ci vedevamo spesso. Non avevo mai disprezzato l'euforia di stare con loro, e in effetti mi divertivo ancora di più perché sapevo che, giunta l'alba, Barbara mi aspettava a casa. Non è la stessa cosa, mi dissero: era lo stesso genere di ricatto per cui avevamo offerto i soldi a Raúl per l'aborto di Elena. Non esiste felicità possibile lontano dal nostro gruppo. Fui grato ai rinnovati abbracci di Blas, alle sbronze con Raúl, alle notti di bagordi con Claudio. Mi rivelarono che scopandomi Barbara rinunciavo a scopare con il resto del mondo, il che era incomprensibile per loro. Dovevo essere felice di godere di nuovo della possibilità di scoparmi il mondo intero, anche se in realtà il mondo intero non sembrava troppo disposto a scopare con me. Non sapevo che il giorno in cui ero andato a vivere con Barbara, i miei amici si erano riuniti per andare a bere, sicuri di avermi perduto. Niente più Solo, traditore delle proprie idee di solitudine e amicizia. Niente più notti interminabili, colazioni a base di focaccia: ormai, quando le cose si fossero messe male, avrei sempre avuto una fica conosciuta dove rifugiarmi, e la frase era di Raúl. Si dimenticavano che la fica conosciuta era la fica amata.

Loro non sapevano che proprio quella notte, esausti dopo il trasloco cui anche loro avevano collaborato, a malincuore, io e Barbara ci eravamo infilati nel letto gelido. Scoprii che tra le sue cosce esisteva un microclima e in quei caraibi infilai i miei piedi, come stalattiti. Barbara strillava perché le faceva impressione. Loro si erano limitati a informarmi che avevano passato la notte in bianco, con tre norvegesi di passaggio che per poco non si scopavano, se non fosse stato per Blas che aveva voluto a tutti i costi abbracciarne una per strada, il che li aveva fatti inciampare e la ragazza si era aperta la testa contro il bordo di un marciapiede. Sette punti di sutura al sopracciglio sono l'anticlimax assoluto. Ma, e le risate?, mi dicevano. Anch'io, tentavo di spiegargli, avevo riso un mondo quando Barbara, dopo essersi chiusa in cucina per sette ore, ne riemerse con un soufflé di spinaci non sapendo che detesto gli spinaci, o quando Barbara mi aveva scoperto mentre innaffiavo con l'ammoniaca il bonsai che conservava in ricordo del suo ex, e comprese finalmente perché avesse un aspetto sempre più malandato, o quando dovetti confessare che, in effetti, ero stato io a cancellare dalla sua agenda con il bianchetto tutti i numeri di telefono che appartenessero a uomini. Certo che ridevamo. Perfino dell'acqua che pioveva dal soffitto. Un giorno Barbara mi trovò così depresso mentre raccoglievo in bacinelle gli infiniti rivoli d'acqua che piovevano dal soffitto, che volle a tutti i costi bagnarsi con me sotto l'acqua, aprire l'ombrello e ballare insieme. Non era la stessa cosa, affermava Claudio. Niente a che vedere con la risata stronza, isterica, senza senso. Ha un sapore migliore. Un altro sapore. Non compatibile.

E così i miei amici erano in lutto per me, mentre io ridevo con Barbara perché le nostre erano le risate tonte e private degli innamorati. Come io mi ero messo in lutto per Raúl al suo matrimonio, al parto dei gemelli. La felicità non poteva esistere lontano dagli amici. Io credevo di averli conservati anche mentre ero innamorato di Barbara, e non potei fare a meno di stupirmi quando la nostra rottura venne accolta con una malcelata allegria: era la felice liberazione dell'amico prigioniero.

"Adesso stai male da cani, ma vedrai domani" mi aveva fatto notare Claudio. "Tornerai a respirare."

Respirare. Oggi è domani e alle nozze di Barbara sto asfissiando, navigo nell'alcol. Ah sì, libero come un uccello, come piaceva a Claudio, con talmente tanta libertà che dovevamo essere in quattro per trasportarcela sulle spalle. Le nostre ventimila leghe, la nostra strada, il nostro viaggio erano un modo di portare a spasso la libertà, strofinandola contro la faccia del mondo. Siamo liberi. Raúl era divorato dal senso di colpa. Blas eludeva tutti i suoi problemi creandosene uno enorme: sono grasso. Claudio parcheggiava la certezza che tra una settimana avrebbe passato giorni e notti a distribuire casse di bibite, libero, ah sì, libero che la padrona di una bisca di Malasaña, dopo la consegna, gli succhiasse il cazzo e gli firmasse la bolla, o era al contrario? Ci portavamo dietro la nostra ben conservata libertà, alla faccia della presunta invidia del resto del mondo.

Arrivò la torta, enorme, un gran cioccolato con in cima le statuine di plastica degli sposi. Versarono lo spumante in coppe basse e larghe, che Raúl disse gli ricordavano Blas, e il padre dello sposo, in qualità di testimone, volle a tutti i costi fare un brindisi nel corso del quale spiegò ai presenti quanto gli fosse costato portare suo figlio all'altare, e che dietro c'erano tante ore d'impegno, anni di lavoro, perché oggi suo figlio potesse abbracciare la felicità. Continuò a parlare di se stesso, del cemento come una forma di vita e di quanto fosse duro farsi da soli, cosa su cui sono d'accordo anch'io, perché se non altro ti obbliga al coito in una posizione assurda. Disse che il denaro, il suo denaro, non dava la felicità, però asfaltava la strada. Dato che il discorso non finiva mai, i compagni di rugby dello sposo iniziarono a russare rumorosamente, per scherzo, ma il padre di Carlos, invece di far capire che se n'era accorto e di stringere, li affrontò e ne seguì un momento di tensione che lo sposo-marito perfetto risolse con la sua politica da ottima scuola annunciando che era arrivato il turno di far parlare l'altra testimone. Lei si rifiutò, ma su grande insistenza di tutti quanti, se non altro perché così sarebbe finito il discorso del padre, la mamma di Barbara si alzò in piedi per rivolgerci poche parole: "Io non ho fatto niente per Barbara. Ciascuno si costruisce la propria felicità". E si mise a piangere e sua figlia l'abbracciò e io ero sul punto di abbracciarle tutte e due e di mettermi a piangere come loro, dicendo che ciascuno si costruisce anche la propria infelicità; però ci separavano chilometri di distanza e le mie condizioni erano così pietose che non sapevo se sarei stato capace di camminare. Il padre continuava a insistere che non voleva dire quello che tutti avevano capito, e pretendeva di dare una spiegazione che nessuno voleva ascoltare e io pensai che gli uomini che si sono fatti da soli vorrebbero che anche il resto del mondo fosse fatto da loro e che tutto, in tal modo, si svolgesse secondo i loro desideri. Ma non succede così, vero papà?

Portarono un lungo coltello e Carlos e Barbara unirono le mani sopra l'impugnatura per tagliare la torta. I camerieri distribuirono i pezzi del mio cuore sopra i tavoli e gli invitati, senza nessuno scrupolo, divorarono la propria porzione. I matrimoni sono un ricevimento crudele. Blas riuscì a convincere tre vecchiette che avevano lasciato pressoché intatta la loro fetta di torta, e un momento dopo aveva quattro piatti davanti a sé e mangiava con due cucchiaini contemporaneamente. Sotto il piumino c'era posto per tutto.

Gli amici rugbisti, quell'insieme di ragazzoni pieni di salute, con le camicie bianche di marca decorate con la bandierina spagnola, si misero d'accordo per tagliare la cravatta allo sposo e vendere all'asta i pezzetti. Ricordai una notizia del giornale: in una situazione analoga alcuni amici burloni avevano tentato di farlo con una sega elettrica, e per una svista avevano mozzato la testa al neosposo.

"Qualcuno ha una sega elettrica?" chiesi a gran voce, ma ricevetti soltanto un paio di occhiate di riprovazione.

Sollevai la coppa e mi alzai lentamente in piedi, come se il cortile in cui ci trovavamo fosse la coperta di una nave in mezzo alla tempesta. Da qualche parte avevo letto che l'abitudine di buttare il neosposo nella fontana del paese ne avesse reso qualcuno paraplegico, dopo che aveva sbattuto accidentalmente la testa contro il bordo. Mi chinai sulla spalla di un invitato e gli chiesi:

"In questo paese c'è una fontana?".

"Guarda, se devi vomitare, è meglio se vai in bagno."

"Perché ho la faccia di uno che sta per vomitare, eh?"

"Francamente sì."

Gli diedi una pacca sulla spalla.

"Sta' tranquillo. Ho già vomitato ieri."

L'uomo non rise. Avanzai verso il punto in cui sedeva Barbara. B. Ricordai l'epoca stupida in cui volevo chiamarla B e la chiamavo B e le dicevo B, e B di qui e B di là, percorrendo tutto l'abbecedario del suo corpo. E Barbara insisteva, mi ripeteva di non chiamarla B, e io dagliela con B. Il terzo giorno della mia monomania diventò seria, mi chiamò col mio vero nome e mi disse:

"Non chiamarmi mai più così, d'accordo?".

Venni a sapere dopo che il suo primo amante la chiamava così: B. Lo stesso uomo con cui aveva inaugurato il sesso una notte in una tenda da campeggio, il suo istruttore di fotografia della natura. Una prima scopata arida, scomoda, le sue cosce visitate da un estraneo che aveva quasi vent'anni più di lei e che dopo aveva prolungato la loro relazione con un crudele senso di colpa. Un amore segreto durante il quale Barbara era stata B e per colpa del quale non volle mai più essere B. Così per me Barbara fu sempre Barbara, nome sdrucciolo e nordico che vuol dire orgasmo e ghiaccio, due sensazioni che Barbara riuniva in un solo corpo.

La fila di invitati che dovevo attraversare mi pareva interminabile, non trovavo le forze di arrivare fin da Barbara, che aveva a malapena assaggiato la torta. Soppesai la prima frase per quando mi fossi trovato di fronte a lei: "Non hai mangiato la torta". Con tale frase, una trovata magniloquente, volevo dirle tante cose. Lei avrebbe capito. Mi fermai a riempire la coppa che avevo rovesciato per terra durante il mio vagabondare errante, e mi impadronii di una bottiglia abbandonata. Stavo avanzando verso la parte più nobile degli invitati, quando sul palcoscenico qualcuno iniziò a pizzicare le corde di una chitarra elettrica, interrompendo il chiasso delle voci. Stava per iniziare il primo ballo e la gente si mise ad applaudire. Se mi affrettavo, potevo sequestrare la sposa e assaporare il piacere del primo ballo, che doveva essere qualcosa come il primo bacio, la prima notte. Ma Carlos prese la sposa per mano. E consegnò quella mano, insieme al resto del pregevole corpo, al suo sindaco, consentendogli di aprire le danze con lei. Stavo per scaraventare la coppa sulla testa di quello sposo leccaculo. Immobile, mi resi conto di quanto fossi vicino a loro. La madre di Barbara si voltò verso di me, si alzò in piedi e io la invitai a ballare; lei accettò con aria divertita, ma il padre-testimone di Carlos mi allontanò con uno spintone, ululandomi che così richiedeva il protocollo. La madre di Barbara accettò la propria condanna e mi lanciò un bacio invisibile. Posai la coppa sulla tovaglia sporca e mi lasciai cadere in una delle sedie presidenziali vuote. Quella dello sposo. La sedia giusta per me. Come ci stavo comodo. Davanti a me stavano ballando, e io fissai lo sguardo sulle caviglie di Barbara.

"Fra dove ti trovi adesso e fare una figura ridicolissima c'è soltanto un passo" mi annunciò Claudio venendomi vicino.

"Ehi, Claudio, balli con me?"

Fece segno di no con la testa. Si guardò intorno senza sedersi.

"Credo che sia stata una brutta idea venire qui."

"Perché?"

"Per te."

"Per me?"

"Blas ha ragione. Ci stai proprio male."

"È vero. Qui sto male, ma in qualunque altro posto starei peggio."

"Cazzo, Solo. Io credevo che ormai fosse tutto superato."

"Ma se mi diverto un casino. Tu no?"

"Be'..."

"Dai, vieni. Andiamo a cantare io e te."

Era il punto debole di Claudio. La sua voglia di cantare. Avevamo cantato insieme tante volte. Lui prendeva la chitarra da cui sapeva trarre i suoni giusti per addolcire le ragazze più insensibili. Io entravo nella parte finale, decadente, con la mia voce negata per il ritmo, per l'intonazione. Camminammo insieme verso la parte laterale del palcoscenico. Parlai con il batterista.

"Senti, vorrei cantare una canzone con il mio amico qui."

Puntai il dito verso Claudio, che si morsicò il labbro.

"Adesso no" mi rispose il batterista, funzionario di uno strumento così poco burocratico.

"Sono un amico dello sposo" dissi per darmi importanza.

"Dopo."

"No, devo farlo adesso."

"Adesso no."

Fece un rullo da quattro soldi e mi ignorò durante il resto delle mie suppliche. Claudio mi trattenne mentre stavo per salire sul palco senza permesso. Glielo facevo vedere io a quei dilettanti dove nascono le radici del blues.

"Ma che cosa cavolo vuoi cantare?" mi rimproverò Claudio.

"La canzone preferita di Barbara. Vedrai che sorpresa."

"Cantata da te non la riconoscerà nemmeno. Qual è?"

Mi misi a pensare. Il nostro elenco di canzoni preferite era lunghissimo. In così tante occasioni le avevamo gustate, e così tante volte le avevo detto: "Questa è la nostra canzone", che perfino lei arrossiva quando le rinfacciavo che non riconoscesse un tema, e lei chiedeva: "Anche questa?". Io le spiegavo che eravamo una coppia con tante canzoni perché eravamo una coppia con tanti registri, e il fatto di avere una sola canzone preferita è una limitazione sentimentaloide per coppie da grandi magazzini. Ma qual era la nostra canzone per oggi? Non poteva essere quella dei giorni allegri, e nemmeno quella dei giorni tristi. Doveva essere una canzone per i giorni da separati, la canzone in cui la ragazza che ami balla con un altro, la canzone che sapesse spiegare com'è duro vivere senza di lei.

Il batterista pose fine al pezzo come chi mette il timbro su di una domanda in carta bollata. Lo sposo approfittò dell'inizio del ballo successivo per attanagliare Barbara. Lei buttò indietro la testa, sorpresa. Mi allontanai dal palcoscenico, tappandomi le orecchie e ricordando quando facevo ascoltare a Barbara, nel salotto di casa sua, Tom Bennet che cantava: "You showed me the way", quella sì che era musica, e la ballavamo lentamente e vicinissimi, imparando la via, il modo. No, niente a che vedere con quello che ballavano adesso. Suonate la mia *Milonga triste*, per favore.

Barbara aveva posato la testa sulla spalla del suo rospo trasformato in assessore e l'improvvisata pista da ballo era stata inondata da coppie sceme, e progetti di coppie sceme e rantoli di coppie sceme. Io non avevo mai ballato in pubblico con Barbara. Ho già detto che non mi piaceva dividerla con nessuno. Lei voleva sempre ballare, in qualunque posto. Io le dicevo che ballare è come scopare, e che a nessuno piace farlo in mezzo alla gente e con i vestiti addosso, non è possibile, ma anche se la mia spiegazione era ovvia, lei voleva sempre ballare. Ballare e andare al mare.

L'esecuzione della canzone durò due eternità, favorendo le coccole fra le coppie. Per fortuna anche il peggio ha una fine, e il gruppo di intrattenimento musicale scivolò verso altre variazioni del suo repertorio. La madre di Barbara mi agganciò il braccio. Stava riprendendo fiato dopo essere stata calpestata, strusciata e irrorata dall'alito puzzolente del padre-testimone, che doveva essersi fatto da solo anche come ballerino.

"Adesso balla con me?"

"Adesso no, tesoro, è troppo moderno per i miei gusti."

Il suo rifiuto mi sorprese quasi in mezzo alla pista, abbandonato da due generazioni di donne affascinanti che un giorno avevano deposto su di me il loro amore, e che oggi mi ignoravano nel peggiore dei modi: regalandomi ancora un po' di affetto. Affetto è l'opposto di amore, avevo corretto un giorno Barbara, tempo dopo la nostra rottura, durante uno dei miei due tentativi di ritornare con lei, quando mi assicurò che avrebbe sempre provato affetto per me. "L'affetto te lo puoi ficcare nel culo" le gridai. Fu il primo tentativo. Durante il secondo fui più misurato. Perfino l'affetto mi sembrava meglio di niente. Quell'ultimo tentativo di riconciliazione aveva un amaro sapore di addio, da bacio sulla guancia. Quando ricevi un bacio sulla guancia da una donna che hai baciato mille volte sulle labbra, capisci che hai perduto il tuo posto nel suo cuore.

Qualcuno mi diede uno spintone. Il ritmo più vivace aveva obbligato le coppie a svitarsi tra di loro per ballare l'uno contro l'altra, il che mascherava il mio spaesamento nel bel mezzo della pista. Barbara mi scoprì con gli occhi al di sopra della spalla del marito. Mi lasciai avvolgere dal suo sguardo. Le indicai la mia partner immaginaria e lei mi rivolse un sorriso carico d'affetto, di nuovo l'affetto. Mi aggrappai al suo sguardo per non crollare. Avevo voglia di piangere, non di ballare. Dormire, volevo dormire, svegliarmi e che tutto fosse diverso. Stavo tentando di dire tutto questo a Barbara con i miei occhi, fino a che lei piantò l'albero insipido del marito perfetto in mezzo agli amici, e intraprese la lunga traversata fino a me. Un viaggio che durò secoli, visto che doveva fermarsi a ogni saluto di un conoscente, ma non perse mai un briciolo del suo fascino, e io mi sentii ringiovanire, come uno specchio cui tolgono la polvere.

"Vuoi ballare con la sposa?" mi si offrì.

"Il repertorio non è del mio genere. Magari qualcosa di più lento, così che possa abbracciarti."

"Puoi abbracciarmi quando vuoi."

"Non lo so…" ero indeciso.

"E già, tu non balli mai…"

La interruppi, la presi per il polso e dimostrai a chi ci stava intorno che la musica viene dal di dentro, e che per me stavano suonando la canzone più lenta e bella del loro repertorio. Claudio passeggiava sul bordo della pista vendendo all'asta il proprio fascino. Raúl si era acceso un sigaro senza muoversi dal suo posto. Blas chiacchierava con l'autista. Posai la mano libera sul corpo di Barbara e mi sentii a casa. Io che non ho mai avuto una casa, né ho mai aspirato ad averla, l'avevo trovata fra le sue braccia.

"Ballare con una donna sposata è una bella esperienza" riconobbi.

"La calpesti come calpesti le nubili."

"Scusami." Feci un salto all'indietro.

"Sei sbronzo, Solo?"

"È una domanda molto personale. Diciamo che sono allegro, e per essere allegro al tuo matrimonio non posso fare altro che evitare la realtà ricorrendo a qualsiasi metodo allucinogeno."

"Non sei contento per me?"

"Non sono contento per me."

"…scemo sei." Aveva ancora quella sua deliziosa mania di mangiarsi le parole.

"In realtà..."

"Che cosa?" chiese Barbara con sincera curiosità.

"No, niente." A un tratto avevo dimenticato che cosa volevo dirle. O forse erano troppe le cose che si accalcavano insieme nella mia testa.

Ci muovevamo con leggerezza all'interno della nostra bollicina, estranei al chiasso degli altri. Barbara si agitò fra le mie mani, un po' a disagio.

"Se vuoi ritornare da lui..." Lei si rifiutò, e io tornai a sostenerla con forza. "E comunque lui ha tutta la vita per ballare con te."

"Non fare lo..."

"Un momento fa ho cercato di convincere quelli dell'orchestra a lasciarmi cantare."

"Sei così sbronzo?"

"Volevo cantare la nostra canzone."

"Non ti offendere," e sorrise, "ma quale delle mille?"

"È una che tengo per quando sento la tua mancanza."

"Dimenticavo che hai canzoni per ogni cosa. Mi piacerebbe sentirla" mentì Barbara.

"Lo sai che mi si è marcito il cervello per colpa delle canzoni d'amore. È una che dice: 'È così duro vivere senza di te'. Perché mi manchi, Barbara."

"Se sei venuto qui per farmi una dichiarazione, hai scelto la giornata peggiore" tentò di smussare l'ironia.

"Lo sai che sono sempre nel posto sbagliato nel momento meno opportuno. È il mio modo di essere."

"Non è vero, ma va bene lo stesso." Barbara voleva dire che ero un caso disperato.

"E se fosse vero, e se fossi venuto a farti una dichiarazione? Eh? Che cosa diresti?"

"Sei capacissimo di venire al mio matrimonio a chiedere la mia mano." Barbara rise, nervosa.

"Che cosa succederebbe se lo facessi?"

Tirò fuori il volant del vestito da sposa da sotto la mia scarpa logora.

"Vuoi sposarmi?" chiesi serissimo.

Allontanò il viso da me per guardarmi proprio nel centro degli occhi, dove fa più male.

"Solo, sei un figlio di puttana."

Tentai di staccarmi, di allontanarmi da lì, però Barbara mi teneva forte. Aggiunse:

"Te lo dico con affetto".

"Con affetto, certo."

"Perché mi rendi tutto così difficile? Ti giuro che mi piacerebbe vederti sorridere, sentirti dire che sei contento, che ti piacerebbe che io sia felice, che ne so, per questo ti ho invitato, non voglio sbatterti niente in faccia, e invece sono sicura che stai pensando il contrario."

"No, solo non mi piace mentire."

"Cazzo."

Barbara si fermò. Non ballava. Ma non voleva che qualcuno si accorgesse della scena.

"Credo di aver fatto male a invitarti."

"No, sono stato io che ho fatto male a venire. In fondo credevo di venire al mio matrimonio."

"Sei sbronzo, tu non sei così."

"Sì, Barbara, sono così e anche peggio. Non sai da che cosa ti sei salvata. Sono orribile. Non te n'eri accorta durante i nostri diciannove mesi e ventitré giorni insieme?"

"Solo… per favore."

"La prima impressione è sempre quella giusta. Mi hai mandato a quel paese, ti ricordi? Mi hai detto: 'Va' a farti fottere'."

Barbara ogni tanto girava la testa per controllare che nessuno la osservasse, ma non riuscì a sopportare la tensione di quel momento e si liberò di me, andò a recuperare suo marito, si unì a un altro gruppo che ballava, eppure non si muoveva più come prima, aveva le gambe pesanti, aveva voglia di piangere. La conoscevo bene. Mi sentii un miserabile e portai in giro le mie spoglie sull'erba, ritornando da Raúl e Blas. Anch'io mi accesi un sigaro.

"Hai ballato con lei, ti ho visto impegnatissimo" osservò Blas. "Hai allungato le mani sulla sposa?"

"No. Me le sono morsicate. Di nuovo."

Fra i molteplici modi di morire che vengono offerti all'uomo alla sua nascita, avevo scelto quello più doloroso: consumarmi nella disperazione. Ero convinto di meritare una simile sofferenza. Una ragazza cicciottella, con indosso una minigonna che lasciava scoperte un paio di gambe grasse e mal modellate, si avvicinò a Raúl per chiedergli da accendere. Si accese un sigaro in tono con le sue estremità inferiori.

"Qualcuno di voi balla?"

Blas non ci permise di rispondere. Si tuffò sopra la tovaglia per abbracciare una porzione della ragazza stringendosela contro il piumino, e la condusse sulla pista da ballo. Tentai di inviare messaggi a Barbara che contenessero una qualche scusa, ma lei evitava palesemente di voltare la faccia verso il mio settore, composto per la maggior parte di anziani e moribondi.

Una notte, due anni prima, quando io e Barbara coronavamo un periodo fragile nella nostra convinzione di essere coppia, facemmo l'amore come se fosse l'ultima volta, anche se non lo fu. Era un epilogo discreto, l'inizio del conto alla rovescia. Andammo a bere insieme, da soli, lo facevamo sempre di meno. Quella sera volevamo dirci qualcosa, e invece restammo in assoluto silenzio durante le prime due birre. Avevamo paura di parlare e di dire la verità. Credevamo che la verità fosse il nemico delle coppie.

"Ti ricordi," aveva iniziato Barbara, "di quando guardavamo le coppie che stavano lì senza parlarsi, sedute allo stesso tavolo senza dirsi niente? Ti ricordi? Noi abbiamo sempre pensato che non saremmo mai diventati così. E adesso invece siamo così, vero?"

"Tu credi?" dissi io.

"Guarda un po' tu."

"Mah, non lo so."

"Siamo diventati come una di quelle coppie."

"No, siamo semplicemente diventati una coppia."

"Una coppia."

"È orribile, lo so."

Barbara sapeva che detestavo quell'espressione. La coppia.

Ti fa pensare a un'enciclopedia a dispense, a un libro sulla realizzazione personale. Definisce bene la minuscola organizzazione poliziesca, ma non la riunione dell'amore. Nel mio periodo pedante-petulante ero solito convincere Barbara che non saremmo mai stati una coppia, ma un uomo e una donna che si desiderano, che vogliono stare insieme. Mai una coppia, e invece in quel bar stava seduta la coppia-tipo.

"Dove sono finiti i primi tempi del nostro amore?" si chiese lei.

"Non fare l'ingenua" dissi io.

Non avevamo niente da dirci, eravamo tutti e due d'accordo. Eravamo stufi l'uno dell'altra, mi azzardai a dire. Lei disse di no. Io adottai una posizione dura, senza concessioni. Ero stanco.

Quella notte non ci separammo. C'infilammo a letto insieme e anche se la sentivo piangere non mossi un muscolo per consolarla. Un denso silenzio ci avvolgeva.

"Non dovremmo stare insieme" avventurò lei.

E io me ne venni fuori con la grande frase, la mia trovata geniale, la confessione in cui mi ero imbattuto guardandomi allo specchio, la frase che mi ritornava in mente durante il ballo di nozze di Barbara.

"Sono ancora convinto che io e te formiamo una coppia perfetta. Credo ancora che siamo fatti l'uno per l'altra, ma l'errore è che ci siamo incontrati troppo presto. Alcuni non s'incontrano mai, altri troppo presto... So che un giorno ritorneremo ancora insieme, ma oggi non è possibile, sarebbe un atto di debolezza, non possiamo ingannarci."

Siamo la coppia perfetta, quindi rompiamo. Barbara mi aveva capito perfettamente. Lo sintetizzò perfino meglio di me:

"Quindi: o noi, o la vita".

Esatto. Era o noi o la vita. O Barbara o la vita. Quando confessai a Claudio, a Blas e a Raúl quel momento, dopo averne cancellato i dettagli più poetici, non poterono fare a meno di essere d'accordo con me. E con effusione, persino. Gli amici credono che volerti bene significhi accettarti così come sei: hai proprio ragione, va bene, quando invece avresti bisogno di qualcuno che ti gridi che stai sbagliando, e che devi cambiare. Ebbene, o Barbara o la vita, una scelta che alla fine si era rivelata una fregatura. Parole. Stavo scoprendo, seduto dietro la tovaglia bianca, che non c'era vita senza Barbara. Barbara era la vita.

Barbara uscì dal letto poco dopo la nostra scenata nel cuore della notte. Ci eravamo riaddormentati in silenzio. Iniziò a infilare i suoi vestiti in una valigia. Mi pareva la scena irritante di un melodramma.

"Che cosa fai?"

"Me ne vado."

"Su, non fare l'imbecille, vieni..."

"Voglio andarmene."

"Se c'è qualcuno che deve andarsene sono io."

La convinsi a ritornare a letto. Barbara, dopo ne parlammo, non mi perdonò mai che io mi fossi riaddormentato quasi subito. Tipico. Il sonno è più forte di me. Come la mania di mettermi a leggere il giornale o di cambiare canale alla televisione durante la conversazione più intensa. La mattina dopo fui io a fare la valigia e ci separammo. Essendo stato io ad andarmene, mi piaceva pensare che fossi stato io ad abbandonare, io a prendere la decisione, io a essere il padrone delle mie azioni. Quanto mi sbagliavo.

Dopo, uno scopre che nelle separazioni non c'è un vincitore.

Io avrei abbracciato la vita sotto forma di bar notturno con consumazioni al banco a go-go. Mi ritrovai sul divano di Claudio, durante le prime due settimane, abbracciato a Sánchez. Arrivavo con la pancia piena di whisky a buon mercato per ascoltare i respiri affannosi di Claudio e delle sue fiamme nell'unica camera da letto, per curargli con l'alcol i graffi sulla schiena la mattina successiva, e qualche volta unirmi alla festa con ragazze cui non dispiaceva scopare con due amici insieme, anche se uno di loro era soltanto uno sfigato musone. Capii troppo tardi che io non ero Claudio, non ero Raúl, non ero nemmeno Blas, ciascuno di noi aveva il proprio senso della vita. Io ero io, con il mio modo maniacale di divertirmi. Bussai di nuovo alla porta di Barbara e lei mi permise di entrare, ma non lasciò mai più che mi fermassi.

"Non commetterò due volte lo stesso errore."

"L'errore sono io" le spiegai.

"No, l'errore è pretendere di essere una coppia."

E a forza di evitare di essere una coppia, finimmo per non essere niente. Io e Barbara. Io e Barbara nel giro di due mesi ripercorremmo all'indietro il nostro amore, da coppia diventammo due persone indipendenti, poi due amanti furtivi, poi due amici complici, per ridiventare due estranei. Una storia finita con il ritorno alle origini, senza spezzarsi bruscamente, senza scenate, senza incidenti.

Guardavo Barbara. Adesso era così lontana. Eravamo ritornati indietro a tal punto che mi aspettavo che qualcuno ci presentasse. Riempii la coppa all'autista, sebbene lui mettesse la mano sopra il bicchiere perché non ne voleva più. Si asciugò la mano bagnata e andò a schiacciare un pisolino sulla limousine. Anch'io sarei crollato sulla tovaglia per addormentare la sbronza, per cancellare la sensazione di star vivendo il mio ultimo romanzo d'amore, però l'altoparlante rimbombava vicino alle mie orecchie e volevo guardare Barbara, come se fosse l'ultima volta.

Claudio era andato su e giù per la festa visitandone ogni angolino, fuori come un balcone, tra i balli o in caccia di bicchieri al tavolo dietro cui servivano due camerieri indaffaratissimi. Blas ce la metteva tutta per tenere in piedi la sua partner, che si eccitava e si buttava i capelli sulla faccia durante la danza. L'orchestra stava suonando boleri. Mi sarebbe piaciuto cantarne uno all'orecchio di Barbara, uno che dicesse: è così duro vivere senza di te. La calura stava scemando, e si affacciava il tramonto. Raúl, vicino a me, si era abbandonato sulla sedia avvolto dalla nuvola di fumo del suo sigaro, mentre io non riuscivo a tenere acceso il mio per due boccate di fila.

"Perché non vai a ballare, Raúl?"

"Non ne ho voglia."

Barbara era circondata da amiche che non conoscevo, gente che apparteneva al suo nuovo mondo, un mondo da cui ero escluso. Barbara me lo aveva confessato tante volte durante i nostri diciannove mesi e ventitré giorni insieme: "Io non ho amiche". Le parlavo dell'amicizia per ore interminabili, però Barbara mi assicurava che anche se aveva l'agenda piena di nomi, non considerava nessuno di loro come un amico. Per questo quando finì il suo amore per me e mi supplicava che fossimo amici, sperava che io comprendessi quale valore aveva per lei quel gesto. Invece per me era una resa. Io non volevo essere il personaggio perfetto per quattro stupide confidenze all'anno. Per fare così bisogna avere il fegato di Blas, dare inizio alla corsa contento già in partenza di ottenere una sconfitta onorevole. Come se nella vita l'importante fosse partecipare.

"Ti piace ancora, eh?" La domanda di Raúl mi rimbombava nella coscienza.

"Tanto, Raúl. Mi piace tanto."

"Lo so. Le ragazze sono tutte figlie di puttana."

"Perché dici così?"

"Perché non ti molla, cazzo? Dovrebbe lasciarti in pace." Raúl era indignato. "Si sente felice perché sa che tu le vai ancora dietro, come un cagnolino. Loro non aspettano altro."

Raúl non sapeva che avrei accettato con piacere di essere il suo cane.

"Ci vogliono schiavi, vogliono che siamo i loro schiavi."

"Magari."

"L'amore è un'arma per loro. Un meccanismo di potere."

Un dolore intenso mi si posò sull'occhio sinistro.

"E a te, Solo, chi ti ha detto che devi innamorarti di qualcuno? Si può essere felicissimi senza innamorarsi. Con le tue cose, il tuo lavoro."

"Non ho un lavoro."

"Tu mi capisci. Innamorarsi di una ragazza, crediamo che sia un obbligo, e invece non lo è. Ama te stesso."

Mi sembrava un invito all'onanismo. Tale prospettiva mi rattristava.

"No, Raúl, non mi piaccio abbastanza."

"Guarda che loro fanno così. Tu credi che Barbara ami qualcuno? Credi che ami te o quel pavone, l'aviatore? Neanche per idea. Ama se stessa."

"Se fossi in lei, anch'io sarei innamorato di me."

"Bella frase. La tua specialità."

"Dico sul serio" mi scusai.

"Tu sei fatto come me, cazzo, non lasciarti rubare il meglio."

"Rubare?"

"Sì, ti rubano tutto, Solo."

"Ma glielo dai per qualcosa in cambio, no?"

"Sì, d'accordo. Un attimo di piacere, una certa sicurezza. Te l'ho detto migliaia di volte. Quando ci taglieremo il cazzo, inizieremo a pensare con la testa."

"E chi vuole pensare con la testa?"

"Guardala." Feci come mi ordinava lui. Bellissima, a chilometri di distanza dal mio cuore. "Oggi è la regina. E tu stai ai suoi piedi, come vuole averti. Ecco perché ti ha invitato, per sapere che sei ancora suo. Ora l'ha verificato e può ritornarsene tranquillamente a scopare con suo marito."

Mi posai un tovagliolo sulla faccia, coprendola completamente. Chiusi gli occhi. Tutto roteava nell'oscurità. La giostra meno divertente della mia vita.

"Sei sbronzo. Togliti 'sta roba dalla faccia, ti guardano tutti."

"Può darsi che tu abbia ragione," ammisi, "ma chi crede di avere ragione sbaglia sempre."

"Io credo soltanto a quello che vedo. Non siamo nati per innamorarci di una sola donna, punto e basta."

"Una sola donna può essere cento, mille donne diverse. Prendi Barbara, per esempio. La Barbara di oggi non l'avevo mai conosciuta."

"Togliti 'sta roba dalla faccia."

"No."

"Toglitela, merda!"

"Mi vergogno a dirti quello che sto per dirti. Io l'amo. E tu ami Elena."

"Che ne sai tu?"

"So tutto. Un giorno mi hai detto," gli ricordai, "che non le piaceva succhiartelo, e proprio per questo quando te lo succhia ti dà molto più piacere. Ti piacciono perfino le cose brutte di lei."

"Taci, merda."

"È vero o no?"

"Lo fa solo ogni morte di papa, per cui…"

"E in quel momento non è forse una donna diversa? Ci sono già due Elene. A quante donne in una volta credi che possa aspirare uno con la nostra faccia? Claudio se non altro può diversificare, ma io e te…"

"Ma sì, va bene, non voglio parlarne."

Una folata di vento mi strappò via il tovagliolo dalla faccia. La luce mi sorprese. Mi alzai in piedi sulla sedia lasciandomi guidare dall'istinto. Raúl mi afferrò per il braccio, ma io mi divincolai. Alzai la voce, quasi nessuno mi sentiva per via della musica.

"È giunto il momento del mio discorso. Ho qualcosa da dirvi, e quello che ho da dire ve lo dirò."

"Scendi e sta' zitto" mi gridò Raúl.

La banda musicale fece una pausa e parecchi invitati si voltarono verso di me.

"Che cos'è l'amore? È l'eterna domanda. Agli albori dell'Umanità le persone scopavano tra di loro senza fare distinzioni, l'ho letto sui libri. Tutti con tutti. Un giorno però qualcuno ha deciso di tenersi la sua partner, di non dividerla con nessuno. 'È mia' disse." Tirai un respiro profondo, senza avere il coraggio di guardarmi intorno. "Ed è andato tutto a farsi fottere. Questo è l'amore. E l'amore ha portato con sé qualcosa di peggio: il matrimonio."

Seguì un lungo mormorio, diversi colpetti di tosse che avevano l'intento di spingere qualcuno a interrompermi.

"Perché cos'è il matrimonio? Bene, ora ve lo spiego. Volevo dire agli sposi di prepararsi, perché a partire da oggi metteranno davvero a prova la solidità del loro amore. Con questo voglio dire che è una rottura alzarsi con la voglia di cagare e trovare il cesso occupato, e scoprire che anche tua moglie sporca le mutande, e si mette le dita nel naso o le scappa una scoreggia o soffre di colite."

Barbara mi ascoltava, gli occhi spalancati, l'espressione tesa. Claudio si avvicinò alla mia postazione da oratore, immagino per aspettare il momento di buttarmi giù con un pugno, un amico deve sempre colpire prima che lo faccia uno sconosciuto. Ma io continuavo:

"E scoprire che il marito perde i capelli e intasa lo scarico della doccia, e di notte lascia il videoregistratore acceso per registrare i film porno, insomma, che due sporcano molto di più di uno solo, e che l'amore non è di pietra. Ecco che cos'è il matrimonio". Non osavo confessare che conservavo ancora il pullover con i polsini rivoltati, così come l'avevo trovato in valigia dopo che ci eravamo separati, perché voleva dire che Barbara era stata l'ultima ad averlo messo. "Il meraviglioso sacramento del matrimonio è condividere la pattumiera, lo zerbino, il bidè…"

Adesso ero al centro di tutti gli sguardi. Il momento perfetto per tirare fuori la pistola e spararmi un colpo in bocca.

"Ve lo dico io, che sono un uomo che si è fatto da solo, e i più grandi disastri della mia vita me li sono provocati da solo, perché sono solo" proseguii. "So che in futuro continuerò a farmi da me, limitandomi anche a fare l'amore con me stesso. Così, se un giorno mi sposerò, lo farò probabilmente con me stesso e il viaggio di nozze mi costerà la metà. Però la mia merda è la mia merda."

Mi sentii invadere da una strana serenità, forse la calma del buffone, in mezzo ai colpetti di tosse imbarazzati dei presenti, sotto lo sguardo fermo di Barbara.

"Quindi, e con questo ho finito: Barbara, Carlos. Carlos e Barbara, che ognuno di voi porti la propria razione di merda a questa sacra unione… Io vi auguro soltanto di essere felici, ma non come gli altri. Anche se è una felicità di merda, sarà soltanto vostra. Dovrete inventarvela ogni giorno, se potete. Ah, e viva gli sposi!"

Il sussurro finale non fu un grido di euforia. Era partito dalla tristezza, ma vi risposero quasi tutti i presenti. Poi i loro applausi, ironici come pallottole. Claudio mi aiutò a scendere dalla sedia mentre i musicisti attaccavano con un'altra canzone. Mi diede una pacca sulla spalla.

"Ammazza che sbronza!"

Ci sedemmo di nuovo. Raúl ci informò che Blas aveva portato la ragazza a vedere la limousine, approfittando del mio sproloquio.

"Si fa passare per l'amico miliardario dello sposo."

"E lei ci ha creduto, con quel piumino addosso?"

"È parecchio sbronza."

"Dev'essere minorenne."

"Ma tutta curve, come piacciono a Blas."

Cercai di pompare un po' di sangue al cervello, visto che da qualche tempo gli arrivava soltanto alcol. Ascoltavo a malapena la conversazione di Claudio e Raúl. Cercai un bagno e mi indicarono l'interno della casa. Venni superato da tre donne che ci misero quasi mezz'ora a uscire, mentre io mi tenevo la pancia e saltellavo sul posto, incapace di resistere un secondo di più. Quando uscirono mi passò davanti un signore anziano, fregandomi mentre mi trovavo poco lontano, in una delle mie passeggiatine nervose. Mi avvicinai al portaombrelli tutto lavorato con l'intenzione di alleggerirmi lì dentro, ma alla fine scappai dalla porta d'ingresso e trovai un posto tranquillo in mezzo a due automobili parcheggiate sulla spianata. Pisciai per un buon quarto d'ora, liberandomi dei fiumi di alcol che avevo ingurgitato.

Mi fece bene il cambiamento d'aria, la lontananza dalla musica, la solitudine della spianata piena di automobili targate Lugo, marche di lusso, ultimi modelli. Ignorai l'odore di soldi e mi accorsi che la limousine non era più al suo posto. La cercai con lo sguardo senza trovarla. Camminai sino in fondo alla spianata. Magari Venancio aveva deciso di ritornare a Logroño senza salutarci. Mi sembrava così lontano il luogo da cui eravamo partiti soltanto la mattina. I ricordi in quel momento sembravano appartenere a un'altra vita, diversa da quella presente. Intravidi in lontananza, all'inizio della stradina, il biancore della limousine. Arrivava velocissima, tanto che me la ritrovai davanti prima che potessi batter ciglio. Frenò bruscamente e venni avvolto da una nuvola di polvere. Venancio scese infuriato, sentire un porco dio non era niente in confronto alle sue maledizioni. Girò intorno alla vettura e aprì la portiera posteriore. Mi affacciai all'interno facendo capolino dietro alle sue spalle.

Blas assisteva perplesso alla vomitata della sua amante cicciottella, con spasmi nervosi ed esplosioni che innaffiavano il rivestimento immacolato. Blas riuscì a balzare fuori dall'abitacolo e si rifugiò dietro di me.

"Cavolo, che botta."

Mi accorsi che la ragazza aveva le mutande all'altezza delle caviglie. Mi girai verso Blas. Si strinse nelle spalle.

"Ha vomitato perfino gli omogeneizzati."

Irripetibili le lamentazioni dell'autista. Si strappava i capelli, girando su se stesso.

"Non avrei dovuto darti retta, vaffanculo, merda" ripeteva. "Vaffanculo. E poi tocca a me pulire."

Venni a sapere che Blas l'aveva convinto ad accompagnarli a fare un giro nella zona, con la poco nobile intenzione di fare colpo sulla ragazza. Essendo riuscito nell'intento, Blas le aveva tirato giù le mutande e stava per mettersi al lavoro, quando il miscuglio di alcol, pasticche, curve, cibo in eccesso e sesso aveva rivoltato lo stomaco della ragazza. Il risultato era da film dell'orrore. Il centro della limousine vomitato e sporco sembrava un pollaio ripugnante. Più nessuna traccia di ricchezza né di glamour. Tappandomi il naso, aiutai la ragazza a scendere. Si piegò, le mani appoggiate sulle ginocchia. L'autista faceva capolino all'interno dondolando la testa.

"Porca eva, vacca eva, merda."

La ragazza si tirò su le mutande e si guardò nel finestrino scuro. Si aggiustò i capelli dietro le orecchie. Sudava ed era pallida.

"I miei non devono vedermi così… Vado a cambiarmi."

Venancio aprì il bagagliaio e tirò fuori le nostre valigie. Le scaraventava per terra con violenza.

"Andate tutti affanculo, io me ne vado, me ne vado."

"Ma Venancio, non è stata colpa mia…"

La ragazza si allontanava decisa, ritornando verso la casa.

"Non avrei dovuto lasciarvi salire con lei in quello stato."

Io e Blas ci eravamo messi le valigie in spalla. Lasciai a lui quella di Raúl, enorme. Venancio tentava di svuotare lo stomaco pestilenziale della limousine con uno straccio e uno scopino.

"Non era roba per voi, questa è roba da gente elegante."

"Senti, ti abbiamo pagato, no? E allora non rompere" lo apostrofai.

Si girò verso di me con una violenza trattenuta. Sollevò il pugno.

"Cos'è, i ricconi non sporcano più adesso?" lo sfidai.

"Questo è un lavoro di merda."

Blas chiese scusa in tutti i modi possibili, ma intanto continuava a indietreggiare, per allontanarsi dalla vomitata. Venancio partì senza un gesto di saluto. Restammo lì con i bagagli in spalla, soli, guardando allontanarsi il nostro delirio di grandezza sotto forma di automobile. Posai di nuovo lo sguardo su Blas e mi venne da ridere. Non aveva l'aria di uno che ha appena scopato in limousine.

"La storia della mia vita, Solo. È deprimente" si giustificò. "Cerco di scopare con una ragazza e quella si mette a vomitare."

"E allora tu non…"

"Proprio così. Ormai c'ero quasi, ma le è venuto un conato… E mi aveva giurato di essere vergine."

"Non dire cazzate. E pensava di perdere la verginità da sbronza, con un tizio che aveva appena conosciuto… con te?"

"E già."

"Accidenti," esclamai, "la gente ha forse rinunciato alla poesia?"

"E io che ne so!"

Blas si strinse nelle spalle, solo con una perché sull'altra portava il borsone di Raúl. Prese a camminare. Lo seguii.

"È il colmo, Blas. Ma in che mondo vivo? Io non sono nato per vivere così. Sono l'ultimo a credere nel romanticismo."

"Cavolo, non era poi una brutta idea. Perdere la verginità in una limousine, nel pieno di una festa di matrimonio e con un tizio simpatico, divertente…"

"Grasso" sottolineai.

"Be', neanche lei era una meraviglia."

"Patetico."

"Senti un po' tu, non è mica sempre tutto come capita a te, storie da favola. Purtroppo le cose si sono messe male, nient'altro."

Chinai la testa ed entrammo in casa. Lasciammo le borse in un angolo dell'ingresso, una sopra l'altra. Un rimbombo sulle scale precedette il ritorno della ragazza dal piano di sopra. Aveva indossato una nuova versione di adolescente in calore.

"Ti eri portata dietro il cambio?"

"Io abito qui" rispose lei a Blas.

"Qui?" mi sorpresi.

"Sì, sono la sorella di Carlos."

Come faceva il bello ad avere una sorella così bestia? I geni di quel tizio fornivano davvero ogni sorta di pericoli. Bisognava avvertire Barbara. Quell'adolescente spoetizzata sembrava la principessa della salsiccia.

"Volete una pasticca?"

Non ci diede il tempo di rispondere. La piccola belva pluritossicomane si tuffò nella festa con allegra noncuranza. Blas la seguiva con lo sguardo, quasi affascinato.

"Stiamo diventando vecchi, Solo."

"Eccome."

"È deprimente. Ci hai mai pensato?" Blas scosse la testa con aria rassegnata. "Io ci sto malissimo. Mi manca solo un esame per finire l'università, uno solo, e poi? Dopo che faccio? Non mi piace quello che ho studiato e non ho voglia di lavorare."

"Su non esagerare…"

"Dico sul serio. L'altro giorno ho cercato di farmi una sega nel cesso di casa mia. Ci ho dato dentro per mezz'ora e niente da fare. Tutt'a un tratto mi sono visto la faccia allo specchio e mi sono messo a piangere. A piangere, Solo, a piangere. Quello che ho visto mi è sembrato così patetico. Per me è arrivata l'ora di essere qualcuno e non sono nessuno."

Tipico degli amici. Quando cerchi di concentrarti sul tuo dolore, di condividerlo con gli altri, ecco che se ne vengono fuori con le loro piccole frustrazioni, le loro stupidaggini. Tu credi che i tuoi problemi siano gravi, aspetta di sentire i miei. No, Blas, non avrei provato compassione per la tua crisi nel bel mezzo della mia crisi. Non esisteva il resto del mondo, quando il mio mondo mi crollava addosso. Si salvi chi può. Credi che gli amici siano una seconda famiglia, ma una famiglia che ti sei scelto tu, che non ti è cascata addosso per opera del destino genetico, una famiglia selezionata accuratamente, e invece no, alla fine scopri che nemmeno loro sono perfetti, e possono essere amabili e detestabili come la famiglia che ti viene imposta alla nascita. No, Blas, non puoi pretendere che la tua angoscia metta in ombra la mia angoscia.

Ritornammo alle danze che ormai stavano agonizzando, la pista era praticamente vuota. L'orchestra sfinita per lo sforzo di ascoltare se stessa. Qualcuno aveva scovato un pallone e ci si dava appuntamento per una partita a calcio nel prato vicino. Claudio arrivò per dirci di raggiungere la sua squadra.

"La limousine se n'è andata."

"Non dire cazzate. L'avevamo pagata fino alle nove."

"È una lunga storia" eluse Blas.

"Su, andiamo a giocare a pallone."

Claudio corse verso il prato. Anche Blas, convinto che bisognava far scendere il pranzo prima dell'ora di cena. Rimasi arenato in mezzo agli invitati che iniziavano a congedarsi. Barbara, passandomi vicino, mi toccò un braccio.

"Non dirmi che non vai a giocare a pallone."

"Se tu vuoi ci vado."

"Ma certo. Così ti diverti."

"Ma mi sto già divertendo, e per prima, be', mi dispiace" mi scusai.

"Ma dai… è stato un bel discorso."

"Senti, Barbara. Hai le giarrettiere?"

"Sì, perché?"

"Volevo solo saperlo."

"Ho le giarrettiere bianche e cominciano a stringermi."

Barbara si perse accettando saluti e congratulazioni con un'aria dolcissima. Io corsi a unirmi alla truppa che organizzava le squadre. Mi sentivo la testa pesante e gli occhi appannati.

Fin dalle prime battute della partita dimostrai la mia visione del gioco, la precisione nel taglio, la mia organizzazione della difesa e la capacità di partire in contropiede. Peccato che per un bel pezzo non mi venne concesso di toccare il pallone, così rimasi a

fare compagnia a Blas, che era il nostro portiere. Claudio s'inca-
sinava in sterili dribbling in mezzo alla difesa avversaria. Com'e-
ra nel suo stile. Raúl aveva finto uno strappo muscolare appena
prima dell'inizio, e stava seduto a bordo campo fumandosi uno
spinello che lo faceva ridere stupidamente ogni volta che il pallone si avvicinava a me. La squadra avversaria era formata in gran
parte dai robusti amici dello sposo, lui compreso. Passavano il tempo a sforzarsi di non scivolare sull'erba con le scarpe dalla suola
liscia, falsamente eleganti, scarpe lucidissime che distruggevano
con i loro calci.

La propensione alla violenza prese il sopravvento su di me la
prima volta che lo vidi venirmi incontro. Carlos controllava il pallone da fondo campo. Uscii per investirlo con la cocciuta decisione di un toro, con la segreta missione di spaccargli il femore, di farlo volare per aria e spedirlo all'ospedale o alle pompe funebri in seguito allo scontro. Io e Barbara avremmo così recuperato la nostra
intimità. Mi piantò in asso con un cambio di ritmo inatteso che l'alcol del mio cervello riuscì a registrare soltanto dopo tre quarti d'o-
ra. Corsi dietro di lui con lo sguardo inchiodato sul suo tallone d'A-
chille, lo sentivo già scricchiolare sotto la mia pedata, ma nonostante il vestito dal taglio attillato, correva il doppio di me, dribblò
Blas nella sua uscita alla disperata, e quando andai a sbattere contro il mio amico grasso in piumino e mangiai la polvere, Carlos
spedì la palla in porta con una certa tracotanza. La penuria di fiato mi fece piegare su me stesso, evitandomi così la visione degli avversari che festeggiavano il primo gol.

"Sto sputando sangue" annunciai. "Mi ritiro."

"E il tuo orgoglio?" chiese Claudio.

Il mio orgoglio si trascinò ancora per poco sul campo, nella speranza di acchiappare il neosposo. Dapprima lo intimidii soffian-
dogli nell'orecchio alitate a elevato tasso alcolico, poi lo umiliai con
il mio carattere indomabile di cane da caccia e alla fine lavorai di
gomito fino a che lui si voltò verso di me con un ingenuo: "Calma,
non è mica una finale". E invece sì che era una finale, volente o no-
lente. Gli concessi qualche metro di vantaggio, così che arrivasse
su di me in velocità, l'inerzia avrebbe moltiplicato i danni delle sue
ferite. Barbara non era fra il pubblico, quindi non poteva frenare
la mia ansia di fare il gioco duro, e mi risparmiava anche la vergogna di sentirmi guardato mentre continuavo a recuperare il pallone dalla nostra porta.

Mi resi conto che la partita potevo risolverla soltanto io, quindi avanzai verso gli attaccanti per dimostrare a tutti il mio gioco ficcante. Arrivavo da fondo campo con la forza di un treno e l'imprecisione di un ubriaco. Il ricordo è confuso, ma vidi una palla libera dopo un rinvio, potevo calciarla, superare la difesa, quella tribù di figli di papà conservatori. Avanzai di corsa e colpii il pallone con tutte le mie forze. Lo spostai a malapena di un palmo. Sentii, invece, una vibrazione percorrermi la spina dorsale come una scarica elettrica, facendomi uscire dalle labbra un ululato straziante. Ricaddi sull'erba in posizione fetale. Un attimo dopo venni circondato da amici e nemici. Qualcuno mi tolse la scarpa da ginnastica e il calzino sporco e sforacchiato. Quale umiliazione si accompagnava al dolore. Per favore, non guardatemi le mutande, non avevo di nuovo seguito il consiglio materno di portarmi dietro un cambio pulito in previsione di catastrofi. Le lacrime mi sgorgavano dagli occhi, nessuna traccia della sbronza. Mi ero rotto. Carlos doveva aver nascosto quella pietra in mezzo all'erba, ancorandola proprio al centro della Terra affinché il mio piede la trovasse il giorno del suo matrimonio. Mi afferrò sotto le ascelle e si mise a dare ordini.

"Alla mia macchina, andiamo alla mia macchina."

Claudio mi prese per i piedi, e insieme mi sollevarono. Io volevo gridare, ma il dolore occupava il cento per cento dei miei ordini cerebrali. Carlos organizzava i presenti, facendo spostare la gente al nostro passaggio. Perfino nella mia disgrazia voleva essere lui il protagonista, trasformandosi in eroe. Barbara si aprì un varco tra i tifosi che gridavano in coro il mio nome e arrivò da me.

"Si è rotto il piede" le comunicò Claudio con l'abituale delicatezza.

Io cercavo di spiegarle che mi si erano rotte tante cose. Barbara posò la sua mano calda sulla mia fronte gelida. Chiusi gli occhi per concentrarmi nello sforzo di morire. Non ci riuscii.

Mi portarono sulla macchina di Carlos, che era una jeep carinissima, bella e avventuriera, come lui. Apparteneva a quel genere di persone che assomigliano alle loro auto, come prima succedeva con i cani. Mi buttarono sul sedile posteriore come un rifiuto umano. Blas si sedette al mio fianco, e per quanto implorassi l'assistenza di un'infermiera, lui, tutto sudato, mi abbracciava la gamba assicurandomi che non era niente.

E invece era tanto, Blas.

Carlos si mise al volante e non volle che Barbara ci accompagnasse all'obitorio. La festa di nozze doveva continuare. Il trionfo dell'amore lascia sempre sulla strada qualche cadavere, è inevitabile. Così, al posto di Barbara, si mise a fare da copilota un amico scemo dello sposo. Claudio ebbe la gentilezza di allungarmi una bottiglia di whisky attraverso il finestrino, come unica anestesia. Vidi gli occhi di Barbara sull'orlo delle lacrime. Mi stavo disfacendo, un pezzo dopo l'altro. Tutto era cominciato con il piede, ma ben presto di me sarebbero rimaste soltanto le ceneri, residuo della piccola persona che ero stato. Sussurrai a Blas, mentre la jeep partiva a razzo, di consegnare le mie ceneri a Barbara, affinché le spargesse nell'acqua prima di farsi un bagno. Lui non mi sentiva. Carlos e il suo accompagnatore stavano decidendo quale fosse l'ospedale più vicino. Io m'immaginai seduto al volante con lui rotto al mio posto, il bacio di Barbara quando avessi preso in mano le redini della situazione.

Il whisky ci mise tanto tempo ad addormentarmi il piede quanto ce ne mettemmo noi ad arrivare in un ospedale. Mi fecero una radiografia alla gamba e alla colonna vertebrale, perché io mi ostinavo a dire che la lesione aveva danneggiato organi vitali, mi riferivo al cuore, naturalmente. Blas ostacolava i movimenti degli infermieri con la sua ansia di restare al mio fianco sino all'ultimo respiro. Amico devoto, generoso fin che basta. Volevo svenire, ma non era così semplice. Il medico mi confermò che mi ero rotto tre dita del piede destro.

Non ti massaggerò mai più la schiena con i piedi, Barbara. Non potrò mai più premerti le vertebre piano piano, come un massaggiatore orientale, mai più, pensavo. M'ingessavano il piede con la perizia dei torturatori. Appoggiato contro la spalla di Blas varcai la porta della sala d'attesa. Carlos mi accolse pieno d'interesse. Riposo, piede in alto e due mesi di gesso. Difficile che potessi ancora frugarmi nel naso con le dita di quel piede. Carlos mi parve più virile, sano e atletico che mai.

"Come stai?"

Non volevo riconoscere la mia sconfitta, quindi mentii lanciando un laconico "bene". Mi accompagnarono alla macchina. Fuori si era fatto buio. Mi avevano strappato i costosi pantaloni di lino per ingessarmi. Ora, seduto sul sedile posteriore, attesi che Carlos mettesse in moto, per allontanarsi dall'ospedale.

"Grazie per tutto" gli dissi.

"Di niente."

Mi sarebbe piaciuto andare al suo matrimonio con un granello di riso della dimensione di una pietra gigantesca, e buttarglielo sulla testa. Il mio piede non parlava con me e Blas mi tolse dalle mani la bottiglia di whisky. Era vuota.

Guardai il paesaggio notturno. La bella strada tortuosa che la jeep calpestava con le sue ruote enormi. I rovi, i prati. L'aroma d'eucalipto s'intrufolava in mezzo all'odore di soldi nell'auto del mio autista e accompagnatore. Chiesi una sigaretta.

Blas stava mettendo al corrente i nemici della mia vita, morte e miracoli. Fa il giornalista, lo sentii definirmi. Giornalista. Niente di più lontano dalla realtà, volevo obiettare. Avevo lavorato in quella veste, ma il fiume dei disastri che avevo combinato era immenso. La mia carriera professionale non era migliore di quella personale. Mi ritornò alla memoria l'eccitante intervista che avevo fatto, nei giardini del Ritz, all'attrice Michelle Pfeiffer all'apice della sua bellezza bionda. Quando uscii di casa avvertii Barbara e le sue cosce che forse non sarei ritornato. Mi piaceva da matti provocare in lei una fitta di gelosia, per una volta invertire le parti. Ma quello che successe fu ben diverso. Mentre aspettavo il mio turno, mi sedetti sul bordo di pietra di una fontanella e bastò un azzurro sguardo sperduto dell'attrice, che stava facendo un'intervista con un collega nelle vicinanze, per farmi perdere l'equilibrio e cadere in acqua. Quando mi sedetti per iniziare l'intervista, avevo infilato il soprabito per celare i vestiti inzuppati, ma l'umidità mi arrivava fino alle ossa. Tutto stava procedendo bene, con minore entusiasmo di quanto avessi sperato. A un certo punto starnutii, e mi coprii subito la bocca con il quaderno degli appunti, ma quando sollevai lo sguardo, un verde moccio incontrollato era andato a posarsi sulla guancia dell'attrice. Con tutta la naturalezza consentitami dal suo sguardo gelido, e senza interrompere la domanda lunga e confusa, tirai fuori dalla tasca un fazzoletto e le pulii la faccia, come se avessi visto un granello di polvere. Nella desolazione generale annullammo la chiacchierata.

O quando "grande è Castiglia" mi concesse il privilegio di intervistare García Márquez nel suo hotel. Vi giunsi concentrato, preparato, eccitato, ma forse per colpa dei nervi e del peso della responsabilità, con lo stomaco sottosopra. Alla terza domanda, rosso come un peperone, la pancia contratta, gli chiesi il permesso di usare il suo bagno. Non riuscii neanche ad abbassarmi completamente i pantaloni, né a sedermi, né ad alzare il coperchio della tazza. Un secondo dopo ero circondato dalla mia merda che impregnava le pareti, perfino la porta immacolata. E il Premio Nobel mi stava aspettando di fuori, mentre io mi affannavo a pulire con la carta igienica il disastro che avevo provocato e accendevo cerini per stemperare l'odore. Ma riuscivo soltanto ad allargare quell'orrore, impregnando ancora di più le lussuose pareti con un realismo per niente magico, così venti minuti più tardi, e dopo avere intasato il water sguazzando sul pavimento allagato, trovai il coraggio di uscire. Risposi come potei alla sua domanda se mi sentivo bene e mi dileguai nella speranza che non si ricordasse della mia faccia. Dovetti sopportare i rimproveri del vicedirettore quando lui telefonò al giornale per protestare.

O quando mi venne la ridarella durante la conferenza stampa di Stephen Hawking e dovetti buttarmi per terra, in mezzo ai piedi degli altri giornalisti seri, fingendo di cercare la biro per tre quarti d'ora. O quando Bryce Echenique si addormentò sul divano ascoltando la mia seconda e documentatissima domanda, e io me ne andai dopo venti minuti senza avere il coraggio di svegliarlo. O quando Jack Nicholson mi distrusse il registratore calpestandolo proprio sotto il mio naso, perché gli avevo fatto una domanda sulla sua vita privata: mi ci aveva obbligato "grande è Castiglia", malgrado la mia opposizione morale al pettegolezzo. O quando in un gesto di entusiasmo, che voleva supplire al mio limitato inglese, diedi una manata agli occhiali di Woody Allen fracassandoglieli sul pavimento della suite, sebbene il suo pierre mi avesse avvertito che il newyorkese odiava il contatto fisico. A questa pregevole carriera di giornalista alludeva Blas.

Arrivati alla festa che ormai languiva, fummo ricevuti dal sindaco in persona, il quale s'interessò delle mie condizioni prima di partire con l'automobile di rappresentanza.

Raúl mi prestò la spalla come stampella per consentirmi di camminare fino al cortile interno della casa. Avevano acceso un fuoco su cui friggevano sanguinacci e salsicce. C'era ancora gente con voglia di mangiare e bere, perfino di ballare, anche se l'orchestra professionista era partita e adesso si sentiva un giradischi dilettante, ma nemmeno lui conosceva quella canzone che spiega com'è duro vivere senza di te. Barbara, alla luce del fuoco, mi venne incontro e mi chiese del piede, dopotutto poteva essere l'inizio di un interessamento anche per il resto della mia persona. Si era cambiata. Indossava un vestito corto che si reggeva sulle sue spalle con un filo sottile. Ricordai il suo gusto per i vestiti vecchio stile, le passeggiate nei mercatini più polverosi per trovare scarpe, gonne, cappotti che sfuggissero alla moda. La sua scrupolosa decisione di vestire come nessun altro. Il suo riuscito stile personale.

"Vuoi mangiare qualcosa?"

"Mi hanno detto di tenere il piede in alto, il che è difficile stando in piedi."

Mi accompagnò fino a una sedia. Lei rimase al mio fianco, senza sedersi.

"Ho parlato con Claudio" mi comunicò. "Abbiamo deciso che stanotte vi fermate qui, e domani cercheremo un treno o qualcosa del genere."

"No, no, ho già disturbato abbastanza."

"Qui c'è posto a sufficienza."

Ero segretamente deluso di amare tanto senza venire corrisposto e non morire per quello.

"Barbara, mi piacerebbe sdraiarmi da qualche parte."

"Ma certo."

Andò alla ricerca di Carlos, che mi guidò verso casa. Salutai con un gesto Claudio, Raúl e Blas, di nuovo immersi nella festa. Barbara camminava a fianco dell'uomo della sua vita, che non ero io ma colui che mi sosteneva. Riuscii a salire le scale saltellando su di una gamba, con la mano aggrappata alla ringhiera. Arrivammo al terzo piano quasi mille gradini dopo, con il mio piede sano che stava quasi peggio dell'altro. Aprirono una pesante porta di legno e scoprii una camera semplice, con due letti alti. Il materasso era di lana e quando mi ci sdraiai sopra venni inghiottito. Carlos mi sollevò la gamba ingessata e la posò sopra il letto. Ci infilò sotto un cuscino. Barbara mi mise addosso una coperta e gliene fui grato nonostante il calore, perché ero in preda ai brividi. Le afferrai il polso. Feci scivolare le mie dita fino alle sue dita lunghe, dorate dal sole, scoprii un anello elegante, con una pietra color ambra, discreta. Il nostro amore era pallido, ecco perché non andavamo mai al mare, ma piuttosto al cinema o in giro per strade piovose. Ora scoprivo che desiderava l'avventura, il sole, gli aerei da turismo, gli assessori, gli anelli di fidanzamento. O forse era soltanto la ricerca del contrasto con me. Le donne sono fatte così.

"Scusatemi tutti e due, vi ho rovinato il matrimonio."

"Che cosa dici? Niente affatto." Lei si voltò verso Carlos.

"Ma certo."

"Volevo augurarvi di essere molto felici, be' e tutta quella roba lì..."

"Su, ora devi riposare."

Barbara recuperò la mano, che io trattenevo ancora. Scese dalla vetta della sua montagna di felicità per regalare un bacio alla mia guancia sinistra, vicino alla commessura delle labbra.

"Dormi, Solo" ricordandomi così che dormivo da solo.

Mi abbandonarono. Sentii la felicità scendere le scale con le sue quattro gambe. Domani sarà un altro giorno, pensai, ed è praticamente impossibile che sia peggiore di questo. Domani non berrò, non mi romperò tre dita del piede, e la donna che amo non si sposerà con un altro uomo. Faceva quasi venir voglia di vivere. La musica, modernizzata e ringiovanita, arrivava sino alla mia finestra. Mi cantai una ninna nanna per addormentare uomini infelici, una ninna nanna che mi aiutasse a dormire, per non ricordare com'è duro vivere senza di te.

"Di solito si fa lo sbaglio di invidiare i gatti per il semplice fatto che possiedono sette vite. È un errore. È risaputo che il gatto felice è sette volte felice, ma il gatto infelice è, a sua volta, sette volte infelice."

Da *Scritto su tovaglioli di carta*

11.

Non sapevo che ore fossero quando mi svegliai. Fuori, il sole ce la stava mettendo tutta per spuntare. La pelle mi prudeva sotto il gesso. Alla mia destra il russare tenace e inconfondibile di Blas. Voltai la testa e lo trovai sul bordo del letto gemello, con Raúl al suo fianco. La mano di Blas spenzolava giù dal materasso, e si agitava quando lui, russando, cambiava il ritmo del respiro. Avevi l'impressione che dirigesse un'orchestra privata. Però il rumore che mi aveva svegliato non era quello, proveniva dalla camera attigua. Si trattava di un suono metallico costante. Qualcuno stava facendo l'amore sopra un letto che cigolava. Sentii ruggire una voce di donna, tratteneva a fatica gli ululati di piacere. Pronunciò un nome, Carlos, e lo fece con passione. Rimasi immobile e sentii di nuovo lo stesso nome. Mi misi a sedere sul letto. Carlos. Ma non era la voce di Barbara. Non erano i neosposi che stavano inaugurando un nuovo stato civile di fare l'amore. Tirai fuori prima il piede sano e dopo quello ingessato, giù dalle sabbie mobili del materasso di lana. Appoggiandomi contro la parete bianca scivolai al di là della porta, con saltelli che volevano essere silenziosi.

La porta attigua era socchiusa. Dall'interno arrivavano i sospiri e il digrignare cadenzato della rete metallica. Feci capolino con un batticuore incerto: forse avrei scoperto qualcosa che avrebbe cambiato la mia sorte, il tradimento di Carlos. La donna stava a cavalcioni dell'uomo, lo montava. Indossava il vestito da sposa di Barbara, ma non era lei. Il suo corpo nudo prorompeva fuori dal vestito di voile. Riconobbi la madre di Carlos, i suoi capelli biondi tinti, gli orecchini di lusso e i fianchi arrotondati. Le gambe sporgevano dal materasso, una per parte, aveva ancora ai piedi le scarpe della festa. Riconobbi la sua voce, i suoi gemiti.

"Carlos, così, Carlos, Carlos."

E allora l'inconfondibile voce di Claudio emerse da sotto la fragile stoffa del vestito da sposa.

"Mi chiamo Claudio, Claudio."

Ma lei tornò a ripetere il nome di suo figlio e, quando si abbandonò sopra il corpo di Claudio-Carlos, mi allontanai con un salto. Il pavimento scricchiolò sotto i miei piedi. Ritornai in camera approfittando del fracasso di vestiti e molle che si scatenò quando si raddrizzarono, credendosi scoperti. Mi buttai sul letto più in fretta che potei. Adesso capivo perché Blas e Raúl avevano dovuto dividere il letto: per cedere l'intimità a Claudio. Dopo venni a sapere che l'idea del vestito da sposa era stato un capriccio di Claudio, accolto peraltro con entusiasmo dalla madre di Carlos, che l'aveva preso dall'attaccapanni mentre i neosposi dormivano. Non ci stava dentro, e comunque nemmeno Claudio era precisamente chi desiderava che fosse, per cui ciascuno si era limitato a saziare le fantasie dell'altro.

Sdraiato sul letto, lasciai scorrere il tempo. Sentii i passi della madre di Carlos mentre fuggiva dalla compagnia di Claudio. Mi pulsavano le tempie. Ricordai allora, non so bene per quale associazione di idee, il giorno che presentai a Barbara una ragazza con cui uscivo, dopo che avevamo concluso definitivamente i nostri diciannove mesi e ventitré giorni. Una fredda conquista che non durò a lungo. Claudio l'aveva soprannominata Miss Sbadiglio 1996. Chiesi a Barbara se era gelosa di vedermi con un'altra e lei mi assicurò che secondo lei meritavo qualcosa di meglio. Parlavamo, a volte, finché lei rimase al giornale. Poi decise di concentrarsi sulla fotografia e iniziò a lavorare per un'agenzia di pubblicità, e i nostri incontri e le telefonate presero a diradarsi. Ogni tanto ci trovavamo per caso in qualche bar, come quella volta in cui, completamente brillo, volli baciarla di nuovo a tutti i costi, anche per dimostrarle che avevo acquisito una recente abilità, il bacio prodigioso. In realtà era il solito bacio di sempre, ma con la passione di avere intuito che sarebbe stato l'ultimo. Lei mi lasciò fare e poi si allontanò. Fu l'ultima volta che ci baciammo, era soltanto un bacio di mancia.

Quando temevo di scoprire che ero ancora innamorato di lei, cercavo di nascondere tali incrinature con altre ragazze, divertendomi il più possibile nel minor tempo. Claudio, con quel suo modo delicato di esprimere i grandi pensieri, mi diceva che i cazzi non guardano mai indietro, ma sempre in avanti. Allora, se mi sentivo invadere dalla nostalgia di Barbara, se mi sentivo strano vicino ad altri corpi in cui non riconoscevo le sue cosce, le sue labbra, il suo ombelico, mi convincevo da solo assicurandomi che conservavo ancora i ricordi di Sonia, il mio primo amore, quella ragazzina che mi lasciava spalmarle i seni con la nutella per poi leccarglieli, quando eravamo poco più che bambini. Non facemmo mai l'amore, però ingrassai di sei chili. O quando avevo creduto di impazzire per Belén, al punto da tradire Claudio, che in quei giorni usciva con lei. Tradimento, sì, anche se lei giurava che se avesse conosciuto me per primo, non si sarebbe mai messa con lui. Un tradimento che superai soltanto quando un giorno, all'alba, fui capace di confessarlo a Claudio, e lui tagliò corto con una frase fatta: "L'onore più grande che si può fare a un amico è rubargli la donna". O anche Manuela, la figlia di un amico intimo di mio padre, alla quale scrissi lettere d'amore talmente accese che dovette mettersi gli occhiali. Sono convinto che il vertiginoso aumento del suo astigmatismo fosse legato alla mia letteratura. O Blanca, una compagna di mia sorella che mi dava lezioni private di latino. Passava l'ora intera seduta sopra la mia mano, che io piazzavo strategicamente sulla sua sedia. Entrambi fingevamo di non accorgerci di quel particolare, soprattutto io, per celare il principio di cancrena. O Pili, una documentarista del giornale che sperperava lo stipendio in biancheria intima e mi obbligò a registrarle circa sessanta ore di video con le sue sfilate da modella. O Adoración, che si eccitava soltanto facendolo in luoghi frequentati o al cinema, sempre che proiettassero film con Mel Gibson. O Eva, che quando cercavo di spingermi un po' più in là mi chiedeva sempre tempo, "dammi tempo", e ci limitavamo a scambiarci baci dolcissimi fino a che scoprii di avere quattro carie, e dato che insisteva con quel suo "dammi un po' di tempo", alla fine le concessi tutto il tempo del mondo. O Inés e Alicia, che non si accorsero mai di me sebbene mi avessero fatto impazzire di desiderio. O Vicky, aspirante attrice di Valencia, con la quale arrivai a vivere per ventinove giorni sotto lo stesso tetto; alla fine mi stufai di svegliarmi ogni mattina con i suoi vocalizzi, e la sua bellissima anatomia smise di eccitarmi, anche se ogni giorno seguiva corsi di espressione corporale. Per tutte quante ho provato quella cosa chiamata amore. E in tutti i casi il benedetto amore era svanito come le impronte sulla sabbia. Perché Barbara avrebbe dovuto essere diversa? Perché lo era?

Ricordai anche la nostra ultima conversazione al telefono. L'ultima volta che ebbi il coraggio di chiamarla. "Senti Barbara," le chiesi, "tu che cosa fai quando pensi a me?" Lei rise all'altro capo del filo e rispose dopo un momento: "Penso ai bei momenti che abbiamo passato insieme e sono contenta di averti conosciuto". Quando mi accorsi che non era sola, continuai con qualche divagazione e alla fine riattaccai. Erano le tre e un quarto di notte. La volta successiva che ci vedemmo fu al giornale, quando mi annunciò il suo matrimonio.

Probabilmente mi ero addormentato di nuovo, perché il sole era alto quando ripresi coscienza della mia bocca secca, del triste doposbronza, della terribile voglia di abbracciare Barbara. Il ruggito di un motore entrava dalla finestra. Mi affacciai reggendomi al telaio, senza svegliare Blas e Raúl. L'aereo si era messo in moto sul prato vicino. Prese velocità e si sollevò sopra l'erba. Virò a ovest, descrisse una parabola e scomparve dal mio sguardo. Non ero riuscito a distinguere il volto di chi lo pilotava. Rimasi a lungo con lo sguardo fisso sulla scia dell'aereo.

Raúl si sedette sul materasso. Allungò la mano per prendere gli occhiali. S'infilò le scarpe. Blas stava sdraiato con la bocca contro il cuscino.

"Come va il piede?" s'interessò Raúl.

Mi strinsi nelle spalle. Avvicinò il borsone e ne tirò fuori una camicia spiegazzata, tutta abbottonata. Se la infilò dal collo.

"Ieri sera Claudio…"

"Sì, l'ho sentito" risposi al suo cenno verso la camera attigua.

"Gli piace rischiare, allo stronzo. Con la madre addirittura…"

Si alzò in piedi. Prese il borsone elefantiaco e se lo caricò in spalla.

"Te ne vai?"

Fece segno di sì.

"Dove?"

"A casa di Elena. Ieri sera abbiamo parlato."

"Ma te ne vai senza…"

"Mi accompagnano alla stazione insieme ad altri invitati. C'è un treno per Saragozza alle undici."

Lo guardai con un punto interrogativo disegnato negli occhi. Allora quella era la fine del nostro viaggio, l'ultima lega della nostra avventura.

"Non dico niente a 'sti qui perché preferisco andarmene senza…"

"Ma…"

"Devo andare, Solo… Tu ti sei fottuto il piede, dove vuoi che andiamo? E il mio posto…"

Non intendevo trattenere Raúl, anche se lui costellava la propria sentenza definitiva con tanti puntini di sospensione, perché io ci provassi. Non avrei ricominciato con la strategia contro il suo matrimonio, contro i gemelli. Avevo capito che, per quanto la sua vita gli sembrasse spaventosa, era la sua, sua e di nessun altro. Per lo meno, al circo del suo matrimonio aveva interpretato il ruolo dello sposo, non avevo nulla da rimproverargli. Era l'unica cosa che avesse, sempre meglio che niente. Ora lo capivo. Mi abbracciò e mi augurò di guarire presto. Tentai di disperdere il sapore dell'addio. Gli ricordai che ci saremmo visti a Madrid al ritorno dalle vacanze. Fece segno di sì con la testa. Prima di uscire dalla stanza si voltò indietro per dirmi:

"Non soffrire troppo".

Era un consiglio da amico. Non so se per Raúl Elena fosse la donna della sua vita, oppure un ostacolo insormontabile lungo la strada. Era lui che doveva deciderlo. Noi, Blas, Claudio e io, potevamo soltanto metterci a sua disposizione con la nostra voglia di divertirci, quando ce l'avevamo.

Tirai fuori un'altra maglietta dalla borsa che Blas o Raúl dovevano avermi portato di sopra la sera prima. Il voluminoso libro del benzinaio perdeva già i fogli. "A che cosa mi servono tutte le stazioni di benzina che possiedo se non ho l'amore della donna che amo?" Il dolore al piede si nascondeva dietro un pizzicore costante. Ciononostante feci ricorso a uno degli analgesici che mi aveva prescritto il medico del pronto soccorso.

Scendere le scale fu un'impresa a rischio elevato in cui impiegai quasi il resto della mattinata. Al piano intermedio cercai un bagno dove lavarmi la faccia e togliermi dai denti i residui del whisky. Fu una scusa per aprire tutte le porte del piano e curiosare. La camera da letto dei genitori, con i tendoni rossi e la fotografia del loro matrimonio. La camera da letto dei neosposi era un ammasso di vestiti aggrovigliati, il letto sfatto, le lenzuola per terra. O una notte appassionata o una partenza di fretta. Localizzai il lato del materasso dove aveva dormito Barbara e vi passai sopra la guancia. Inspirai a fondo. Entrai nel suo bagno e mi passai un asciugamano umido sotto le ascelle e in mezzo alle gambe. Mi lavai la faccia e mi bagnai i capelli. Barbara era rimasta fedele alle sue colonie, al suo shampoo e al suo sapone abituale. Magari avesse mantenuto la stessa fedeltà anche per il resto.

Dopo aver attenuato in certa misura il martellare che avevo in testa, feci appello a tutte le mie forze per affrontare l'ultima rampa di scale. Nel salotto si distinguevano ancora gli effetti della festa. I camerieri del giorno prima stavano caricando gli ultimi tavoli sopra un furgone posteggiato davanti all'ingresso. Il padre di Carlos innaffiava il prato calpestato con un tubo di gomma, nel giardino che adesso sembrava ancora più grande. Per evitare che mi bagnasse, dovetti fare un salto da una parte. Mi rivolse un cenno.

"E tutti gli altri?" chiesi più che altro per iniziare una conversazione.

"Andati via."

Per la prima volta mi resi conto del suo accento galiziano. Non aggiungeva nessuna simpatia al personaggio. L'erba era inondata di mele cadute da un albero. Inciampai in un rastrello e lo tirai su. L'avrei usato da stampella. Il padre mi avvertì mentre mi mettevo a camminare:

"Tra poco mi serve".

"Il rastrello?"

"Certo."

"Chi è partito in aereo?"

Si strinse nelle spalle.

"Gli sposi?"

Assentì vagamente. Mi allontanai con il rastrello sotto il braccio. L'aereo probabilmente stava volando verso una meta romantica. Al lusso ci si abitua facilmente, è alla vita miserevole che è difficile abituarsi. E io ne sapevo qualcosa. Camminai verso la casa e da un punto che poteva essere la cucina emerse la madre di Carlos. Aveva un aspetto fantastico, nessuna traccia della notte agitata. Immaginai l'euforia ormonale della cinquantenne ben scopata.

"Il tuo amico se n'è già andato."

"Raúl?"

"Sì, il bruttino."

Claudio doveva essere il bello, Blas il grasso. Io l'imbecille.

"Mi dispiace per ieri, vi ho dato un sacco di guai" le dissi nel tentativo di ripulire la mia immagine.

"Uh, figliolo, mi hai conquistata con il tuo discorso…"

"Credo di aver bevuto troppo."

"L'abbiamo fatto tutti. Un giorno di festa…"

"…è sempre un giorno di festa" l'aiutai.

"Si è fermata altra gente a dormire, ma ormai sono sul piede di partenza. Voi non abbiate fretta. A me, da sola con mio marito, la casa sembra enorme."

Alle spalle della nostra chiacchierata sbucò la madre di Barbara.

"E come va 'sto piede?" s'interessò.

"Mah. Tre dita rotte. Poteva andare peggio."

"Tre… dev'essere stato un colpo tremendo."

"Be', la pietra era al posto giusto e poi il mio piede ha fatto il resto."

"Lo sport è una maledizione," intervenne la madre di Carlos, "sono sicura che le nuove generazioni, con questa fissa dello sport, finiranno per campare molto meno di noi."

"Io mi sono già ritirato" indicai il piede ingessato e mi voltai verso la madre di Barbara.

"Si ferma tanti giorni?"

"No, questa sera prendo un treno per Madrid."

"Gliel'ho già detto di fermarsi…" fece presente la consuocera.

"Be', qui non fa caldo come a Madrid" dissi io.

"Non mi piace la campagna" spiegò la madre di Barbara, scostandosi dalla fronte una ciocca di capelli brizzolati. "Mi manca il brutto della città."

Lei non si era tinta i capelli di biondo platino per togliersi qualche mese come la madre di Carlos, né possedeva la sua voracità vitale, eppure, dietro alla pace che sprigionava, s'intuiva tutto un mondo.

"Anche noi partiamo questa sera" comunicai. "Non appena gli altri si saranno svegliati."

"Non c'è fretta, non c'è fretta" insisteva la madre di Carlos. Sollevò lo sguardo verso il marito. "E che cosa fa quel deficiente, innaffia in pieno sole?"

Rimasi in silenzio, da solo di fronte alla madre di Barbara, mentre la padrona di casa si rifugiava all'interno, secondo lei per evitare la discussione. Cercai qualcosa da dire, ma non la trovai. Forse non ce n'era bisogno. Lei sapeva che cosa provavo. Forse per evitarmi un brutto momento, mi chiese notizie dei miei genitori. Le dissi che erano in vacanza. Di loro non sapevo molto di più. Immaginai la faccia di mio padre quando avesse scoperto la mia gamba ingessata. Un sorriso altezzoso, un commento brillante sulle sue perfette condizioni fisiche.

"Sei ancora al giornale?"

"No, l'ho lasciato."

"Ah sì? E adesso che cosa fai?"

"Eh, be', non lo so ancora. Voglio pensarci su. Scrivere, forse."

"Mi sembra una bella idea. Ce l'hai la ragazza?"

"Eh?" La domanda mi obbligò ad afferrare il rastrello con forza. "Adesso no."

Il silenzio tornò a posarsi su di noi. Venne a liberarcene il rumore di un'auto che parcheggiò vicino alla porta d'ingresso.

"Dev'essere Barbara" intuì la madre.

Avevo cambiato faccia. Lei se ne accorse.

"Pensavo che fosse partita in aereo. In viaggio di nozze…"

"No, era Carlos. Va in città così. Doveva lavorare."

"Ah."

Ci voltammo verso il cancello vedendo Barbara che lo spingeva per entrare nella nostra zona. Aveva raccolto i capelli in una coda di cavallo, portava i jeans, una maglietta bianca immacolata, come un ritaglio del vestito da sposa. Ero contento di vedere che non si vestiva ancora soltanto di nero.

"Guarda un po' chi c'è qui. Come va 'sto piede?"

"Serve a tutto meno che a camminare."

"Fa male?"

"Non tanto. Solo quando ci penso. Mi prude."

"Avrai bisogno di un bastoncino o qualcosa del genere per grattarti."

Stavamo pensando tutti e due che era una conversazione stupida.

"Ho appena accompagnato Raúl in paese. Prendeva il treno delle due."

"Vi lascio." La madre di Barbara se la svignò discretamente.

"È serio Raúl" osservò Barbara.

"La paternità, credo. Non lo so. Non sta passando un bel periodo. Nessuno di noi lo sta passando, ma lui si sente molto controllato."

"Il matrimonio, su dillo…" mi sfidò lei.

"No, no. Io non dico niente. Lo saprai tu."

"Io ho appena iniziato, non mi sono ancora fatta un'idea."

"Be', se lo consigli, fammelo sapere."

"Non so se per te funzionerà."

"Non mi vedi sposato?"

"Sì, no, non lo so. Neanch'io mi vedevo sposata."

"Immagino che arrivi qualcuno e ti convinca. È quello che sto aspettando." Alzai le spalle.

"Lo sai che a me non va 'sta storia dei contratti, però se all'altro fa piacere… È una festa e niente di più. Il giorno dopo ritorni a essere la stessa persona di prima, e l'altro anche."

"Tutti nascondiamo un lato convenzionale" lo dissi per provocarla. "Matrimonio, figli, famiglia, lavoro."

"Tutti tranne te, naturalmente."

Era troppo tardi quella mattina per un duello.

"No, io sono la persona più convenzionale del mondo, però a modo mio. Non ho una donna, né una famiglia, né un lavoro. Però domani forse incontrerò qualcuno, non so, come Carlos, ma in versione donna, naturalmente, e magari cambierò. Per diventare…"

"Uno come me."

"Non lo dico in senso negativo. Hai l'aria così felice."

"Lo sono."

"Le storie d'amore…"

"Sì?" m'interruppe con una certa aggressività.

"No, è che non si sa mai come vanno a finire…"

Il padre di Carlos venne verso di me con fare minaccioso.

"Mi serve il rastrello."

Me lo strappò da sotto il braccio. Non s'immaginava quanto gli fossi grato di dovermi chinare sulla spalla di Barbara. Appoggiarmici contro, sfiorare la sua scollatura, poter vedere l'inizio dei suoi seni raccolti.

"Credo di stargli simpatico."

"Nessuno gli sta simpatico."

"È il brutto della gente ricca" dissi. "Non sono obbligati a fingere, come gli altri. Tu ti sarai già abituata, ma io no. Dicono che la ricchezza sia contagiosa, stai un po' di tempo con un tizio ricco e ti credi subito ricco anche tu, ti comporti come loro."

"Vi fermate a pranzo, vero?"

"Non credo che loro vogliano."

"Ma se non si sono ancora svegliati."

"Sarete stufi di avere ospiti."

"No."

"E tuo marito? Ritornerà stanco con il suo aereo, non si aspetterà di trovarmi qui. Tra l'altro, il fatto che viaggi in aereo, non ti fa paura?"

"Hai già volato qualche volta?" mi chiese con una luce sul volto.

"Lo vedi che è contagioso? Cosa cazzo vuoi che voli io. Quando mai avevi volato tu, prima di conoscere uno ricco?"

"Non fare… non ho voglia di litigare."

"Prima ti piaceva la gente che non sapeva neanche guidare. Lo trovavi elegante. Su, raccontami, dov'è che ti ha conquistato? Sull'aereo? Sullo yacht? Sulla jeep? O è stato il fatto che si dedicasse alla politica? L'erotismo dell'assessore. Baudelaire aveva ragione: l'unico amore sincero è la prostituzione."

"Mi stai insultando."

"Non era mia intenzione farlo."

"E invece mi sembrava il contrario. Sai, Solo, qui ho scoperto un sacco di cose. Mi piace vivere fuori dalla città, cose che non sapevo…"

"Ma certo, prima ti allontani dalla gente e un attimo dopo la gente ti pare una merda. È la fortuna di chi se ne può allontanare. Chi, come me, non può farlo, la gente se la deve digerire, cazzo."

"Non vuoi capire."

"L'ozio finisce per essere un modo di vivere. Non ti ci vedo, Barbara. Non sei più quella che conoscevo."

"Vieni."

Barbara si era voltata indietro, un po' irritata. Camminai al suo fianco, la mano sulla sua spalla. Varcammo una porta e in fondo al corridoio c'era una scala che scendeva nel seminterrato. Erano quattro scalini di legno, impossibili per un invalido come me.

"Non penserai di farmi scendere lì sotto. Che cos'è? La mia tomba?"

Barbara mi prese in braccio e scese verso l'oscurità del seminterrato.

"Lui ti ha portato così ieri sera in camera da letto?" le chiesi.

"Com'è eccitante. Se un giorno mi sposerò, voglio fare la sposa. In realtà è la sposa che monopolizza lo spettacolo, tu eri splendida, lui non l'ho quasi guardato. Le nozze dovrebbero farle solo con le spose…"

"Dai, sta' zitto."

Mi posò sul pavimento con una violenza controllata. Barbara ha sempre avuto i muscoli. Dai tempi in cui giocava a pallacanestro. Durante le discussioni si rimboccava le maniche mostrandomi i bicipiti, per mettermi in guardia. Se c'era da spostare un divano, portare su i sacchetti pesanti della spesa, potevo delegare a lei. Nella nostra coppia lei era la forza, l'intelligenza e la bellezza.

Aprì la porticina del seminterrato. Accese una luce rossa. Si trattava di un piccolo ma ben attrezzato laboratorio fotografico. La luce rossa si posava su Barbara come una carezza. Vaschette, ingranditore, e l'odore degli acidi. La mia testa si scontrò con una corda tesa per far asciugare le fotografie.

"Mi sono sistemata qui. Ritornerò a fare fotografie. Ma sul serio, adesso."

"Pensate di vivere qui?"

"La maggior parte dell'anno."

"È un posto sperduto" dissi.

"Proprio per questo. Mi piace."

Invidiai gli alberi del bosco, il sentiero lungo il quale Barbara avrebbe camminato nei giorni più corti dell'anno con un maglione di lana, invidiai perfino la solitudine che l'avrebbe abbracciata quando non c'era nessuno nei dintorni.

"Ti stuferai dopo tre giorni."

"È quello che voglio. Una volta tanto. Stufarmi fino a non poterne più."

"E sola tutto il giorno, perché l'assessore…"

"Proprio così."

Non avevo mai sospettato che Barbara desiderasse tradire l'asfalto, abbandonare il ritmo della città e ritirarsi per guardar crescere l'insalata lontano dalla civiltà. Un barlume di misticismo nuovo per me, era cambiata così tanto, forse non era davvero più la persona che avevo conosciuto.

"Non ti sarai mica fatta buddista?"

"No, perché?"

"Questo ritiro spirituale…"

D'accordo che Madrid era diventata una città aggressiva, però era una delle sue virtù.

"E poi abbiamo una casa a Lugo."

"Lugo? E la chiami città, quella? Con tutto il rispetto…"

"È un momento della mia vita, non dico che domani non rinuncerò a tutto quanto."

"Ricominciare da zero. Me lo vedo. Con il conto corrente bello pieno, questo sì."

Mi appoggiai al tavolo per far riposare la gamba.

"Anche tu hai lasciato tutto quanto, o no?" mi rinfacciò.

"Per quel che mi riguarda, è stato tutto quanto a lasciarmi, te compresa."

"Non sono stata io a lasciarti, ricordi?"

Frugò in mezzo al suo materiale, non aveva il coraggio di affrontare il mio sguardo. Mi mostrò la foto di un fiore selvatico.

"Ti piace?"

"Guarda, Barbara, si comincia facendo foto di fiori e si finisce, che ne so, dandosi all'alcol."

"Non essere cinico. Almeno per cinque minuti."

"Non essere cinico? Non sai che cosa mi chiedi. Per te è facile non essere cinica, appena sposata con l'uomo perfetto, felice del suo aereo, due settimane ai Caraibi. Così è facile non essere cinici. Barbara, io ti ho conosciuta con i piedi gelati in un appartamento di merda, che ti alzavi presto la mattina per non perdere il lavoro peggiore di questo mondo. Adesso ti viene comodo dirmi di non essere cinico. Se non lo fossi mi sparerei un colpo. Tu non puoi convincermi che sia questa la vita che sognavi, e che io troverò quello che cerco, perché non lo so neanche cosa cerco. Credevo di assomigliarti, invece ora scopro che sapevi perfettamente che cosa stavi cercando, ed era tutto questo."

"Forse sì. Forse è questa la vita che sognavo."

"Non ci credo."

"La gente cambia, Solo."

"Nessuno cambia. Al massimo ci si abitua."

"Perché dici così?" Barbara sembrava ferita, quasi messa alle strette. "Certo che cambiamo, Solo. Il tempo passa, rinunci a certe cose, ti rendi conto di altre. Lo sai quanti anni ho?"

"Sì." Aveva un anno più di me.

"Forse non voglio passare la vita a fare le cose che ho fatto finora."

"D'accordo, ma lui, che cosa c'entra? Che cosa c'entra lui?" Puntai il dito verso l'alto, verso il cielo, casomai ci sentisse dal suo aereo.

"Mi sembra impossibile... Non credi che sia innamorata di lui? Mi conosci così poco?"

"Ti conoscevo. Sei cambiata... o così dici."

"No, Solo. Se sto con Carlos è perché lo amo. Perché mi sorprende ogni mattina, perché mi parla di cose che non conoscevo, perché mi riempie la vita, perché è generoso, perché mi accorgo che mi guarda in un modo speciale, perché mi fa venire voglia di vivere, perché è divertente stare con lui, perché mi sento bene, ho fiducia in lui, perché posso essere me stessa, perché non mi sento in tensione per la paura di sbagliare, non ho paura che lui mi guardi con un'aria critica, perché lo aspetto quando non c'è, perché mi manca... Dovrei sentirmi colpevole per questo?"

Ammutolii. Barbara stava sorridendo, ma intanto i suoi occhi si erano inumiditi. Parlava con sincerità, con quel suo modo così peculiare di aprirsi. Mi sentivo ferito dalla sua confidenza, eppure mi sforzavo di conservare lo sguardo freddo, quello sguardo critico che lei temeva tanto quando ci amavamo, lo sguardo esigente, tutt'altro che generoso, quando chi ti sta parlando ha solo bisogno di essere sicuro che lo ascolti. Quanto assomiglio a mio padre. In fondo, mi ripugnava assistere alla sensibilità a fior di pelle. Il mio sguardo vagava sopra i riflessi rossastri dei capelli di Barbara, sulla sua carnagione di velluto, sul movimento delle sue labbra mentre parlava. Allungai una mano indecisa per afferrarle il polso. Di nuovo le sue unghie grandi e rosee. Tentai di trasmetterle la mia porzione di sincerità, quelle parole che lei conosceva e che io non sarei mai stato capace di dirle. È il mio carattere. Così come quello di lei affrontava la verità senza complessi, senza paure, pronunciandola come un'arma e come uno scudo.

"E io, Barbara, qual è il mio posto in tutto questo?"

Si strinse nelle spalle. Preferiva non dire niente.

"Io non ti ho mai fatto sentire così, vero? Come ti senti con lui."

"Certo che no."

"Siamo così lontani adesso?"

"La nostra storia è finita, ed è finita male. Non siamo più gli stessi di prima, non stiamo nello stesso posto di prima. È passato del tempo, Solo. La nostra storia è durata ma…"

"Diciannove mesi e ventitré giorni."

Sorrise di fronte alla mia precisazione. Fece segno di no con la testa.

"Tu non mi volevi al tuo fianco."

"Io non sapevo che cosa volevo."

"Io mi ero innamorata di te." Sollevò lo sguardo su di me. "E stavo bene con te… Mi affascinavano tante cose di te, però la tua testa andava troppo in fretta. Ricordo una sera che ti ho telefonato a casa dalla redazione e tu sei arrivato di corsa perché ti avevo detto che era morto River Phoenix, e ti sei messo a piangere, non c'era modo di farti smettere, e ricordo anche di quando mi hai fatto la tua dichiarazione e mi hai detto che il nostro amore era per tutta la vita anche se fosse finito dopo un attimo, che quel momento non si sarebbe mai infranto. Tante cose mi avevi detto. Mi ricordo anche di quando te ne sei andato di casa, con quella tua indolenza, di quando mi telefonavi o mi incontravi in giro e volevi soltanto scopare con me, e lo facevamo. Abbiamo fottuto il nostro amore, Solo, tutti e due. Non solo tu. Anch'io, con tutti i miei difetti."

"Sogno le tue cosce, Barbara, il tuo modo di parlarmi, di non ridere con me. Vorrei che avessi bisogno di me, vorrei poterti dare quello che stai cercando. Ora so che siamo complementari, tu sei meravigliosa e io sono un orrore."

"Tengo ancora i messaggi che mi lasciavi quando dovevi uscire, le lettere. Mi ricordo di tutto…"

"Vieni con me, ritorna pallida, ritorna a dormire con me. Quella era la felicità."

"Esatto, Solo, ma tu, quando vedi avvicinarsi la felicità, scappi via di corsa."

"Non è vero."

"Sì, è vero. La felicità ti dà fastidio, ti sembra un sentimento stupido; me l'avevi detto un giorno."

Barbara ricordava perfettamente quello che le avevo confessato un giorno. Da bambino avevo l'impressione che si potesse vivere solo grazie all'anticonformismo. Che felicità volesse dire imbecillità. Le avevo raccontato che da piccolo sentivo il bisogno di rompere i miei giocattoli preferiti quando capivo che mi erano diventati indispensabili, e che non avrei potuto alzarmi il giorno dopo scoprendo di non averli più, allora li pestavo sotto i piedi, li buttavo giù dalla finestra, non sopportavo l'idea che un giorno mi si rompessero involontariamente, scomparendo così dalla mia vita. La felicità era un luogo verso cui bisognava tendere, ma dove non era consigliabile arrivare.

"Credo ancora che la felicità completa non sia possibile…"

"Non volevo dire questo. Quando le cose vanno bene, tu fai di tutto per farle andar male."

"Sì, per mandare tutto a quel paese, va bene, lo accetto. Barbara, ieri ti ho vista e ho capito che volevo sposarti."

"Perché stavo sposando un altro. Se stavo per sposarmi con te, saresti voluto sparire."

"No, qualcosa mi dice che voglio passare con te il resto della mia vita."

"Non sei capace di pensare una cosa del genere. E nemmeno io. Questo me l'hai attaccato tu. So che domani potrà finire tutto, ma non me ne importa."

"Bisogna avere il coraggio di scommettere, Barbara" la supplicai più che sfidarla.

"Io la mia scommessa l'ho già fatta, adesso voglio stare qui. Domani…"

"Vieni."

Le misi una mano dietro la nuca e l'attirai verso di me. I suoi capelli mi colpivano il dorso della mano. Oppose una resistenza più che discreta, ma le cedette un piede e si avvicinò a me, ancora chino sul tavolo. Afferrai la sua bocca con la mia bocca e la baciai. Lei non si arrese, ma neppure mi sfuggì. Baciai le sue labbra passive, penetrai nella bocca che mi si offriva, immobile. La sentii fremere vicino al mio corpo e sollevai l'altra mano dietro la sua schiena, senza separare le nostre labbra. Provai a comunicarle una dichiarazione d'amore attraverso il nostro contatto sensibile, chiusi gli occhi per dirle tutto quello che avevo dentro. La mia mano s'infilò sotto la sua maglietta per toccarle di nuovo la pelle. Scivolò fino al reggiseno e poi continuò lungo i fianchi fino alla vita. Esplorò sotto l'elastico, ne accarezzò il contorno, risalì lungo le costole e l'avvicinai ancora di più, come se, così facendo, lei entrasse a far parte del mio corpo. Sciolsi l'elastico che le tratteneva i capelli e li lasciai ricadere, accarezzandoli. Allontanai leggermente il volto per spiare i suoi occhi, spalancati e opachi, come i vetri della limousine. Quello che avevano dentro era un lusso riservato, sconosciuto, nascosto. Non dicevano niente, ma non negavano niente. Sentii che mi desiderava e mi azzardai a sbottonarle i jeans, introducendovi la mano. Lei mi fermò facendo pressione sul polso. Feci marcia indietro. Dissi il suo nome a voce bassissima, glielo pronunciai all'orecchio con tutte le inflessioni possibili e immaginabili. Intrecciai le sue dita alle mie, guidando il palmo della sua mano fino alla mia cintura, sul rigonfiamento che avevo tra le gambe. Volevo che conoscesse il livello della mia passione. Mi sentivo più leggero con il peso del suo corpo sopra il mio, con il suo respiro al ritmo del mio. Lei lasciò la mano là dove io l'avevo condotta e poi me la infilò sotto i vestiti. I capelli le si arruffavano contro le mie labbra, e lei con la mano libera se li tirò dietro l'orecchio e le baciai l'orecchio e l'orecchino d'argento, e la sua mano, in quello spazio minimo, cominciò a stringere con forza, masturbandomi con il lento ma tenace movimento del polso. E tornai a percorrere la pelle del suo culo e a cercare il punto giusto per spingerla verso di me, quasi sollevandola da terra. E sentivo la sua mano nello spazio rosso, con l'odore di Barbara che annullava l'odore del fissativo e dei liquidi chimici. Rovesciai la testa all'indietro, ma lei non mi seguì. Rimase con la testa eretta e io ebbi paura di guardarla. Tenni gli occhi chiusi, e quando li aprii un momento scoprii che Barbara guardava in basso, attenta alla sua mano, scoprii che la sua mano voleva finire, e lei voleva finire con me.

L'allontanai con forza, spingendola via con le mani contro le spalle. Lei mi lasciò andare. Non ci toccavamo e non ci guardavamo, ma io le dissi:

"Non sono venuto fin qui per farmi fare una sega".

Lei non si ritrasse.

"Mi sembrava di sì."

Ci sono seghe che possono essere come schiaffi, così come ci sono schiaffi che sembrano baci. Nello spazio ridotto pendeva la lampadina rossa. Barbara credeva che io e il mio cazzo fossimo la stessa persona, dimenticando che eravamo indipendenti, con interessi diversi. Una sua vittoria poteva essere una sconfitta per me. Avrei preferito uno schiaffo. Inchiodò lo sguardo su di me. Intravidi un dubbio sotto la luce rossa.

"Non ti ho sentito dire che non sei più innamorata di me" buttai lì.

"Hai la stupefacente capacità di farmi sentire una merda" disse lei, e i suoi occhi divennero due lame umide.

La mia patetica immagine di invalido e la cerniera abbassata non annullavano la sua piccolezza, la sua voglia di scappare. Potevamo farci ancora molto male. E nessuno dei due voleva far male all'altro. Dall'esterno giunsero fino a noi le grida che ci chiamavano a pranzo.

"Sono incinta, Solo" mi sussurrò Barbara, e nel dirlo le sfuggirono le lacrime, come perle. "Sono incinta di due mesi."

Barbara non sopportava che la vedessi piangere, quindi si voltò e salì la scaletta che portava al piano superiore. Rimasi da solo, abbandonato alla luce rossa. Mi trascinai lentamente, fino a cadere seduto sopra il pavimento di cemento. Stordito.

Anch'io e Barbara eravamo rimasti incinti. Non dividevamo ancora l'appartamento quando il cartoncino della farmacia si tinse di rosa nel bagno di casa di sua madre. Restammo in silenzio, poi ci abbracciammo e prendemmo informazioni su di un posto che offrisse delle garanzie. Nel giro di due settimane ci fissarono l'appuntamento in clinica, e un'infermiera brutta e serena mi disse: "È meglio se aspetta fuori, non sarà piacevole". Attesi in una saletta minuscola che venissero a chiamarmi. La sera stessa andammo in una camera d'albergo, dove passammo tre giorni da soli. Lei senza muoversi dal letto, e io a portarle su i brodini dal bar al pianterreno. Eravamo convinti di aver fatto la cosa migliore, e ancora oggi, credo, nessuno dei due se n'era pentito. E adesso Barbara era incinta, e forse si aspettava dalla mia presenza al suo matrimonio l'abbraccio di un amico, l'affetto, i bei ricordi, la generosità, tutto quello che l'amore, il fottuto amore, mi impediva di offrirle.

Stavo per scoppiare a piangere. Provai a mettermi in piedi. Mi aggrappai al bordo del tavolo e, nello sforzo disperato di tirarmi su, feci cadere un contenitore pieno di foto in bianco e nero. Si sparpagliarono sul pavimento. Tra di esse ve n'era una che attirò la mia attenzione. Feci un saltello e la recuperai con difficoltà. Ricordavo perfettamente l'attimo in cui era stata scattata. Ero io, con un ombrello aperto e una gamba per aria, sotto il più bel rivolo d'acqua che pioveva dal soffitto della nostra cucina minuscola. Era la foto di un uomo innamorato in mezzo a ritratti di animali e di fiori.

Quando arrivai alla porta di vetro che dava sul giardino, erano già tutti seduti a tavola. Blas si alzò in piedi e mi aiutò a trascinarmi fino alla sedia.

"Ecco l'invalido" mi accolse Claudio.

Un cane piccolo e bruttino, con l'aria di un contabile grassotto, balzò con un salto sulle ginocchia di Claudio, e gli occhi di quest'ultimo s'illuminarono.

"Scendi, Brighton" gli ordinò la padrona, la madre di Carlos.

"Lo lasci, lo lasci pure" disse Claudio mentre il cane gli annusava la patta con familiarità.

Io e Blas avvertimmo la nostalgia di Sánchez in ogni carezza che Claudio faceva al cane. La madre ci spiegò che era vecchiotto e l'avevano tenuto rinchiuso durante il ricevimento perché di solito morsicava gli estranei. Stava seguendo una cura psichiatrica a Lugo, due volte alla settimana, in una clinica per cani. Claudio se lo tenne sulle ginocchia per tutto il pranzo.

"Bene, sappiate che mangeremo gli avanzi di ieri." La madre di Carlos parlava dirigendo verso Claudio sorrisini furtivi di complicità.

C'erano tramezzini secchi, carne un po' dura, l'ombra delle squisitezze del giorno prima. Il padre di Carlos mi osservava da capotavola con un'aria seria. Aggrottai le sopracciglia.

"Questo posto è davvero una favola" disse Blas, nel tentativo fuori luogo di mostrarsi gradevole a tutti i costi. "Fa venire voglia di fermarsi a vivere qui, con questa tranquillità."

"Dobbiamo controllare l'orario dei treni" ricordò Claudio.

"Se andate a Madrid, io prendo quello delle otto e mezzo" ci avvertì la madre di Barbara.

"Torniamo a Madrid?" chiese Blas.

"Io sì" risposi laconico.

Claudio si strinse nelle spalle.

"Vedo che per voi fa lo stesso" intervenne il padre di Carlos.

"Siamo in vacanza" si giustificò Claudio.

"Ma certo, le vacanze. Alla vostra età io non sapevo che cosa fossero le vacanze. C'era sempre da fare, con il bestiame, i pascoli. Vacanze, che bella cosa avete inventato."

"Niente scaramucce, eh Agustín?" lo avvertì la moglie.

"Non posso più parlare. Ogni volta mia moglie mi dice di stare zitto, per lei soltanto gli altri sono interessanti."

"Tesoro, le conosco bene le tue storie..."

"Ciascuno vive nell'epoca in cui gli è toccato vivere" aggiunse Blas.

"È vero. A voi è toccata un'epoca stupenda. Avete tutto."

"Non tutto." E fissai lo sguardo su Barbara. "Non tutto."

"Be', quasi tutto. Persino mio figlio è un fannullone. Con 'sta storia della politica, pensate voi. Tutto il giorno chiuso in un ufficio."

Sopportammo stoicamente tra gli sbadigli la storia del suo primo milione, di come lo aveva chiuso in una valigia per portarlo a suo padre, in un paesino microscopico. L'anziano padre aveva commentato: "Tutto qui?", risposta che secondo lui dimostrava l'assoluta ignoranza della vita moderna da parte di quell'uomo, e che a me parve una battuta brillante. L'imperatore del cemento doveva considerarci tre disadattati sociali. Blas tirò in ballo la carriera militare di suo padre, facendo colpo sul nostro anfitrione. Io stavo per ricordargli la notte precedente, in cui anche Claudio aveva esercitato le proprie virtù con sua moglie.

"Mia figlia, ad esempio," continuava, "fallimento scolastico, mancanza di spirito. Come se non avesse sangue nelle vene. Ah sì, la voglia di divertirsi non le manca. Mah, spero che si trovi un marito che sappia toglierle le castagne dal fuoco, come ho fatto io con mia moglie."

"Ma dai, Agustín..."

"Mi dici che cosa avresti fatto senza di me, cara? Stai facendo la bella vita grazie al sudore della mia fronte."

La madre di Carlos preferì restare in silenzio e fece segno di no con la testa. Il padre mi puntò contro la forchetta, minaccioso.

"Vediamo un po' tu cos'hai da dire, tu che ridevi tanto del mio discorso, ieri."

"Io?" finsi di non capire.

"Sì, tu, vediamo, che cosa fai nella vita…"

"Poca roba" riconobbi.

"Ce l'hai un lavoro?"

"Non più."

"Studi?"

"Nemmeno."

"Vivi con i tuoi genitori, naturalmente."

"E già." Il padre era soddisfatto della palese immagine della mia inutilità.

"I ragazzi di adesso…" intervenne la madre di Barbara.

"No, no, niente avvocati. Se vuole difendersi, lo faccia da solo. A me pare il ritratto perfetto di uno svergognato, uno sfacciato, un buono a nulla."

Barbara mi supplicò con lo sguardo di non intervenire.

"Ah sì, ma bravissimo a ridere degli altri, a credersi il più furbo."

"Non vorrà mica che le racconti la storia della mia vita" tentai di mediare.

"No, mi basta sapere che cosa vuoi fare della tua vita."

"Voglio consumarla."

"Come?" finse di non aver capito bene.

"Voglio spenderla, e quando non ne sarà rimasto più niente, voglio morire in pace, lasciando il meno possibile ai vermi. Io sono un fallito, lo riconosco. Ho fallito in tutto quello che ho cercato di fare, niente mi è riuscito bene perché niente era abbastanza buono. Lei ha tutti i soldi, l'intelligenza e la saggezza del mondo, e si è fatto da solo, e mi pare una cosa fantastica, però non venga a darmi lezioni su come devo vivere io la mia vita, perché sono fatti miei. Magari tutto quello che lei possiede non vale un cazzo paragonato a un attimo della mia vita. O almeno io la vedo così."

"Molto eloquente. Parole, soltanto parole." Il padre fece tentennare il cranio privilegiato.

"Cemento, denaro, soltanto cemento e denaro" ripetei nel suo stesso tono.

"Io ho dato una mano a costruire questo paese. Tu sei un parassita."

"Io non le ho chiesto niente. Né a lei, né a questo paese."

"Agustín, lascia perdere."

"Guarda ragazzo, non so che cosa ti farei…" Ma un gesto della mano di Barbara lo bloccò.

"Sono i miei amici" lo avvertì Barbara. "Per cui desidero che gli si porti rispetto. D'accordo?"

Il resto del pranzo trascorse in silenzio. Ogni tanto Blas esprimeva il proprio entusiasmo per il luogo, il cibo, la meteorologia. Poco ci mancò che baciasse il culo al nostro anfitrione. Io mi piegai sulla sedia e tentai di sollevare il piede. Cercai una pastiglia. Barbara mangiava con la mano sinistra.

Quando il padre scappò diritto verso il sonnellino pomeridiano, sua moglie si voltò verso di me.

"Non farci caso, d'estate diventa insopportabile. Dato che non lavora, non ha nessuno con cui sfogarsi."

Blas si alzò in piedi per aiutare le donne a sparecchiare e Claudio mi si avvicinò per fare conversazione.

"E Raúl, ti ha salutato?"

"È andato da Elena. Si sentiva in colpa."

"E ci ha piantati in asso così?"

"Lascia che faccia la sua vita."

"Per me può andare al diavolo." Si accese una sigaretta, guardandosi la ferita alla mano. "Certo che andarsene via così, senza dire niente…"

"Stavi dormendo, dopo la tua seratina."

"Mi conosci, sono uno scopavecchie" mi sussurrò. "Una figata. E così vuoi che ritorniamo a Madrid."

"Be', lo vedi anche tu, che razza di vacanze posso fare con il piede in questo stato?"

"E con lei com'è andata?"

Accennò alla sedia vuota di Barbara.

"Che cosa vuoi dire?"

"Non so, pensavo cercassi una scopata di mancia, d'addio, qualcosa del genere."

"Claudio sei un…"

"No, in confronto allo sposo non puoi fare granché. Fascinoso, assessore, pieno di soldi. Proprio un bel tipo."

"Dovrò avvertire Barbara, che non se lo faccia soffiare da te."

Durante il caffè ci comportammo da persone civili, squillò il telefono e la madre di Barbara le gridò che era Carlos. Barbara si alzò in piedi per assentarsi qualche minuto. La madre di Carlos insisteva per mostrare la tenuta a Blas e a Claudio. I due la seguirono. Io rimasi seduto, vicino alla madre di Barbara. Poco dopo fece ritorno sua figlia e subito dopo un solitario Blas. Sedendosi, mi fece l'occhiolino per giustificare l'assenza di Claudio e della madre di Carlos.

Ascoltammo il pomeriggio che avanzava, sfiorando lentamente la cima degli alberi. Il padre si alzò dal sonnellino e ci salutò. Andava in paese a fare la partita a carte. A vincere, naturalmente. Quando la madre di Carlos e Claudio fecero ritorno, lei volle a tutti i costi giocare a tombola, distribuirono le tessere e Claudio chiamava i numeri, che guarda caso finivano sempre per far vincere Blas. Barbara partecipava al gioco, indifferente, e io pensavo, incapace di seguire la partita, che la vita usa riservarti tali incongruenze nei momenti chiave. Un passatempo assurdo, proprio quando cerchi di evitare il trascorrere del tempo, il momento della separazione.

Blas portò giù la mia borsa dalla camera da letto e Claudio si congedò in salotto dalla madre di Carlos. Fu l'ultimo a salire sulla jeep che Barbara guidò fino a Lugo. Ripercorremmo la stradina piena di sassi, e io tenevo lo sguardo inchiodato sulla nuca di Barbara. Lei, dallo specchietto retrovisore, mi lanciava occhiate inquiete. Forse anche per lei l'addio era difficile. Blas teneva una conversazione sterile con chiunque ne avesse bisogno.

Arrivammo in stazione con venti minuti di anticipo. Giusto il tempo per fare il biglietto, di seconda classe, separati quindi dalla madre di Barbara che viaggiava sul wagon-lit. Mi avvicinai all'edicola per comprare gli anoressici giornali di agosto e scoprire che cosa succedeva nel mondo quando non succedeva niente. Il marciapiede era quasi deserto.

Quando arrivò il convoglio cercammo il posto della madre di Barbara. Aspettai seduto sulla panchina di metallo mentre si salutavano. Blas e Claudio mi scortarono fino all'altezza del nostro vagone. Salutarono Barbara e si addentrarono alla ricerca dei nostri posti. Mi concessero di salutare Barbara da solo. Un sibilo annunciò la nostra partenza. Barbara mi mandò un bacio con la mano.

Vieni con me, Barbara, volevo dirle. Anch'io trasformerò il nostro appartamento in un posto lontano dal mondo, non lasceremo entrare nessuno nella nostra vita, se tu non vuoi, solleverò il parquet affinché tu possa farci un giardino, imparerò a pilotare aerei, anche se saranno solo di carta. Trasformeremo la casa nel tuo laboratorio fotografico, non conosco nessun altro cui doni tanto la luce rossa. Fabbricherò per te spiagge di sabbia sopra i tetti. Barbara, c'inventeremo la vita ogni mattina. Non ho più paura della felicità, incontrandola in corridoio imparerò a salutarla senza sentirmi male per il fatto che non sto male, come prima mi succedeva con i sogni se non erano incubi. Sali su questo treno e ritorna al luogo cui appartieni. Anche i grandi egoisti come me possono avere grandi amori. Vieni con me, Barbara.

Il movimento del treno mi fece perdere l'equilibrio. Mi aggrappai alla sbarra. Barbara fece un passo per rimanere accanto a me, mentre il treno avanzava. Poi iniziò ad allontanarsi.

"Vieni con me, Barbara." E tesi la mano verso di lei. "Vieni."

Barbara sollevò leggermente il braccio e fece un altro passo verso di me. Stava piangendo. Mi salutò con la mano. Io tentai di dirle ti amo. Il treno si allontanava. Guadagnava velocità e lei diventava sempre più piccola. Io mi affacciavo fuori dal finestrino per non perderla di vista. Mi tenevo faticosamente aggrappato alla sbarra. Lei stava ferma, sotto la volta di metallo della stazione. Blas mi afferrò con forza alla cintura. Si era rimesso il piumino.

"Guarda che cadi, scemo."

Lo seguii all'interno del vagone fino ai nostri posti. Claudio si era acceso una sigaretta. Mi sedetti e appoggiai il piede ingessato vicino a lui. Tirò fuori un pennarello dalla borsa e ingannò il tempo disegnando scene di sesso sul gesso bianco. Donne nude, diverse posizioni per fare l'amore: pesce rosso, ostrica viennese, alla cinese, missionario, a X, pecorina, cavallo di san Giorgio.

Ci trovavamo ancora nelle vicinanze della stazione quando sentimmo il rumore di un aereo che volava basso e ci guardammo tutti e tre, sebbene nessuno aprisse bocca. Dopo, il cielo si rannuvolò e iniziò a piovere con furia, goccioloni d'acqua grandi come mele. Era buio fuori, il sole nascosto da una sorta di eclisse. Poco dopo che Claudio si era addormentato, Blas scoppiò a ridere. Tutto da solo. Si ricordava, mi raccontò, di quando aveva visto Raúl entrare nella camera d'albergo con in mano i pezzi del cellulare che gli avevo distrutto.

"Mitico, Solo, mitico" assicurò.

Fece ancora due o tre risate e io lo accompagnai con un sorriso.

Mio padre tempo fa, una volta che avevo minacciato di abbandonare il giornale e di cercarmi un lavoro diverso, mi aveva incoraggiato dicendomi: "Fallisci più in fretta che puoi, così avrai tempo, nella vita, di riprenderti". Avevo seguito la prima parte del consiglio. Sentivo sferragliare il treno in mezzo al furibondo temporale estivo, galoppava sopra i binari con quel suono che dice qualcosa di molto personale a chiunque lo ascolti. Guardai Blas e Claudio seduti vicino a me, e compresi, in un certo senso, che cos'è l'amicizia. È una presenza che non ti evita di sentirti solo, ma rende il viaggio più leggero.

INDICE